U0034453

魯迅文學獎作品選 *5*

報導文學卷 2

人間出版社
中國作家協會
合作出版

目錄

《魯迅文學獎作品選》出版說明

魯迅文學獎為大陸最高榮譽的文學獎項，分七類評審，中篇小説、短篇小説、報告文學、詩歌、散文雜文、文學理論評論、文學翻譯。長篇小説的選拔由茅盾文學獎負責。就文學體裁、門類而言，魯迅文學獎選拔範圍更為完整。凡評獎年限內發表（包括在擁有互聯網出版許可證的網站上發表）、出版的作品均可參加評選。魯迅文學獎每三年評審一次，自 1995 年開始舉辦，至今已歷五屆。

大陸的文學獎跟台灣的文學獎最大的不同是，大陸的文學獎均就已發表作品進行推薦選拔，而台灣的文學獎則由新進作家將從未發表的作品投稿參選。台灣的文學獎重視提拔新人，而大陸的文學獎則在衆多作家、作品中進行選拔。台灣文學園地較小，新人出頭不易，因此台灣的文學獎均重視新進作家的培養。反之，大陸雜誌、報刊衆多，發表作品比較容易，在已發表作品中進行選拔，確有必要。

大陸文學獎還有一點跟台灣不同。魯迅文學獎和茅盾文學獎均由中國作家協會負責，具有官方性質。另外，凡是參與評選的作品，以及最後進入決選的作品，均先在網路上公告，由讀者反映是否合乎資格（如有抄襲，讀者馬上可以舉發）。決選作品尚未投票前，讀者均可在網上發表意見，供評審委員參考。

魯迅文學獎的評選標準重視貼近實際、貼近生活、貼近群衆，容易被大衆所接受的作品，因此，風格上與台灣的文學獎頗有差異。我們引進魯迅文學獎的作品選，一方面想讓台灣讀者了解大陸文學獎的狀況，二方面也可以透過這些作品接觸另一種型態的寫作方式。兩岸的讀者與作者如果能互相觀摩、交流，相信對於兩岸的文學發展都會產生有利的促進作用。

以宏偉敘事再現時代議題
——序《魯迅文學獎作品選—報導文學卷》

須文蔚

魯迅文學獎是中國大陸具有最高榮譽的文學大獎之一，其中報告文學獎的得獎作品規模宏大，超過十萬字以上的長篇鉅著不在少數，作者以長時間與縝密的調查與研究，深入時代充滿爭議或重大的教育、醫藥、民族、實業與抗災等議題，配合以活潑生動的小說筆法，塑造出生動的場面與栩栩如生的角色，展現出台灣紀實文學作品中迥異的特質。

報告文學的發展與起源可以上溯上世紀 30 年代，中國左翼作家聯盟提倡「創造我們的報導文學」，發表「無產階級文學運動新的形式與我們的任務宣言」，指示要以這種文學形式，為政治服務。由於戰爭及時代的悲劇，報告文學在抗日時期流行一時，對社會及時局都有強烈的批判性，成為當時的文學主流。當時這個新興的文體帶有強烈的社會實踐與揭露時弊的功能，主題也都以關心社會中弱勢階層為主，掀起了時代的風潮。

如同中國大陸報告文學會長李炳銀指出，在這個錯綜複雜、挑戰迭起的全球化、資訊化時代，報告文學成為社會的必然要求，報告文學的資訊傳遞、價值判斷和社會介入功能，使之超越新聞，異於小說，可以改變讀者大眾對生活的感知方式和理解效果，客觀上延伸了人的視野。藉此觀察魯迅文學獎作品集的選題，關懷弱小與社會邊緣的主題退場，取而代之的與國家發展與重大政策爭議有關的議題，更加接近當代新聞學上所稱的調查報導，是讀者更能感受到報告文學衝擊社會、政治與經濟政策的能量。

與台灣報導文學長期傾向散文與新聞報導的文體發展不同，也和台灣報導文學寫手必須仰賴雜誌或社區刊物出版作品的狀況也不同，中國大陸報告文學雖然在改革開放後歷經衰退，但是依舊能夠透過出版、電視紀錄片乃至電影的互動，開展出強勢文體的地位。從魯迅文學獎報告文學獎的得獎資料分析，不少小說家加盟報告文學創作隊伍，把更生動的筆法與手法帶入了創作環境中，也為中國報告文學注入了更多活力與文體改革的動能。

在此次專書中收錄的作者中，何建明是得獎的常勝軍，他的作品不僅主題宏大，篇幅更超過二十餘萬字，放諸華文紀實文學的出版界，筆力如此雄健的作者並不多見。本書收錄的〈部長與國家〉一文，描寫的是上世紀 50 年代末「獨臂將軍」余秋裡擔任石油部長期間，帶領五萬大軍在松遼平原上開發大慶石油的傳奇故事。何建明的作品還受到電視媒體的青睞，中央電視臺改編為 30 集電視連續劇《奠基者》，也展現出報告文學在當代多媒體互文的潛力。

在一片西藏熱的文學圈，加央西熱的〈西藏最後的馱隊〉是作者應中央電視台導演之邀，回到故鄉，帶領紀錄片團隊，跟隨著馱鹽的犛牛隊伍，記錄一種行將消失的行業：尋鹽、採鹽與運鹽。作者以流暢的筆法，讓人們有機會聽到來自西藏本土的聲音，不同於以往的他者的描述，展現出牧民的日常勞作方式、精神信仰、婚喪嫁娶、飲食起居等文化層面的在地觀點。

最具戲劇性，也最賺人熱淚的作品，應當是朱曉軍的〈天使在作戰〉。作者選擇了醫藥界的黑幕來揭露，主人翁充滿了正義感，希望自己成為真正的醫生，不要濫用醫療資源，為關乎國計民生的醫療問題不斷上書，頗有「秋菊打官司」的曲折與熱情，既有震撼力也有渲染力。相形之下，王宏甲〈中國新教育風暴〉顯得冷静、客觀與科學，作者徵求各方反映教育改革的小故事，以多元視角呈現教育政策變革的不易與艱難，這部作品也立即改編為電視紀錄片，成為教育政策變遷下的見證者。

兩岸都矚目的汶川地震，李鳴生〈震中在人心〉一文則展現了作家的社會責任感，他第一時間投入災區，以一個作家、軍人、家鄉人獨有的三重身份深入採訪，鉅細靡遺寫作救災、醫療乃至心理治療等複雜的抗災歷程，就天地不仁的災情，理性分析出人為的不當，絶對是相同類型報導中視野遼闊，論點多元的佳作。

較為特殊的、個人的議題，則是作家張雅文針對自身著作權官司側寫的〈生命的吶喊〉一文，一個連小學學歷都沒有的女作家，不會一句外語，獨闖俄羅斯、烏克蘭、歐洲、韓國與車臣，推出一部又一部頗具影響的國際題材作品，卻因為著作權契約爭議，使她的電視改編劇本鬧上法庭，令她心力交瘁，屢經生死磨難。這樣的報導題材，屬於見證類的報告，是台灣報導文學中較為罕見的。

綜觀魯迅文學獎的報導文學卷，以宏大敘事開展出令人震撼的篇章，充分證明了報告文學在中國大陸依舊有著優秀的作家隊伍，具有相對廣大的讀者市場，同時報告文學是走向成熟的文體。但誠如石興澤的分析，中國大陸的報告文學也存在三大隱憂：一是青年報告文學作家偏少；二是創作走向貪大求全、迷戀歷史、疏離民生的誤區；三是文體意識模糊下的藝術修養不足。放諸台灣報導文學發展，目前這些憂喜參半的批評，應當都是關心文學與社會的人們頗有同感的見解。

台灣的報導文學長於書寫田野，也擅於在多元、自由與不同族群的議題調查與分析，我們新銳的作家如能從這本難得一見的作品集中，獲取更恢弘的選題能力，學習更鮮活的寫作筆調，相信台灣的報導文學界應當會有更多震撼人心的作品出現。

須文蔚，國立東華大學華文文學系教授兼系主任

編案：加央西熱、朱曉軍、何建明的作品見《報導文學卷1》；
王宏甲、李鳴生、張雅文的作品見《報導文學卷2》。

王宏甲

王宏甲小傳

王宏甲，1953年出生，福建建陽人。一級作家，獲國務院特殊津貼，入選全國宣傳文化系統「四個一批」人才。曾獲全國優秀報告文學獎、中國圖書獎、五個一工程獎、首屆「徐遲報告文學獎」等。《無極之路》被拍成中國首部大型電視報告文學片，《智慧風暴》被改編為電視連續劇，獲第四屆魯迅文學獎的《中國新教育風暴》亦被中央電視臺拍成30集電視報告文學片。《貧窮致富與執政》被選入新聞出版總署、中宣部、農業部聯合推薦的三農優秀圖書，並入選中宣部「萬村書庫」工程。

評委會評語

今天之教育，就是明日之中國。作者敏銳地感受到了新教育風暴的召喚，以生動典型的事例重新詮釋了教育所應追求的目的、目標及實現的途徑。

中國新教育風暴（節選）

王宏甲

序章　新教育來臨

昨天晚上

你來了

你像一滴生命之液

我彷彿被一顆子彈打中

……

這是義大利女作家法拉奇在小説中寫過的話，我把它以詩的形式如此排列。她描繪了一個女子受孕時的激動心情。我懷著同樣的心情，試圖描述一個正在出生的新教育時代。

很多年來，很多父母都感到孩子的學習，孩子的前途，是一個巨大壓力。老師肩負衆望，奔走於晨昏夜色，也感到壓力很大。學生們卻説，我們的頭上有三座大山：家長的壓力、學校的壓力、社會的壓力。

現在，一個新教育時代正躁動於母腹，它的出生，必將改變學生們的學習命運，改變很多人的前途。

在全國範圍——

課本正被改變，教學方式正被改變。中考、高考必將繼續做出更大的改變。那種「一卷考天下」的方式已被打破，「一考判終身」的局面也必將扭轉！一個進步的時代，將不能容忍它再來威脅你的成長，恐嚇你的夢境和靈魂。

假如您和您的孩子正因為「成績、成績」弄得關係緊張……請不要生氣，相信吧，一個新教育時代將改變這令人壓抑的局面。

假如你已被中考、高考「判出界外」，我的朋友，不要悲傷，不要放棄，你沒有失去學習的機會，你仍然可能在將來的某個日子走進大學……因為一個新教育時代正在來臨。

為什麼正在來臨？大凡歷史性的巨變是無法拒絕的。

中國當前正進行有史以來第三次重大教育轉型。

為什麼說是第三次？第一次是基於鐵耕問世，「官學制度」在春秋戰火中失去壟斷，新興地主階級及其知識份子開始聚徒講學，出現了孔子等諸子百家。第二次是蒸汽機出現，西方工業的衝擊致使中國教育從學「四書五經」全面轉向學「文史地數理化」。第三次就在當今。

當今為什麼會發生巨變？幾乎來不及問為什麼，變化已經發生。最大的變化首推「綜合課程」，初中的《物理》、《化學》、《生物》、《地理》課本忽然沒了，變成了一門綜合課叫《科學》。老師們也驚道，從前一個老師撐一個

「點」，現在一個老師撐著「理、化、生、天、地」五個點……天哪，能撐得起嗎？不會誤人子弟嗎？《歷史》、《政治》、《語文》、《數學》等一切課本都變了，不僅初中變了，從小學一年級開始全變了。

別説變課程只是教育系統的事，百年前變教育，引起全民族知識結構的巨變，就是從變課程開始的。那時不僅熟讀四書五經的學子們失去方寸，科舉出身的官員亦受震動，連科舉制度也被廢除。

不要説風暴還沒有掀起你的課本。全國性的課程改革，教育部於 2001 年確定了 38 個國家級課程改革實驗區，隨後逐年擴大，到 2005 年全國基礎教育初始年級全線進入。高中階段，我國於 2004 年秋開始在廣東、山東、海南和寧夏推行課改的基礎上實行學分制，2007 年全國普通高中將全部實行。目前尚未進入的地區，家長、老師和學生們需要有些什麼準備？已經進入的地區，如何看待這些變革？

没有哪一次重大變革不會震動千家萬户。新舊教育之間究竟區別何在？教育為什麼非變不可？

你瞧，工業時代正在全球「大拆遷」，運載人們的生存之舟已經向新經濟時代鳴笛啟航。你要是不變，還在老地方辛勤教學，刻苦攻讀，就好比刻舟求劍。

再瞧，工業化時期教學方式的顯著特徵是重傳授，這種「我傳授你接收」的方式，注重同口徑、同規格、標準化，如同在生產線上複製產品那樣「生產」學生。

這方式為什麼已經落後？「學生不是裝載知識的容器」，更何況知識經濟時代湧現的知識是任何人都無法靠頭腦容下的。獲取成功，無疑非常需要創造性思維、探究能力和自主精神。這話可能比較費腦子，請聽一首兒歌：「我是一個小寶寶，上課雙手要擺好。小眼睛看老師，小嘴巴不說話。說話先舉手，才是一個好寶寶！」

這是我上幼兒園時學的兒歌。我國教育從幼兒園開始就是灌輸式，並要求嚴格按標準答案答卷，老師據此給你打勾或打叉。你要是不按標準答案做，就上不了重點校，上不了大學。從童年被訓練到 20 多歲，早已習慣了老師怎麼說你就怎麼做，不需要有多少創造性發揮。

一代一代的畢業生走向社會，領導怎麼說你就怎麼做。如果當上領導，就要求下屬也要聽話。你一直被這樣訓練，已非常習慣等待老師或上級給你方法、答案和思想……你的創造性思維、主動精神和自主意識未得到足夠塑造，這會使你日後失去許多機會，也影響人格的健全。自主意識薄弱，離魯迅先生批判的「奴性」便不遠。有人極而言之，說這種灌輸式教育是「把沒有文化的奴隸培養成有文化的奴隸」。

這話可能刺耳，但一個民族的精神氣質，如果只會按標準去答去做，這個民族就會喪失創造性。今天的中國人幾乎都是灌輸式教育所培養的，灌輸式的影響滲透到各個領域，影響著我們的思維方式和工作方式。自主精神是民主意識的基礎，缺乏自主精神會影響一個民族的民主進程。所以，變革教育，影響之巨，遠不止關係知識和技能，它不僅將促進創造新的物質文明和精神文明，還將促進政治文明。

1999年6月〈中共中央國務院關於深化教育改革全面推進素質教育的決定〉，就是劃時代的決策。胡錦濤總書記在中共十六屆三中全會上講道：「堅持以人為本，樹立全面、協調、可持續的發展，促進經濟社會和人的全面發展。」這一科學發展觀，將進一步促進我國教育變革。

這場教育轉型，是包含著需要改變教育思想、改變國家〈教學大綱〉、改變課程標準和教材、改變教學方式、改變考試評價制度的巨大工程，將深刻改變新世紀所有中國人的知識構成和命運。

要變教育，先變教師。遙想百年前變教育，最需要的就是能教新學的教師。魯迅早年讀私塾，日後若沒有讀新學，就不會成為魯迅。魯迅是偉大的，然而當時的中國即使有一萬個魯迅也不夠，需要百萬個能傳授新學的教師遍佈中國的窮鄉僻壤，才能更新整個中華民族的知識結構。

毛澤東少時也是讀私塾的，1910年他16歲，挑著行李離開韶山，走20公里路到東山高等小學堂讀書，那就是上新學堂去讀書。百年前教育轉型的標誌性事件是1904年1月13日清政府頒行〈癸卯學制〉，這是一個從創建幼兒園教育到大學研究生教育並得到實施的新學制。從1904年到

1919 年有 15 年，可以培養出一代新學生，没有新知識造就一代覺醒的學生，也不可能有五四運動，以及此後的中國共產黨誕生。

從 1904 年到 2004 年，正好 100 周年了。今天變教育的重任再一次首先落在中國教師肩上。我們說科技重要，社會科學重要，但教育實在是自然科學與社會科學之母。教師的偉大作用無可替代。

今日中國並不缺教師，問題是「一個特級教師，在新課程面前也會變成不合格的教師」，這話是綜合課改實驗區的老師們說的。這意味著我國 1300 萬教師需要改變教育方式。千萬雄師大培訓，牽繫萬萬家利益，關乎中華前途。不管怎麼說都是宏偉的！

還有一點需特別重視：當今學生是在信息化的平臺上生長起來的，他們的能力被低估了！舊教育的「小鞋」已經讓他們穿得很難受，束縛了他們走向新世界的腳步。他們從心底裡渴望改變學習方法！中國 3 億學生是走向新教育最浩蕩的生機勃勃的力量。這意味著六七億以上的父母和爺爺奶奶們也需要重新認識和理解自己的孩子，改變幫助孩子學習的方法。

全民族的教育轉型不是一朝一夕能完成的，但對於任何學生來說，一旦認清新教育正在開闢的新的成才通道，個人的轉變可在須臾之間就啟程。

中國正倡導建立學習型社會。無論強國、強軍、強科技、強文藝或強個人，都與新教育唇齒相依、呼吸相聞。

歷史上世界各國的重大教育轉型，發生的時間雖不盡相同，但其教育都可以分為青銅時代、鐵器時代、蒸汽機時代、計算機時代的教育。中國當今的教育轉型並不是孤立的行動，發達國家都已先後發生了浩浩蕩蕩的教育轉型，新的學習方式波及各行各業。

「不學習，就死亡！」這是從企業發出的聲音。當然這不是說人會死亡，是鞭策企業。當此經濟全球化時代，有很多東西要學，但知識經濟時代更要注重的不是「知識爆炸」，而是「知識換代」，這意味著有許多知識你已經不需要學和不需要像昨天那樣學了。終身學習是以個人自主的姿態開拓心靈容納世界的能力，是以不斷更新的學識保衛我們生活的邊疆。

請重視，並非苦讀就能成功，要講究有效學習，更要注重所學有用和能夠運用。今後一生中只從事一種職業的人越來越少，因而大學畢業後即使擇業遇到困難，也不必讓壓力來壓迫自己。別光在自己頭腦裡尋找聰明才智，成功取決於善於運用各種資源的能力。如果學而不知運用，即使學成博士，爸爸還是窮爸爸，孩子還是窮孩子。

教育轉型的走向，也預示專家將遇到挑戰。今天專家是高級人才的代稱，未來各領域的頂尖人才將更多地表現為那些善於打通專業樊籬，打通學科壁壘的「通才」。

教師將是新世紀最善於探究性學習的智慧群體。教師這一職業，也必將逐步成為高薪、高地位的職業。唯其如此，一個民族的進步才有知識資源的雄強支撐。

今日之教育，就是未來之中國。我的祖國挺進新教育，正波瀾壯闊。我的採寫能力非常渺小，認識亦受閱歷之限。唯關心與更新教育匹夫有責，才竭盡綿薄而作。倘能引發更多人的才情睿智，則廣大讀者必有更高明的見地。在諸多老師面前，我誠惶誠恐，誠盼老師、家長和同學們惠賜批評意見，並向所有給予我幫助的人們以及我援引了他們精彩文章的作者深表謝忱！

第一章　我們的孩子失去了什麼

「兒子啊，你上課別說話，別做小動作，你得好好聽！不好好聽，你怎麼能學會呢？」所有的家長都這麼說。可是西方教育認為：學生上課就是要說話，要動手，要又說又動，說做並用。這是截然不同的兩種方式。到底哪一種好？

經驗是一條我們曾經沿著它到達今天的道路，可是世界在昨天早晨變了，經驗還會是通往明天的階梯嗎？當今中西方的教育，自小學起就有很大差別。在這一章裡，描述了中國「經典教育」和已經發生巨變的西方教育對學生前程產生的不同效果。

1. 一堂「經典教學」課

北京，某校。上課鈴聲在校園裡響出共鳴。

鈴聲止息，所有的走廊都靜悄悄。

這是一所很好的學校。

這是學校裡一個很好的班，學生們已坐得整整齊齊。

今天，英美教育專家要來這個班聽課。

他們已經來了，他們聽到自己的皮鞋在教學樓寬敞的長廊裡發出清晰的迴響……陪同前來的還有中方教育部門的領導。

大家坐定，教課的老師走進來了。

同學們起立後坐下，老師側立於黑板前。他的目光沒有去巡視全班同學，而是望向窗外。老師的頭上已有不少白髮，黑板襯出他側立的剪影……這時刻，你發現，當學生連竊竊私語都沒有時，教室裡也並非完全安靜。

你還能聽到翻動書包的聲音，一枝筆從誰的手上放到桌面……老師仍然側立，望著窗外，好像在醞釀什麼。就這片刻，你聽到，靜了，更靜了，一切聲音都沒有了，世界靜到連聽課的外國專家也彷彿不存在了。

這時，老師轉過身來從容說道：「現在開始上課。」

老師語言精練，沒有廢話。老師教態從容，板書時大家聽到粉筆在黑板上行走的聲音。板書非常漂亮，極有條理。老師提問，學生回答踴躍，而且答得相當有水準。

老師間或又在黑板上寫出若干字。黑板上的字漸漸豐滿起來，那字大小不一。有些字，老師大筆一揮畫上一個圈，或一個框，或一個大三角，看起來錯落有致，鱗次櫛比，像一個框架圖。

整堂課，老師沒有擦一下黑板，學生也不必上去擦黑板。板書上沒有多餘的字，寫上去的就是重點，就是學生該抄到筆記本上去的。老師繼續提問，學生解答仍然踴躍，仍然不乏精彩。

整個教學過程非常流暢。最後老師說：「今天要講的就講完了，同學們回去做一做課本上的習題，鞏固一下。」

鈴聲響了。

下課。

整堂課無懈可擊。

這是一位特級教師，他露出了笑容。

同學們都很高興。

陪同外國專家聽課的中方教育部門的領導也很高興。

外國專家聽了卻說不出話來。

「或許他們也很驚歎？等到了會議室再聽他們的意見吧！」中方人員想。

到了會議室，我們虛心地請外國同行提意見。

外國同行說話了，他們說：不理解。

我們問：為什麼？

他們說：學生都答得很好，看起來學生們都會了，為什麼還要上這堂課？

這個問題，把中國同行都問住了。

這問題反映的就是當今歐美教育和中國教育的區別。

歐美教育認為，當老師講得非常完整、完美、無懈可擊時，就把學生探索的過程取代了，而取代了探索的過程，就無異於取消了學習能力的獲得。

所以，外國同行說，他們想看中國學生在課堂上是怎麼學的，但他們只見老師不見學生，因而認為這不是一堂真正的課，而像是一堂表演課——學生在看老師表演。

可是，教學、教學，在課堂上的45分鐘，難道不是老師該教得精彩、精闢嗎？學生除了課堂聽講和踴躍回答問題，課外不是還有許多時間去練習和溫習嗎？

這不僅是中國教師的理念。中國家長都希望孩子能上個好學校，能遇到好老師，不就是看重老師教的水平嗎？

「兒子啊，你上課別說話，別做小動作，你得好好聽！不好好聽，你怎麼能學會呢？」所有的家長都這樣說。

可是西方教育認為：學生上課就是要說話，要動手，要又說又動，說做並用。

這是截然不同的兩種方式。到底哪一種好？

不要問上述教師是誰，也不要問上述那堂課發生在哪裡，從都市到鄉村，雖然許多教師還達不到這位特級教師的水平，但此種教育方式在中國無數課堂裡反覆呈現。

你會不會問：我們這樣教，有什麼不對嗎？

我選擇從這堂「經典課」下筆，是想一步就寫出，這已經是我們行之已久的認為很高水平的課，但就是這樣的課，是需要從根本上變革的。這意味著中國要變教育，有相當廣泛的現狀要變，有相當艱巨的路程要走。

2. 帶著一個謎出發

2003 年教師節，國務院總理溫家寶説，要像宣傳勞動模範、宣傳科學家那樣，宣傳教育家、宣傳優秀教師。

此前半年，北京市已籌畫在 2003 年教師節向全市推介一位模範特級教師，北京市委教育工作委員會邀請我採寫。那時我想，北京市有 14 萬中小學教師，200 萬中小學生，還有 10 萬大學教師和 100 多萬大學生，是中國師生最多的城市，要向全市推介一位特級教師，這是個怎樣的教師呢，總不尋常吧！

我想寫「中國亟須變教育」蓄日已久，便答應去訪問。出發那天，北京市教工委的一位處長開車把我接去石景山訪問，我是帶著一個謎出發的。

因為北京最負盛名的中學是北京四中和北師大附屬實驗中學等。譬如四中，高三 8 個班 400 名學生，每年考進北大、清華的約 150 名左右，考進重點大學的 95%以上。這不僅在北京是最拔尖的，在全國也是頂尖的，為什麼北京市要推介的模範教師不在這些著名中學？

北京人還有個說法：「西城的教師，東城的領導，海淀的家長。」這是說，在北京 18 個區縣中，西城區富有經驗的教師多；東城區是北京市委、市政府所在地，領導關注多，校領導水準也高；海淀區有許多家長是教授和科學家。這 3 個區的高考成績，其他區縣沒法兒比。但這位特級教師並不在上述 3 個區，而是出自石景山區。為什麼？

我想，事情出人預料，必有非常之事和非常之人。

小車從一座紅屋頂的太陽島賓館處轉彎，行不久來到了石景山區教工委所在大院。

上樓。那兒的人們都已坐好，這是一個座談會。我想，我日後要陸續採訪的人們，大約有些就在這兒登場了吧。

「這就是王能智老師。」有人向我介紹。

王能智坐在我對面，他就是北京市將向全社會推介的特級教師。眼下他是北京市教育學院石景山分院的地理教研員，一個從青年時就教地理的老教師。為什麼是一個地理教師？我心中的謎又添一層。

王能智慈祥地微笑著，我注意到他的微笑並非悠然，好像有一種不安。他的頭稍低著，眼睛稍稍上抬。他說話也是這個形態。我在想，他為什麼不把頭抬高點，這樣說話不覺得累嗎？多日後，我瞭解到他青少年時期的經歷，頭腦裡忽地冒出一句話：「低著頭做人。」我想王老師此種姿態大約是青年時期養成的習慣。

區教委主任田利躍介紹說：「我們區教工委書記劉國慶，是王能智的弟子。這位吳雲老師，也是王能智的學生，她現在是分院教科所副所長，成為王能智的上司了。」

田利躍繼續介紹說，還有京源學校副校長曹彥彥、古城中學副校長何巍、實驗中學副校長李先平等等，也是王能智的學生……

這好像是個司空見慣的座談會，大家圍著一個橢圓形的大桌子，我一時還分不清誰是誰。王能智也發了言，由於他「著名的謙虛」，我不可能從他的發言中聽出多少東西。

王能智所在學院的院長叫張逸民，我注意到了他的發言特別開闊。我還注意到他的發言始終流淌著一種感情，然後我知道他快退休了，那是一種感到還有好多事沒做就要回家了的放不下的牽掛。這感情中有一種憂傷，人在憂傷的時刻往往更能窺見真實和說出真實。我不想立刻就進入對王能智的採訪，會後先訪問了張逸民。

3. 新西蘭的陽光

還記得那堂「經典課」讓英美同行不理解吧，新西蘭某校的一堂課，也讓出訪的中國教師十分驚訝。

「你想想，他們五年級的一堂課，老師出了這樣一道題：每個籃子裡有 24 塊蛋糕，6 個籃子裡共有多少塊蛋糕？」張逸民說。

他說新西蘭五年級的學生用各種方式踴躍回答，很有成功感。可是，這不是我們二年級的課嗎？他們五年級的學生能答出來，這也值得高興？像這樣有什麼高質量？日後，能把學生送到哪兒去？

「我很驚訝！」他說。

這是一個陽光和煦的下午，我坐在張院長的辦公室裡與他交談。

陽光落在窗前的一盆綠葉花卉上。張院長的講述中依然有一種悠遠的情思，我在他的講述中不只看見新西蘭的陽光和流雲，也彷彿望見了他少年時家鄉的某一條小河，山坡上的玉米地，像波浪般搖曳的麥子，遠處的山脊，朦朧的綠色和嫋嫋的炊煙……我能感覺到，他說著新西蘭，但他聲音的背景裡一直有家鄉的形象。

他是 2003 年 2 月訪問新西蘭的。那是北京市教育學院組織的一次考察訪問，全團 18 人，他是副團長。

我請他談談他的新西蘭觀感。我深信，在一個開放的世界，如果不瞭解世界正在發生什麼，你即使身在中國，也不可能真正認識中國。

「我給你講講我在新西蘭遇到的 3 個中國人吧！」

張逸民這樣開始。他說第一個名叫李琨，在國內是武漢某大學的女副教授，目前在新西蘭打工。

「副教授在新西蘭打什麼工？」我問。

「比如，她這次被新西蘭方面請來當翻譯。」

「她不能也找個教師工作嗎？」

「不行。她在國內的副教授職稱，在新西蘭不被承認。新西蘭教師的專業化發展很規範，就像法官、律師、醫生，都要通過專門的職業資格認證。缺這個認證，任何學校都無權聘請你當教師。」

「那她為什麼要到新西蘭去打工呢？」

「是呀，我也這樣想。」張院長說，「她在國內怎麼也是個大學副教授了，為什麼呢？」

張逸民這次去訪問的接待方是基督城教育學院，該學院就坐落在新西蘭南島東海岸的基督城。新西蘭的夏季，最高氣溫在23度左右，2月正是夏季，氣候十分宜人。到新西蘭的第一個星期六，他們去海灣觀海，李琨也來了，還帶來了她的在新西蘭也讀五年級的女兒。

面對南太平洋的海灣，展望碧海、藍天、衝浪、沙灘，水天之間翻飛的海鷗，還有海邊牽著小狗散步的女士與兒童……看了海灣，去登高鳥瞰基督城全貌，下山去參觀占地幾近全城一半的一個巨大公園，這個公園真是大得足夠驚人啊！

在如此遼闊蔥蘢的綠色中，滿目是精心修剪的草地，各色鮮花和高大挺拔的樹木，點綴園中的小景，悠然自得的野鴨，瀰漫著青草與鮮花芬芳的空氣，盡情享受著假日悠閒的居民……這兒的一切似乎足以使你忘記往日的愁煩，但張逸民還是想起了一個問題，他就問了：

「你為什麼選擇來新西蘭，就因為這裡天很藍，水很綠，景很美？」

「不。」李琨說，「或者說，這是原因之一。」

「那為什麼？」

「為了孩子。」

她的女兒此刻也在這綠草和鮮花之中。她叫汪秋安，出訪的這批中國教師都很喜歡她，吃飯時把她愛吃的都放到她面前，有時還特地留起來打包，讓她帶回去。她很快就跟大家熟了，間或也能給大家當個小翻譯，愛說愛笑，滿臉陽光燦爛。

「為什麼說是為了孩子？」

李琨說，你們都誇她，可她在國內可不是這樣。孩子出生時是雙胞胎，同胞妹妹叫秋康。給她們取名「安康」，就因為她倆出生時體質弱。大約正由於體質弱，上學時她倆在同齡孩子中就漸漸跟不上了，此後一直厭學，怎麼幫她們也上不去，這樣下去，將來在同齡孩子中無疑要被考試淘汰出局。

可是，到新西蘭後，秋安突然在新西蘭的同齡孩子中鶴立鷄群了。起初，秋安和媽媽都覺得，這是由於班上老師講的那些知識都是秋安在國內早就學過的，所以也不能有什麼驕傲。但是，秋安畢竟天天生活在新西蘭的同齡孩子中，她確實比別的孩子知道得多，她不斷受到老師表揚，久而久之，她確實感到自己不比別的同齡孩子差。這是真實的，確切的。

可是，在國內，她在班上不斷受到批評，她的考試成績也一次又一次地告訴她，她就是比很多同學笨。這也是真實的。

「秋安，你怎麼不會笑？」

她哭了，和妹妹一起哭。

一次次受到批評，一次次失敗，把她們童年的笑容消滅了，把她們的自信也消滅了。她們痛哭，哭自己就像是為了失敗而來到這個世界上的。

可是，在新西蘭，她還是她，一次次受到表揚，不僅僅是老師的表揚，而且再沒有同學能説她笨，同學們都對她投以佩服的目光。這是她快樂成長的真正的陽光！

自信心，成功感，一天天在她的心中嗞嗞地生長，她已經忘記了她「笨」。學習，並不只是書本上那些知識，還有書本之外的許多知識，這一點在新西蘭的小學教育中體現得相當充分。比如，新西蘭小學一年級的教室裡就有供學生動手去玩去操作的計算機，從城市到鄉村都是如此。

自信心的增長使秋安獲取書本之外的知識也不遜色。新西蘭是英聯邦國家，秋安在新西蘭的語言環境裡很快適應了英語，何況她還有一個曾在國內教英語的媽媽。現在她比起新西蘭的同齡孩子，還有會漢語的優勢，笑容怎能不在她臉上出現？笑容在她的臉上一天天復蘇、瀰漫，終於笑得這樣燦爛！

「她還小，而且缺乏信心，我們在新西蘭沒有任何親戚，如果讓她自己到新西蘭來上學是不現實的。為了孩子，我只好放棄在國內的工作。」媽媽說。

一個母親，為了孩子，放棄了自己在祖國的事業……現在，這個故事是這樣強烈地打進了張逸民院長的視聽。

「你的另一個女兒呢？」

「秋康還在國內，跟她爸爸。」

「她爸爸也是搞教育的嗎？」

「是個中校軍官，搞通信的。」

李琨接著說，秋康在國內還是厭學，秋安已經變得非常愛學，姐妹倆已經是大不相同的兩個人了。現在她爸爸正準備復員，然後帶秋康也來新西蘭。

「打算移民嗎？」

「至少在孩子長大之前，我們不可能回國去發展。是不是移民新西蘭，將來再看。」目前李琨一邊打工以支持生活，一邊在坎特伯雷大學讀一個學位，目的是爭取日後通過認證進入新西蘭教師隊伍。

新西蘭迷人的海灣，世外桃源般的巨大公園，身後的祖國，還有同行李琨和她女兒的故事，都在張逸民的腦海裡如太平洋的海浪那樣翻騰……今天，我國出國留學的「童子軍」，何止是這位從事教育的同行的女兒呢！

2002 年，我國有小學 45.69 萬所，在校生 1.215 億人，小學淨入學率為 98.58%，小學教師 577.89 萬人。加上中學與大學，全國有各類學校 117 萬所，在校生 3.18 億人。此外還有幼稚園 11.18 萬所，在園幼兒 2036 萬人，教育規模為世界之最，辦好中國的教育，實在是一個偉大的事業。

今天，我們已經不能一般地探討小學生出國留學是否合適，也不能一般地關注中國適齡兒童的入學率，秋安姐妹在國內並不是沒有書讀，難道我們不能在我們心愛的祖國創造出適合她們學習的環境？

「我說這些，你有興趣聽嗎？」張院長問。

「有啊！」我說。

「聽我講完另兩個人的故事，你會更理解，王能智老師在國內的教學環境裡，讓那些厭學的孩子變得樂學，該多麼可貴。」

4. 兩種世界

張院長講的第二個人是為他們考察團開車的司機。

他說，又一個週六，我們去南島北部的小鎮埃克羅瓦觀光，這個司機為我們開車。起初，我根本想不到他在北京是國家計委的幹部，在北京工作了 10 多年，現在一家三口都在新西蘭，他受雇於一個車行，也在這裡打工。

這也是個難忘的週六。一路行去，風光綺麗，田園、山、海、樹，會讓你想到西方人為什麼喜歡油畫，大自然就是最好的美術教師。埃克羅瓦小鎮與大自然融為一體，隨處可見悠然長椅和享受陽光的人們。這位司機成為我們最好的導遊，我没記住他的名字。在遊玩時我問他：

「來新西蘭能賺大錢嗎？」

「談何容易。」他笑道。

「那你為什麼選擇來新西蘭？」

「付出簡單勞動，過著平和生活。」

「你不到40歲吧，打算就這樣過下去？」

他沉默了一下，說：「為了孩子吧。」

又一個「為了孩子」！

張院長繼續問下去，得知他的孩子在國內也是厭學，到新西蘭後，從厭學到樂學，從不自信到自信。是孩子的變化，堅定了他們在新西蘭住下去的決心，他說：「這不是我的選擇，是孩子的選擇。」

「我們這一代人，在新中國長大。應該說，學校給我們的教育，還是使我們比較注重人生要有自己的事業。但現在這兩個故事都讓我看到，中國的父母，為了孩子可以捨棄很多。」張院長說這位司機的故事與李琨相似，我就不多說了，接著說第三個人——

他是臺灣人，就是剛才說的那位司機的車行老闆。3月，我們結束考察的前夕，在南島有一次長途旅遊，他親自來為我們開車。

我們沿南島西海岸一路南行，時而留步，觀賞一望無際的南太平洋壯麗風光。海天一色，沙灘金黃，礁石嶙峋，碧水拍岸。海豹群聚，海鷗雲集，遊客以食物相邀。觀鯨處，直升機載客臨洋鳥瞰，逆戟鯨破浪擺尾，那景色，美是真美。

這次出行有三天時間，我有機會與他交談，得知他祖籍浙江，父親那一代去了臺灣。父親依然懷念大陸，給幾個兒子取的名都是浙江的地名，他的名字就叫永康。

我對他說，既然思念大陸，現在大陸開放，政策優惠，你為什麼不去大陸發展？那臺灣人說，我看好這裡。

「看好這裡的自然環境？」

「人際環境也好。」

「怎麼好？」

「人際關係簡單。沒有窩裡鬥。」

「臺灣也窩裡鬥嗎？」

「有啊！」

「就因為這些因素？」

「還有教育好。」

又談到了教育。

我問他怎麼個好法，我說大陸教育也很棒，特別是基礎教育。我舉了新西蘭小學五年級那個蛋糕題，我說這差我們太遠了。我想聽聽這位聲稱新西蘭教育好的車行老闆怎麼說。隨後我發現，他對我提出質疑的那個十分簡單的蛋糕題完全不以為然。

「你們清華、北大進世界大學排名前 100 名了嗎？」

「我不清楚。但我知道，他們提出要為『建世界一流的名校而奮鬥』。不管怎麼說，清華、北大很棒。」

「但沒有新西蘭達尼丁市的奧塔哥大學棒。」

「何以見得？」

「那兒醫學院畢業的學生，在全世界都很受歡迎。搞生物工程的學生還沒畢業，英國、美國的企業就到那兒爭著預定畢業生去了。」

我說，這位車行老闆是從學生最後的出路來看新西蘭教育的。他的話令我想起了一句做買賣的話：「人喚人千聲不語，貨喚人點手就來。」就是說，你說你的教育好，講了一千遍，人家可能沒反應，可是你培養出來的學生，到處都搶手，不用你吆喝，人家就奔你來了。

寫到這兒，我想請您將目光返回中國來看一下我們的身邊。有位北京的女教師對我說，我就給你講講我兒子週六、周日的時間表吧！

「我的兒子讀五年級。週六上午，我一早送他去一個加強班學數學和英語，時間是 8 點 30 分到 12 點。」

「這幾個小時，你在哪兒呢？」

「在外面等啊！」

「你一直在外面等？」

「是呀！他 12 點下課，下午 2 點還要趕到另一個地點去上課。他一出來，我帶他到附近飯店吃點兒東西，接著就趕到另一個班去。」

我這才想起她此時的身份是母親。國家提出要給學生「減負」，學校不能再用週六、週日給學生補課了，社會上各種班卻應運而生。國家倡導素質教育，雨後春筍般設在雙休日的班也稱素質班。上課的當然還是老師，只是另有人組織，向社會招收各年級的學生，用北京人的話說：「火極了！」

「你兒子下午上什麼課呢？」我接著問。

「還上數學和英語。」

「上到幾點？」

「2 點到 5 點。」

我以為這一天的課就該結束了，可她告訴我：「還有呢！」

還是在附近的飯店吃點東西，店裡多是母親帶著孩子。然後，這位當教師的母親繼續帶著兒子到鋼琴城學鋼琴，每次學鋼琴 1 小時，交學費 90 元。

「星期日上午，」她繼續說，「我兒子寫作業。下午上『家教』，還學數學。1 小時，一對一，100 元。」

接著又開始了週一到週五的「學校的戰爭」。

他才讀小學五年級。

我說你也是教師，你幹嗎呀，不怕把孩子壓垮了？

她說我也心疼兒子，知道他很累很苦，知道該素質教育，可是將來中考、高考，那考分跟你沒商量。

我說，現在考試不是也在朝考查素質的方向改嗎？

她說改是在改，可競爭就是這麼激烈，而且應試的成分還是很大。我兒子上的那些班，你去看看，週六、週日，家長們等在外面，就像中考、高考等接孩子那樣人頭攢動。

我說，像你這樣給孩子加課，付出的經濟代價，窮人的孩子可上不起啊！

她說，我們也不富。在外面等孩子，家長們就說，現在競爭這麼激烈，光靠孩子自己在校努力哪成？要把孩子培養成才，你就要捨得給孩子買三張門票。

我問，哪三張？

她說，你呀，真是……家裡沒小學生了吧！都知識經濟時代了，第一張門票就是要捨得花錢強化孩子的知識，爭取上個好初中，這個臺階非常重要！第二張門票是「中考」，第三張門票是「高考」。你的孩子要是入不了那個門兒，就沒戲了。

「我這才買第一張門票，怎麼辦呢？省吃儉用吧！」

5. 自信心比知識更重要

至此可見，新西蘭五年級的那個蛋糕題同我們五年級孩子承受的學習重量，已是多麼強烈的對照。

所以張院長會感到驚訝，會認定我們五年級孩子學到的知識肯定比他們多，會覺得我們的基礎教育有品質，而懷疑他們那樣的教學將來能把學生送到哪兒去。

現在，張院長說，那位來自臺灣的車行老闆講的奧塔哥大學，我還不大瞭解，但我們在新西蘭考察三週多的時間，有一點已經不必懷疑，就是他們小學五年級那個蛋糕題，並沒有妨礙他們的學生最終成為世界上受歡迎的學生，高質量的學生。

這樣，我們就不能不想想，我們的基礎教育，是否有必要讓學生承受那麼大的學習重量，這結果是什麼呢？

張院長說：「有一句話，我並不想說，但我們在新西蘭感受到了，我們在海灘上就說過，說我們在幹什麼呢？我們是在辛辛苦苦、認認真真地製造大量厭學的學生，大量在高難度的壓力下，自信心起不來的學生。」

寫到這兒，我還想起另一位老師對我說：「我們的學生小時候可能還有海闊天空，我們培養了 10 多年，他們或者高考落第，或者進入大學，一個個像豆芽菜似的。」

我問：「豆芽菜，什麼意思？」

「個子高了，戴著眼鏡，自信心不強。」他接著說，美國、英國那些學生，別看他們少年時學得不深，但一個個信心十足，到 20 歲以後就像猛虎出山，撲向世界。

對方還告訴我，「豆芽菜似的」，不僅用來比喻我們的一些高中生，我國人才市場對那些高分低能的大學畢業生也有這個說法。

張院長也說：「每個孩子經歷的一次次受挫和失敗，都是很痛苦的。這些痛苦甚至會成為伴隨他們一生的陰影，影響到成年的生活。」

在張院長的講述中，我注意到他多次感慨地、強烈地使用一個詞——陽光燦爛。他一再說：「在新西蘭，無論是在學校還是公園，到處看到他們的孩子陽光燦爛！」

他還說：「他們的學生特愛學。我們的學生是在各種壓力下被迫學。我們的老師付出很多，學生付出很多，家長付出很多，我們應該特棒才對。可是不是。為什麼呢？」

我想我已經看到了：對於成長中的孩子，如何保證他獲得自信心和成功感，比他獲得多少知識都重要！

這是個春天的下午，京西的太陽已經從屋外斜照進來，暖暖地照耀著張逸民院長的辦公室。這陽光可能令我們想起一生中 8 歲或者 18 歲的某個早晨或黃昏……能這樣坐下來探討一些問題，令我感到彷彿有一條人生的河流在我們心中波光閃閃地奔流。

接下來我講到中國中學生參加國際奧林匹克數學、物理等項競賽，屢屢獲得最多金牌。他說：「是的，從前我也一直以此作為我們基礎教育很棒的一個證據，引為驕傲。」

我說：「現在我也看到了，這與我們從小學到中學的課程學得深，歐美學生學得淺有關係。」

他說：「如果有人組織小學生國際奧林匹克數學競賽，中國兒童恐怕要囊括所有的獎牌。可是，包括這些最拔尖兒的中國孩子在內，在他們成年後，為什麼還沒有產生一個獲諾貝爾獎的呢？」

6. 正螺旋？負螺旋？

我想起一個問題：我們的教育也培養了不少充滿自信、非常好學，而且終於相當傑出的人才。這些學業優異者、成功者，在我們的傳統教育下是如何冒出來的呢？

我的提問引起了張院長對自己學生時代的回顧。他說我算不上人才，也算不上成功者，但我從中學以後就是成績非常好的學生，我的進步得益於遇到一位好老師——

老師叫潘翔久，是語文老師，文學功底深厚，書畫都非常好，講課特棒。我至今記得他講蘇東坡的一首〈浣溪沙〉，說著說著就在黑板上畫出了小橋、流水、白馬、行雲……就一根粉筆，線條非常洗練，形象優美、傳神，我們很快都進入了那意境。不知不覺就下課了，我們都感到沒聽夠。下課就鑽到蘇東坡那些詞句裡去體會，感到中國古代詩詞真是美極了，那不僅僅是語文，我們體會到了境界和情操。

那是1956年，我讀初二，我父親被調去建設官廳水庫，那是當時著名的水庫建設，我們的家搬到水庫工地去了，我就住校，在北京一中。這年暑假，我回家，看官廳水庫雄偉的大壩，紅旗招展，看長城烽火臺，看閘水時小河裡魚兒撲通撲通地跳，大人小孩都到小河裡去抓魚……回來我寫了一篇散文，那是暑假作業。潘老師看後寫了一段批語，我至今記得：

> 本文語言優美，情感真摯，層次分明，有條不紊。初中生能寫此文，殊屬不易。

就這麼些字，我當時很激動，因為這是潘老師寫的，我們對潘老師都很崇拜。更大的鼓勵還是幾天後，我們同住一個樓的高三的學生告訴我——那時初中生住校就我一個人，我和高中生住在一起：潘老師把你的作文給我們看了，要我們向你學習呢！

我當時受到的那種鼓勵，不是幾句話能說清的。那以後，我每天去圖書館借書看，《水滸傳》、《三國演義》、《西遊記》，還有各國的一些小說，包括民間故事，我都是那幾年看的。都說「刻苦讀書」，我那時一點苦的感覺都沒有，讀什麼學什麼，都其樂無窮。

到高中，我遇到了一位汪老師，人稱「汪三角」，他的「三角」講得太棒了。他對我的表揚又激起了我對數學、幾何的濃厚興趣，我後來上大學學的是數學。汪老師在我們上高三時遭遇車禍突然去世，許多同學都哭了。老師被學生深深愛戴，情感是非常真摯的。

張院長說，現在學生的壓力，說到底是考試的壓力懸在頭頂，因為它決定著你未來能踏上哪一級臺階。我回顧，我那時特別願意考試，一考就能考好，一好就受表揚，就有成功感。一次次強化成功感，一次次成功又強化了自信心，這樣，這個學生就進入了一個學習的「正螺旋狀態」，這就是上升的狀態，就步入了成功的軌道。反之，一個學生遇到困難和挫折，不被理解，總是遭到嘲笑和批評，那一次又一次地經歷挫折，對自信心、對學習興趣都是打擊。一次次打擊，就必然造成厭學，必然沒有自信，就步入了一個「負螺旋狀態」，這就是下降的狀態，就會產生失敗的學生。

我接著問：以往那些成績很好的學生，大約有哪些因素？我的問題也引起了張院長的興趣，於是我們共同探討，感覺大約有這樣幾類：

一是家境貧窮的學生。在我多年採訪中，我看到相當多有突出成就的人士生長於農村。他們家鄉的教學環境並不優越，但窮則思變，讀書成為他們迫切需要抓住的一條出路。他們由於入學之初特別用功而獲得好成績，從此成為老師表揚的對象，在一次次成功中進入了正螺旋狀態。

二是在強調階級鬥爭的年代，家庭成分有些問題的學生。他們知道，如果自己不特別努力，就沒有機會。由於努力，在學習上成為班上的尖子，也成為老師表揚的對象，在學習上獲得自信心，從而進入正螺旋狀態。

三是父母有殷切期望，教育得法，孩子也肯主動努力。他們入學之初取得好成績，屢受老師、家長表揚，被送入正螺旋狀態。

四是在學習的某個階段，因某種機緣對學習發生興趣而獲得好成績的學生。他們從此受到表揚激勵，這又加強了他的發展。這其中最常見的機緣是遇到好老師。老師發現了他的閃光點，學生受到鼓勵，重新認識自己、發現自己，由此萌發學習興趣，進入正螺旋狀態。

當然，並不是所有家境貧窮、家庭成分有問題和父母有殷切期望的孩子都能進入正螺旋狀態。成功的學生往往有其共同點：在學習的早期階段，因成績處於班上的領先地位，被表揚被激勵，體會到學習的樂趣和成功的樂趣，終於走向成功。

小秋安在國內的班上已毫無領先優勢，而是被批評的對象了，怎麼辦？只好到新西蘭去，在那樣的蛋糕題面前，小秋安的領先地位體現出來了，她的自信心得以重建，於是進入了正螺旋狀態。

秋安的領先地位對新西蘭的孩子有沒有壓力？沒有。因為新西蘭老師的教學，孩子們都能承受。他們是在寬鬆、快樂的教學中，注重培養學生的自信心和成功感，這是符合少年兒童成長規律的。

張院長說，我們在新西蘭，到處看到他們的中小學老師和顏悅色，總把鼓勵的語言掛在嘴上。大學教授則常常是在與學生「商量」中教學。他們的舉止言談很自然地體現在他們的職業行為中，這就是教育的境界了。

張逸民院長還告訴我：「我們石景山原古城五中的校長王槐樹，他還當過石景山教委教育督導室的督學，他的外甥已經到了上一年級的年齡，但他堅決不讓外甥上一年級，而讓他在幼兒園再學一年。這就是想透了的明白人。這是寧可推遲一年，也要讓孩子在上一年級時處於領先狀態。」

7. 我與兒子

我也是個父親，每想到自己曾給孩子造成的損失，都非常愧疚。因為有些損失是自己「覺悟」後無法再彌補給孩子的。現在我也把自己和孩子的一段經歷寫出來，若能對更多的年輕父母不重犯我的錯誤有所啟示，也算是有點益處吧。

和許多父母一樣，我和妻子也「望子成龍」。在他還只會哭的時代，我的月薪不到 100 元，但我們買了一臺 700 元的 SONY 收錄機，注重用音樂去開發他的大腦。

他哭了，我們打開收錄機放音樂，發現他停下哭泣，轉過頭來尋找聲音……SONY 收錄機的音量指示燈五顏六色，很有節奏地閃爍著，像在跳舞。孩子爬向收錄機，去摸那平面的閃爍的燈光，在那裡又看又聽，眼睛黑亮黑亮，忘記了哭。

我們很高興，孩子對音樂、對燈光的色彩都有感覺。我們很在意他周歲之前是不是能說話，總是充滿信心地用吐字清楚的簡潔的語言跟他說話。孩子不滿一歲，果然會叫「媽媽」、「爸爸」，會說簡單的話了，說明他天資不差，這對我們是個很大的鼓舞。

中國許多家長頭腦裡都有過神童夢。那「神童」是什麼概念？就是前人一再說過的，誰誰四歲能背詩，七八歲能賦詩云云。我們也加入了讓孩子學背詩、學數數的行列。孩子三歲去看外婆，就能給外婆背「床前明月光」了，我們竊喜，這不是比前人說的誰四歲能背詩還早嗎？

五歲半孩子在幼兒園讀完中班，我們沒讓他上大班，找熟人走後門，讓孩子進了縣城最好的一所小學讀一年級。

第一學期下來，孩子語文、數學的期末考試都得了 100 分。我們覺得：行！

第二個學期就有問題了。孩子有點落後，作業經常被罰，錯一個字罰寫 30 遍，30 個同樣的字，29 個對了，有一個字落了一個點，再罰 50 遍……痛苦的童年開始了，經常承受被罰到深夜十一二點。我們知道孩子的腦子關閉了，他已經是在機械地動作，這有什麼意義？

我們也單獨跟老師交換過意見，老師說「意義在於培養他要認真」，錯一個點就是錯，將來考試就上不去，現在不讓他養成認真的習慣就不行！

好吧，我們配合培養他「認真」。但孩子被罰 50 遍，丟筆劃的地方更多了，不得不由我們來認真給孩子檢查作業，以免他再次被罰。

老師又反映他上課打瞌睡，反映他動作總是比別人慢，考試答不完，也不知他磨蹭什麼。到了二年級，毛病更多了，經常被罰掃地。

那時我到北京上學，其間回家一趟，妻對我說，老師說他不傻，要是傻我們就由他去了。有些難題，別人不會，他會，這哪是傻呢？他就是上課愛說話，要麼走神，作業不該錯的地方老出錯……你知道老師現在怎麼罰他嗎？讓他上課站在教室最後，面對著牆壁聽課。

我說，那還怎麼聽課？

妻說，老師說那叫面壁，看你還跟誰說話。

妻又說，你平時也沒時間教育兒子，我什麼話都對他說了，你跟他說說吧！

那天黃昏，我去學校接兒子。學校已經放學，他的班上塵土飛揚，幾個學生正在掃地，我看到了兒子，問：今天是輪到你掃地，還是被罰？

他說，我沒被罰掃地，也沒輪到掃地。

我說，那你為什麼還不回家，在這裡吃灰塵。

他說，黑板上的作業還沒抄完。

我說，其他同學都走了，你怎麼還沒抄完？

掃地的同學告訴我，說他上課的時候被老師罰面壁，其他同學那個時候就把作業抄完了，他只能下了課抄。

我用自行車把兒子帶回家，當晚給他說了許多話，包括說我小時候，為了看「小人書」一分錢一分錢地攢，攢夠了就去買「小人書」，用了很多年才把《三國演義》、《水滸傳》、《岳飛傳》基本看完。後來「文革」，我的 100 多本

「小人書」都被燒了。再後來，你剛出生，我就把這些連環畫又都買齊了，本指望你完成功課後就可以補充這些對你將來非常有用的知識。可到今天，你摸過這些書嗎？我現在已不指望你讀它了，你就把課本上的知識管好，還不行嗎？

就在我這次回家的幾天時間，他仍因上課說話被罰面壁，放學也不馬上回家，跟幾個學習不好的同學到學校的後山上去玩，玩到星星滿天了才回家。一天晚上，我打了他。用家鄉竹子上掰下來很細的分枝，打了不傷筋骨會傷皮肉。我讓他自己把手伸出來，他伸出來了，我抽下去，他疼得把手縮回去。我粗暴地喊：伸出來！他再伸出來，我再抽下去……我是使勁抽，他再縮回去，我再喊，再抽，鮮血在他的手掌上出現了，他哭得發抖……我停止了。

這時，我似乎感覺到自己不對，但我仍對他怒道：「今天你也不要做作業了，玩吧！你就跟我們一起看電視，來，看電視！」

這時不讓他做作業，也是一種懲罰。我把他扯到沙發上一扔，「你就坐這裡看！」孩子不敢不聽，也不敢哭，就坐那裡。

我們真看電視。他母親也不說話。這天電視上播個什麼電視劇我記不得，但記得電視劇裡有個人物很不爭氣，而且經常被人欺負，孩子突然小聲地說了一句：「真窩囊！」

我頓覺有一條鞭子抽在我心上，慚愧、後悔、心的疼痛，像決堤的水湧來，湧來……火車載著我再次離開故鄉前往北京，我對兒子的粗暴，令我愧痛得無法描述，那是我終身也無法忘記的。

任何時候，想起他那句「真窩囊」，我都會閉上眼睛……那天夜裡，兒子冒出那句「真窩囊」時，我注意到兒子並沒有對我懷恨。是兒子已經原諒我了？不，兒子的心中壓根兒就沒有恨，也沒有「原諒」這樣的意識，他在被我打的時刻和被打之後，最擔心的就是怕我不愛他了……這件事情會讓我愧疚一生，我的粗暴和施虐是不可原諒的。在這件事中，我看到了自己人性中有一種「惡狠狠」的醜惡而殘暴的東西！我憑什麼這樣對待兒子，就因為我是他的父親？我意識到了所謂「家長式」在我們許多人的靈魂中都滲透得多麼深！它是我們社會中不平等、不文明、不民主等現象的家庭基礎，是個人身上就存在的劣習劣根。

今天我已能認識到，我在兒子剛剛出生就為他準備好了許多「小人書」，也是我犯的一個錯誤。我自己少年時一點一點地把零錢積起來去買書，「連環畫」好比「連續劇」，是有懸念、有巨大吸引力的，我看完一本，沒了，就想聽「下回分解」，於是就有很大的興趣去尋找。再得到一本新的，那閱讀真的是如饑似渴，這整個過程是去獲取見識、瞭解未知的過程。可是，我把一切都給孩子準備好了，就消滅了他去獲取的興趣。

類似的例子還見於一位女教師給我講的一個故事：有個

初一女生自己攢錢想買一部《哈利．波特》，快攢夠了，碰到她的生日，母親把《哈利．波特》買回來了，作為送給她的生日禮物。沒想到女兒頓時眼淚掉下來，不是感謝，而是說：「沒勁透了！」

從此拒絕看《哈利．波特》。

別人聽了都說，你看你，自己沒花錢，又得到了你想要的《哈利．波特》，這多合適呀！

可孩子不是這麼想的。這個世界能給予她發揮點主動性的空間已微乎其微，好不容易有一個自己的願望，她想通過自己的努力去實現，並為此準備了很久，就要成功了，突然，母親消滅了她的願望。

再說我的兒子讀到三年級，成績是班上中下水準。他雖然各科成績都沒有不及格，可以升四年級，但我們意識到不能讓他接著讀四年級了，只好選擇讓他再讀一年三年級。又考慮到不能在原校重讀，於是再找關係，把他轉到了離家較近的另一所小學重讀三年級。

我們鼓勵他：沒關係，充滿信心，從頭再來！

但不久，我們發現，過去的經歷對他的影響是很深的。他自己從未說過不想讀書，但重讀他讀過的課本，在他心靈深處引不起熱情和興趣，「厭學」在他的精神深處已被「培養」成熟了。重讀，他也只是中等水準。

這是他的童年。

「文革」十年，最大的損失恐怕是教育的損失。「文革」後，千千萬萬的家長對子女教育的重視是空前的，數不清的爺爺奶奶也在燈下盯著小孫子讀書。老師辛辛苦苦，家長辛辛苦苦，孩子呢？有人問：當今中國社會最辛苦的是誰？

都說：我們的孩子。

不是嗎？每天清晨，他們匆匆忙忙騎著自行車衝出院子趕去上學……每天晚上，家長在看電視，孩子在燈下緊張地做作業……大家都非常辛苦，非常用心。可我們的教育方式，常常表現為老師和家長配合著，在辛辛苦苦、兢兢業業地構成對孩子成長的壓迫和摧殘。

1992 年，我調進北京，第二年全家遷到了北京。我向我並不認識的海淀區育英中學校長求助，感謝她接收了我的孩子進入育英中學。初中三年，孩子還當了三年班長。但在初三，我的孩子在中考模擬考試時成績落到班上後五名，遠落在海淀歷年的中考錄取分數線之下，在短時間裡他還能出現躍升幾十分的奇蹟嗎？如果不能，他將進不了高中了。怎麼辦？

我與他去散步，在大草坪上走了不知多少圈。那時我除了鼓勵他還能做什麼？我怎樣才能讓他有信心呢？我沒招了，給他講打仗，我說毛主席說，戰爭的首要任務是保存自己。人生在最艱難的時候，就不要考慮能有多高的成績了，但可以考慮下限，下限就是「名落孫山」的那個孫山。孫山是考取的最後一名，你的目標就是那最後一名，能考個北京全市夠上高中的那最後一名就是你的勝利，真正的勝利！

我說這看起來像個驚險動作，能做到這個驚險動作，也是很鼓舞人心值得一拼的。考上了就贏得未來高中的三年時間，然後再爭取，你看行嗎？

兒子說：「爸，我會！」

這一年，他 15 歲了。

我知道，讓他五歲半上小學一年級，這事實上讓孩子付出了多麼大的代價。我們已經無法讓他再回到 7 歲去從頭開始。在孩子成長的歲月，由於我們的錯誤給他造成的損失，不是他的考分多少能衡量的。未來的歲月，仍有許多壓力在等待他，而童年成長期的損失，很難彌補給他了。

我與張逸民院長的交談持續到黃昏，我與他告別。

他已知我想寫一本關於教育的書，在我臨走前對我說：「我這個筆記本電腦裡有許多在新西蘭拍的照片，你要是有興趣，可以拿回去看看。那些新西蘭的孩子，你看看，不論在教室、在街頭，總是笑得陽光燦爛。那是童年，真正幸福的童年和少年！」

我說，那我就背回去看了。

他說，你還可以去訪問一些中學生，聽聽他們怎麼說。

我說，好吧！

【相關思索】把孩子從負螺旋狀態解放出來

這個春天，我獲得一個印象深刻的「正螺旋」和「負螺旋」概念，以為用此瞭解並幫助自己的孩子，有舉足輕重的意義，所以想寫出來與大家共鑒。

假如孩子已處在負螺旋狀態，請立刻停止對孩子的批評、挖苦和苛責，否則無異於迫害！否則不論你多麼愛孩子，都換不來孩子的「覺悟」，因為你自己就在誤區。

因為此時繼續給孩子加壓，就是往負螺旋方向使勁，把孩子往向下的方向推，那就是在製造失敗。這時需要立刻著手尋找往正螺旋方向推助的用力點。

「是讚揚和鼓勵嗎？」有位當編輯的母親說，「不是沒有鼓勵和表揚，常常有一點進步就使勁表揚了，有時孩子也會保持一段，但轉眼間還是厭學，要不說說他，他馬上就不行了，怎麼辦呀？」

我想，瞭解了正負螺旋兩種狀態，還該牢牢記住，自信心和成功感是促成孩子進入正螺旋狀態必不可少的兩樣東西。

「自信心」很難通過高高在上的表揚使孩子獲得。如果孩子已處於負螺旋狀態，就好比掉在一個坑裡，他已經非常困難了，你站在坑上表揚他是沒有用的。你也要跳到坑裡去，就是說要去學會理解他的困難和痛苦，要找到和他的共同體驗和共同語言，才可能找到幫助他的有效辦法，否則他就很難上來。

「成功感」更是孩子自身的體驗，沒人能代替他體驗，但可以為他創造條件去獲得成功的體驗。總拿高標準去要求他，他達不到就沒有成功感可言。你降低難度，他達到了，成功的體驗就在他身心產生。不要說低難度沒用，請記住新西蘭五年級那個蛋糕題並沒有妨礙他們成為世界一流的學生。這裡面其實是有哲學的，不僅僅是對待成長中的孩子，當你用一個過高的標準去要求對方時，可能適得其反。我們曾經用「共產主義」的高標準來要求一個生產力水平尚低的社會群體，其結果是付出沉重代價的。

成功的體驗不一定只在讀書。我的孩子曾在初一的寒假提出要獨自回故鄉看外公外婆，我們支持了他。他一個人行程數千里在某個清晨去敲外婆的門，讓外婆猛一驚喜，孩子獲得了一次非常快樂的成功體驗。

沒有成功感，就沒有自信心。深刻的成功感，即使在孩子遭遇失敗時也會給孩子以持續的支持，這比你的表揚更可靠。所以成功感是自信心的基礎。在自信心和成功感下面更深一層，還有一個要素叫求知欲。每個孩子天生就有求知欲，失去自信心和成功感，就會損害到求知欲，這就損害到深層。求知欲受損的表現就是厭學。

人生的求知欲是本，知識為末。傷害了學習的欲望，造成厭學，便是捨本逐末，以末害本。

過早地把孩子送進學校（至今是許多父母的做法），目的是想讓孩子早一點去獲取知識，以為先下手為強，其實，在多種主客觀因素的限制下，一般說，讓自己的孩子小別的孩子一歲甚至兩歲去上學，並非優勢而是劣勢。處於劣勢就難有自信。缺乏自信，世上萬種信息、千種機會就在眼前也會不知獲取，所以僅因過早上學這一步之錯，也可能貽誤終生。

因而，關注孩子處於哪種狀態比盯分數重要。孩子厭學就是處於負螺旋狀態，那就不只是成績處於下降趨勢，而是日子雖在延伸，人生卻困在歲月中沒有成長。若不發生逆轉，就會真正「沒戲」。父母的努力就是要全力以赴幫助他走出負螺旋。孩子一旦進入正螺旋狀態，那就是上升的趨勢，成長的狀態，他就會自己向著天空、向著陽光枝繁葉茂地成長。

第二章　初三的壓力比高三更大

父母很愛我，一日三餐，無微不至。晚上我做作業，他們怕影響我，連電視也不看。我們出去散步的時候，天黑了，我爸我媽走在前面，我在後面尾隨，就這樣繞了一大圈又回到家。大家都不說話，我覺得壓抑極了。我想跟他們說說話，剛開口，父母就說：不要說一些無關緊要的事，進屋寫你的作業去。我們就像生活在一棟樓裡的陌生人。

許多家長都當過「知青」，今天幾乎每個家長都覺得這一代孩子是最幸福的。學者們會說，知識是鋪墊你通往未來的一條大道。可相當多學生都感到，大量的試題嚴嚴密密地砌壘起來的「知識」，正成為阻擋他們前程的恐怖的高牆。

1. 壓力，壓力，還是壓力

訪問了張逸民院長後，我去訪問了京源學校。

它座落在石景山魯谷開發區，是王能智老師的「實驗田」之一。這是一所集嬰幼園、小學、初中和高中於一體的寄宿學校，1996 年建立。

當年開學不久，有學生跳起來在嶄新的白牆上踩了一個鞋印，校長和書記做出一個決定：全校學生排隊去參觀那個鞋印。

於是有家長來信說，學校的任務是讓孩子學習好，你們組織參觀那個鞋印也就行了，還組織討論，那不是占了學習時間嗎？甚至問：「你們是學校還是黨校？」

學校讓學生每個星期一做大掃除，有的學生弄髒了衣裳，鞋也濕了。又有家長來信問：「孩子在你們學校，是學生還是清潔工？」

學校開展「雙語教學」，就是也用英語講課，有家長來信說：不要這麼教，因為用英語講不如用漢語講得透徹，這麼講將來是會影響高考的。

在京源學校，我認識的第一人就是在前面那個座談會上已經見到的曹彥彥。某天上午，在她的辦公室，我們再次見面。

下課鈴聲一響，她的辦公室就來了許多學生，總圍在她那臺電腦旁……這時刻她的辦公室實在不像個副校長辦公室。曹彥彥並不在意，好像早就習慣了。

她大約是北京市最年輕的副校長之一，1971 年出生，內蒙古呼和浩特人，母親也是教師。1993 年她 22 歲畢業於東北師範大學地理系，到北京石景山某中學教地理後認王能智為師，29 歲任京源學校副校長。

她的辦公室依然人進人出。她剛才說到家長們參與意識都很強，對我們教學的一舉一動監督得很厲害，現在她接著說：

「孩子還在小學一年級，家長們都高瞻遠矚地看到了高考。每個家長都關心孩子的考分，我們每個學期結束也發分數條，好像教育的成果最後就體現在分數條最後一欄的總分上。」

「你們學校有厭學的孩子嗎？」我問。

「有。壓力對學生、對老師都普遍存在。」

「你是說壓力與厭學有關？」

「這好像不單單是我們教育領域的問題。家長下崗，鄰居某個大學畢業生找不到工作，都會讓初中生感到壓力。壓力對學生好像無孔不入，單靠我們來改變，很難很難。」

曹彥彥還說，有位母親講，當你聽說清華、北大的學生還沒畢業用人單位就預訂了，可從一般的大學畢業，到人才市場還沒開口，人家一個牌子立那裡，叫你「免談」，你啥感覺？現在你不使勁督促孩子，他還小，知道什麼？等知道就晚了。不是說「少小不努力，老大徒傷悲」嗎？於是，家長們感到督促孩子不夠，就督促學校。

上課鈴聲響了，學生們又潮水般地退走了……望著靜下來的辦公室，我說，我想接觸一下你們的初中生。

她說，好呀！

2. 考砸了為什麼不回家

學生的壓力，最集中地體現在初三和高三。

在描述具體的學生之前，我想有必要先瞭解一下他們的學業背景。我國實行的是9年制義務教育，方針是要力爭讓學生至少讀到初三。如果考不上高中，初三就是孩子一生中重大的分界線。初三畢業能不能考上一個好高中，又是孩子和家長們力爭的制高點。

發達國家實行的基本上是12年義務教育。為了讓我國學生在9年義務教育中多學到知識，我國從小學到初中都增加了學習內容。有句話說：「我們是用9年對付發達國家的12年。」這樣，我國初中生的學習任務就比發達國家的同齡孩子重。

壓力不僅僅來自學習任務。2002年，我國共有初中6.56萬所，初中教師346.77萬人，在校生6687.43萬人，初中畢業生升學率是58.3%，這意味著有41.7%的初中畢業生被淘汰。一個孩子要是沒讀到高中，哪個家長不操心呢？

由於他們還只有十四五歲，由於初三是孩子第一次面對自己人生的挑戰，他們承受的壓力，比高三的孩子更大。

現在，我見到了一群初三的孩子。

從表面上看，我很難描述他們是活潑還是比較拘謹。有個初三的男孩說話了，他說：「我吃飯有壓力，上課有壓力，下課聊天還有壓力，做夢都是緊張的場面，壓力無處不在。」

我問：「為什麼下課聊天也有壓力？」

他說：「比如我媽就反對我看流行音樂雜誌。」

我問：「這跟下課聊天有什麼關係？」

「有關係呀！」他說，「我其實並不喜歡流行音樂，但我買了很多流行音樂雜誌，比如《大嘴鱷魚》啦，《流行樂壇》啦，我每期都認真看。」

「不喜歡，幹嗎還認真看？」

「為了聊天時和同學有話說。如果別人說起來我什麼都不懂，就沒人願意和我聊天了。」

這下我聽明白了。我想家長一定會說，不和你聊天有什麼關係？把聊天的時間用於學習不是更好嗎？

可是孩子需要聊天，而且很在意聊天。

有個女孩在一次模擬考試成績出來後，因分數掉下來一大截，老師還把全班同學的分數都寫在黑板上，弄得她好沒面子。到晚上 9 點了她還沒回家。家長找到學校，找到老師，老師說早放學了，沒留下任何學生。一問模擬成績，知道不好。那麼女兒到哪兒去了呢？

老師、家長都打電話問平常跟她要好的同學。

回答都說：「沒看見。」

同學也緊張了，幫助往所有同學家中掛電話。

都說沒看見。大家都緊張了。

家長發動親朋好友開著車滿京城找，見到網吧、遊樂場所都不放過。仍然沒有。

11點了。家裡就留個奶奶守電話。電話鈴響，奶奶跳起來，接聽，是兒子的聲音：「媽，有消息嗎？」

老母親反問：「你那兒有消息嗎？」

「有消息我還問您嗎？」

做父親的決定報派出所。在派出所，父親的手機響了，接聽，沒聲，問：「誰呀，有消息嗎？」

「爸，是我。」女兒的聲音。

「你在哪兒？」

「在家，你們幹嗎呀！」

「你沒事吧？」

「還活著。」

「沒事吧？」

「沒事！」

「你上哪兒去了？」

「跟同學聊天。」

「瞎說，你的同學我們全問過了。」

「跟小學同學聊天。」

「小學同學？」父親很困惑，「誰呀？」

女兒說了個名字，是她小學時候的好朋友，已經很久沒聯繫了。父親一邊往家趕，一邊給還在京城四處尋找的親朋好友打手機，說別找了，回家了。

回到家，父母問女兒吃飯了嗎？

吃了。

在哪兒吃的？

麥當勞。

兩個小學時候的朋友就在那兒一邊喝飲料，一邊望著麥當勞的燈光聊天。夜色很美，她們的心裡很茫然……家長感到不可理解，說你考砸了，不趕快回家抓緊復習，還有時間去聊天？

「天哪，誰來理解我們？」說這話的女生臉上並沒有痛苦狀，好像是一句玩笑。其實，含笑的痛苦，真的是父母所不理解的痛苦。找小學同學聊天，那是懷念小學時候的生活。雖然小學也很緊張，但畢竟不像中學。找小學同學聊天，是對中考感到恐懼，是因為心中有不被大人們理解的孤獨。

「小學太可愛了，中學太可怕了！」她說。

不想回家，還因為回家父母就問：「考得怎麼樣？」

接下來不是批評就是鼓勵。女孩說：「鼓勵也是壓力。」為什麼？比如父母說，「考不好沒關係，繼續努力，吃完了進屋去吧！」

這句「進屋去吧」，就是驅趕你去學習。

每個家長都覺得這樣要求孩子是對的，「都這時候了，就該鎖定目標，分分秒秒都用在學習上！」家長也不容易啊，就是這樣做，家長會上也常要被老師批評一通兒，哪個又敢掉以輕心？

在這裡，我想說說公佈分數帶給學生的巨大壓力。

從教師角度講，公佈分數的初衷也是一番好意，激勵學生好好讀書嘛！但對於成績不好的學生來說，無異於羞辱。羞恥之心，人皆有之，十幾歲的少男少女，誰無自尊？在西方國家，分數是被當做個人隱私來保護的。老師交給學生打過分數的試卷或作業時，總是扣著放，或裝在一個信封裡遞到學生本人手上。一個在美國讀書的中國學生說：「這和國內太不一樣了！這讓你覺得你被人尊重，而且考砸了也沒有那麼大的壓力，下次考試的時候，你還可以和別人站在一個起跑線上。而公佈分數，會讓你覺得自己總是不如別人，甚至永無出頭之日，真是太可怕了……」

聽聽，說這話的還是個學習不錯的留美碩士生。那些成績不太好的，或更差一些的，又該如何？

孩子不懂得該努力嗎？

他們對各種道理能倒背如流：現在社會競爭這麼激烈，發展這麼快，不學能行嗎？如果連高中都考不上，將來能幹什麼？……用不著你告訴他學習有多麼重要。

「不是不知道，就是做不到。」

為什麼做不到？主要責任恐怕不在孩子。

全國統一的《教育大綱》很具體地規定了課本裡哪些要「識記」，哪些要「理解」，哪些要「運用」。中考、高考按此出題，教學就要以此為依據，復習以此來備考，老師不敢有疏漏。近幾年強調素質教育，但現行的《教育大綱》裡需要「識記」的內容仍然很多。學生說，什麼「識記」，就是死記。

應該承認，如今考試的方方面面也在改進，比較靈活的考題也在增多，老師們為對付靈活題，不得不加進新的應對內容。如此，減的不多，加的卻不少。

一次次的演習性考試，俗稱「做片子」，就像防空警報頻頻拉響，讓你緊張得要命！大量試題來不及細看就要迅速做出判斷，只要有幾道題卡殼，你就心驚膽戰，眨眼間分數就下去了。中考、高考一卷判前途，考不上你就完了！

大量的知識壓得孩子抬不起頭來，題海要把他們淹沒了，沒有人會對許多答錯的試題興高采烈。一次次受挫都在撲滅他們的自信，在不斷製造出大量厭學的孩子，傷害自信是對孩子成長期最大的傷害。

或許，這一代孩子處在這個重大教育轉型期，正經歷著最難的一段跋涉。

3. 就願跟陌生人說話

> 我的爸爸媽媽對我的學習非常重視，平常不讓我看電視，週末了，我看個動畫片他們還嘮叨半天。不看電視也就算了，就連平常我看的課外書也被他們收起來。一回家就把我關在屋裡讓我學習。我出去倒口水喝，我媽也說：「浪費時間，你不會把開水瓶提進去？」都說要全面發展，我給我爸我媽說了，他們也不聽，我該怎麼辦？

這是京源學校初三的一個女生寫給心理學女教師張郁茜老師的信。張郁茜也是王能智主持的「石景山中青年骨幹教師進修班」的學生，但在王能智還不認識張郁茜時，京源學校的白宏寬書記、麻寶山校長就親自到大學應屆畢業生中去招來了張郁茜。

這是個很有現實意義的舉動，基於兩位校領導的共識：當今孤獨、苦悶的中學生有許多心理問題，我們必須為學生物色一位心理學教師。

張郁茜是安徽省淮南市人，在北京師範大學畢業時正為自己的去向發愁，因為許多學校更關注的是中考、高考要考的那些科目的老師。中考、高考都不考心理學，許多學校也沒有設心理學課，她畢業了向何處去？突然，她遇到了京源學校的兩位校領導專門來物色心理學教師，並被選中。

「這是你的辦公室。」白宏寬書記說。

「就我一人的辦公室？」張郁茜問。

「對呀！」

真是太意外了。因為她已經看到，全校各科教師都是多人共用一個辦公室。校領導不但給她配備了單人辦公室，還配上沙發和電腦。她得到的是獨一無二的環境。

「學校給我這個環境是為學生考慮。」張郁茜告訴我。

「怎麼說？」我問。

「你想，學生心裡積壓著許多隱秘的話，跟家長、跟班主任都不便說，能在大辦公室裡說嗎？這就需要一個讓他們感到安全的環境。來這裡，可以一對一地跟心理學老師說，配上沙發，有助於進一步讓學生放鬆。」

學校在初一就開設心理學課，讓學生初步瞭解心理學並建立對心理學老師的信任。此後，從初二到高三不再開設此課，但全校學生都可以用各種方式與張郁茜老師交流，比如寫信。

請看另一個女生寫給張郁茜老師的信：

父母很愛我，一日三餐，無微不至。晚上我做作業，他們怕影響我，連電視也不看。但我們就像生活在一棟樓裡的陌生人。

出去散步的時候，天黑了，我爸我媽走在前面，我獨自在後面尾隨，就這樣繞了一大圈又回到家。大家都不說話，我覺得壓抑極了。吃飯時父母也說：好好吃飯，不要說一些無關的事。

什麼是無關的事呢？父母就認為，只要是跟學習無關的就是無關的。他們說：有事說事，沒事寫你的作業去。我想跟他們說些話，常常一開口就被堵回來，我在家裡非常孤獨。

張郁茜與學生的交流形式多樣，常常也用E-mail交流，如果需要直接交談，就在信裡約見或打電話，一切看學生需要。學生來信大部分是用化名，也有少數同學哪怕談自己早戀中的苦惱，也很勇敢地用真名。

我在張郁茜那裡看到學生們各種各樣的化名：冰涼心情、失落女孩、米老鼠、天堂鳥、秋思、荷花、矛盾、小蜜蜂、小貓咪、夢雪兒、流川楓、櫻桃小丸子、灌籃高手、F、L……其中有不少是動畫片中主人公的名字。也有的同學不署名，只在最後寫上：「一個想傾訴的學生」、「一個不需要回音的學生」等等。

張郁茜給他們回信，也使用他們的化名，學校傳達室窗外的小黑板上常常能看到諸如「冰涼心情、小貓咪，有你的來信」這樣的提示，使用該化名的同學知道是張老師的回信，就可以到傳達室去按約定的「口令」領取。不願意讓別人知道自己心事的同學，連張郁茜老師也不知對方是誰，交談就在悄悄中進行。

張郁茜獨特的工作做得頗有影響，家長們都知道學校有個像心理醫生那樣的心理老師，家長有問題也來找張老師，於是張郁茜辦公室的沙發上也經常坐著一位又一位家長。

我問：「來訪的，哪個年級的學生家長最多？」

張郁茜隨口而出：「初三。」

一天，有位母親來諮詢。

她說：「我的女兒放學不回家，總去網吧。我們找遍了附近的網吧，已經兩次在深夜把她揪回家了，可她還是要去。初三了，學習這麼緊張，怎麼辦呀？」

「您別著急，坐下來，慢慢說。」張郁茜說。

這位母親坐下了。

「您跟她好好談過嗎？」

「談過呀！」

她爸跟她說，你有什麼想法可以說出來，我們好好談談。她不吱聲。她爸又說，我們是平等的，你有什麼話可以說呀！她還是不說。她爸又說，比如你可以說說，你為什麼一定要去網吧？她就說了。

「她怎麼說？」

她說她也沒幹什麼，就是上網聊天。

她爸說，聊天？聊什麼天，跟誰聊天？

她說我也不知道，陌生人唄。

她爸說，跟陌生人聊天？

她說，就是陌生人。

她爸說，跟陌生人聊天那麼重要嗎？

她說，這是我的事。

她爸說，你什麼事，非去不可嗎？

她說，我跟人約定的，不能不守信用。

「你聽聽這是什麼話！」來訪的母親說，她爸說，你跟網上的陌生人約什麼定，約定幹什麼？她說我說過了，沒幹什麼，就是聊天。她爸說，網上那麼複雜，你跟陌生人聊什麼天，有什麼意義？她爸氣得給了自己一巴掌。女兒就哭了。我們再說什麼她不聽也不說了，第二天還是要去網吧。她還小，要是被人騙了，怎麼辦？而且中考就要來了，怎麼辦？

張郁茜說：「您別著急，咱們商量商量。」

4. 與父母簽約

張郁茜說：「不是您的一個孩子這樣。您剛才也說到了平等，您想知道孩子們是怎麼說的嗎？」

「怎麼說的？」

「他們說現在很多家長都有平等觀念，但家長那『平等』的後面是有陷阱的，等到孩子把自己的秘密說出來，家長就開始批判了。他們說這還是個『不平等條約』。」

來訪的母親認真聽了，說：「這些孩子還真能說。」

張郁茜說：「孩子們認為，家長越像這樣往平等靠，就越顯得不平等。他們認為家長沒有理解平等的實質，平等不是擺個平等的姿態就平等了。您看孩子們說的是不是也挺有水平？」

「那怎麼辦呢，就由她去？就讓她放了學去跟陌生人聊天？」

「恐怕要先跟孩子建立真正的交談，是交談，不是談話，不是領導跟下級談話那種談話。不是你說得對我就讚揚，你說得不對我就批評。要真正瞭解自己的孩子，並不容易。家長都認為，我是看著他長大的，我還不瞭解他？實際上我們的思維，我們的判斷，完全可能跟孩子不一樣。」

「我還要怎麼瞭解她呢？」

「咱們就事論事。你們家有條件上網嗎？」

「有。」

「她為什麼不在家裡上？」

「我們不讓她上。」

「為什麼？」

「這不是要中考了嘛，上網浪費時間。」

「初三、高三的孩子孤獨感更強，更需要傾訴。他們往往不怕浪費時間。你不讓他們上網，他坐在那裡一下午、一晚上，什麼也看不進去，什麼也做不了，那才是浪費時間呢！」

「按您這麼說，還得讓她上？」

「您不是希望女兒放學了能回家別去網吧嗎？那第一步就先讓她回家，讓她在家裡上網。您可以試著和女兒達成一個協議，或者說，試著真正與女兒平等一回，那就有可能出現變化。」

幾天後，張郁茜接到那位母親打來的電話。

對方說：「我們簽約了。」

「是嗎，怎麼簽的？」

「我們同意女兒每天在固定的時間裡在家上網，女兒承諾不去網吧。雙方簽字畫押。」

「真簽字畫押？」

「是的。」

「執行得怎樣？」

「起初以為孩子不會接受，沒想到一下子她就接受了。執行起來也不困難。女兒說，早這樣，多省事，也省得我出去亂跑。」

就這樣，實現了第一步——女兒回家了。

可是，父母仍操著心。她交的網友究竟是誰？女兒為什麼迷上了跟這個陌生人聊天？「這個陌生人到底用什麼魅力迷住我的女兒呢？」

張郁茜說：「您看，這個世界很值得瞭解吧，現在那個看不見的陌生人是不是也引起了您的好奇？我建議您可以跟女兒聊一聊了。」

「怎麼聊？」

「用感興趣的語氣問問，網上都認識些什麼樣的朋友？不要質問，不要談學習，不要表現對她的關心，而是表現出您對網路的興趣，是您想知道這個您不瞭解的世界。」

又過了幾天，家長又打來電話。

「我跟女兒聊了。没想到她認識的網友不止一個，有好幾個，真嚇我們一跳。我問，你們都聊些什麼呢？女兒説也就發發牢騷，聊些日常瑣事，也挺無聊的。女兒説是『無聊對無聊，互相聊一聊』。」

再後，母親就與女兒討論：網上的朋友與生活中的朋友有什麼不同？女兒説：網上的朋友雖然無話不説，但那是虛擬的，真有事也不敢找對方幫忙。現實中的朋友，則怕受他的傷害，不敢暢所欲言。

電話裡，那位母親還對老師説，原以為女兒就像個小羊羔，很容易被人騙，現在發現女兒其實也很懂得防範。再後來，發現女兒上網的時間短了，甚至不上了，偶爾上網也不是與人聊天了。

張老師説，因為您與孩子建立了溝通，孩子減少了孤獨感，上網聊天就不那麼迫切，甚至也不需要了。

後來，這位母親再次來與張郁茜老師「聊天」，一是向老師表示感謝，二是還有擔心。她説：「這回，我没跟女兒談學習，她自己就投入學習了。」

「這不是更好嗎？」張老師說。

「那她哪天又自己變回去了呢？」

這真是一個有趣的問題。

這位母親還對張老師說，這回我和她爸都沒跟她講什麼道理，她自己就變了，這能可靠嗎？

我不禁想起了所謂「家長意識」，我們平常在工作中也可能對單位的領導不滿意，批評他們「家長作風」，但有時我們也很習慣於說，在哪級哪級的領導下，思想覺悟得到提高，然後取得怎樣的成績，似乎如此才覺得這是成績，否則有了成績也好像是不可靠的。這種「家長意識」滲透到我們家庭，在許多平凡、樸實，沒有任何社會職務的父母的靈魂中也盤踞著的，在相當廣闊的層面上構成我們社會的一種思想基礎。

我也沒想到，就在大人們誰也不覺得有什麼重要的聊天裡，潛伏著孩子們多麼曲折的渴望。其實他們喜愛聊天，折射出的仍然是巨大的學習壓力和壓力下的曲折尋求。

在張郁茜老師那裡，我還讀到這樣一封信：

我叫L。

我有很多問題想問。

我上初二起就很厭惡我們的班主任，想和她談談，但總是被她的話頂回來。我試過許多辦法，都不見效。最後我只好用激將法：如故意惹她生氣，想讓

> 她把我拉到辦公室，這樣我就能和她談話了。但她只是更懶得理睬我了。對我做的事、說的話，她只是說「你怎麼那麼多嘴呀」，就不理我了。我現在再也想不出方法來讓她與我談話了。我知道我不應該這樣做，但我只想和老師之間的關係好一些。請您幫我想想辦法。

讀了這信，我想，這位自稱L的學生說他「厭惡」班主任，其實是用詞不當。在他內心深處，對班主任不僅不是「厭惡」，而且很有感情，所以一直渴望與班主任多說說話，即使到「再也想不出方法來讓她與我談話了」，仍然想和老師搞好關係。

這樣的情況遠非個別，L的信只是一種典型表述。許許多多學生是在渴望與父母交談、渴望得到父母理解，遭到失敗甚至失望之後，認為老師該是能理解他們的，於是相當執著地尋求與老師的交流。此種尋求已不是尋求解決學習上的困難，而是更迫切地渴望解決心理困境和心理壓力。如果在老師這兒也得不到解決，有的孩子就會不顧一切地到網上去尋求與陌生人聊天。

這種尋求，與其說是尋求傾訴對象，莫如說更內在的是在尋找自己……我是誰？我認識我自己嗎？我怎麼是這個樣子的呢？

男孩女孩發育到初三，正是人和世界在他們眼裡更加五彩繽紛的時期，是最有條件全面發展的「天生時機」。他們渴望多方面認識世界、認識自己和發展自己，他們的渴望從每個毛孔裡都漾溢出來……但是，一種疲於奔命而視野窄小的學習就擋住了他們的去路。

父母那一代人在少年時唱過的〈讓我們蕩起雙槳〉，至今唱起來仍會沉浸在美好的回憶中。這一代孩子唱這歌，雖然也感到挺美，但沒有父母那一代人那麼強烈的感受。這一代孩子，不少人對流行歌曲中那些表達孤獨、寂寞、痛苦的歌曲更能產生共鳴，以至於那些流行歌星發行光碟簽名銷售時，都市裡會突然冒出成千上萬狂熱的中學少男少女，大批員警不得不預先到現場維持秩序。

許多家長也不理解，說報刊上也說過，有的歌星連簡譜都不識，甚至「五音不全」，裝束男不像男女不像女，聲音嘶啞，既不好看也不好聽，卻火極了，成為許多中學生甚至大一、大二女學狂熱的崇拜對象，這是咋回事？我想，負載著巨大的學習壓力，心裡積壓著說不出的苦悶的學生們，需要那樣嘶啞的甚至是歇斯底里的歌聲來釋放他們心底的痛苦，這大約是一個重要原因。

到了深夜，還會有大批中學少女聚在某位歌星居住的賓館外，齊聲高喊：「我們愛你！我們愛你！」

在家長看來，這是令人欲哭無淚的。

在女兒看來，說愛，這是很神聖的。

許多父母感到不認識自己的孩子了。

5. 說廢話也是有用的

同老師們交談，我得知，許多孩子在上初一時都對父母直接或曲折地表達過自己心靈的困惑。但許多父母除了在學習上不斷給孩子「加強教導」之外，常常就是那句「好好吃飯，不要說一些無關的事」，一句話就把孩子堵了回去。

許多孩子也曾像L想方設法希望與班主任交談那樣，希望與父母交談，但常常遭到父母一次次的「教導」甚至訓斥，終於失望，於是什麼也不說了，就這樣到了初三。

中考的壓力空前增大，孩子的學習成績也令家長憂慮加深。父母發現孩子缺乏信心，而且不能專心，這時才猛然意識到孩子是一個獨立的個體，有深在的痛苦，想和孩子深入地談談，但所談仍然多是「學習、學習」……此時，往往是父母一開口，就被孩子堵了回來。

孩子不願談了。

一天，有位母親來找張郁茜老師。

她說：「我現在跟孩子說什麼都沒用。都初三了，他從來不想以後幹什麼，我跟他好好談，可他連話都不想跟我說，就說『去去去！』」

「他以前也沒跟您說過以後想幹什麼嗎？」張郁茜請她回憶。

她想了想，說：「我問過他將來想幹什麼，他說想踢足球。我對他說，踢什麼球，還是好好讀書吧，考高中。」

「還說過什麼嗎？」

「後來，他又說想當警察。」

「您怎麼說？」

「我問他，你想當交警還是想當刑警？交警站在馬路上吸汽車尾氣，刑警冒著生命危險抓壞蛋，你別胡思亂想了，還是好好學習吧，上高中，考大學！」

這位母親還說，我正經跟他談，可他就是不正經跟你談，一會兒踢球，一會兒當警察的，不懂得好好考慮將來的前途。

張老師說，其實你的孩子已經在考慮了，他由於對將來考大學缺乏信心，所以在考慮上體校、上職高。在這個心理過程中，孩子把上高中的路放棄了，家長又把他上職高的路堵死了，他就走投無路了。

這並非一個家長遇到的問題。

在父母看來，唯有上高中、考大學才是光明大道，孩子不考慮上大學就是不考慮前途。有的父母退一步對孩子說，你先考上高中，先讀著，將來考不上大學再想辦法。

可孩子覺得，考不上還學它幹什麼，那不是浪費時間嘛！孩子想的是：上職高能早點畢業，早點找事做，也好早點報答父母。

可父母覺得，我們沒想要你報答，我們這樣苦口婆心為你著想，說什麼你都不聽，這是自甘墮落！

許多父母因此覺得孩子上進心不強是壓力還不夠，應該再加壓。而多數孩子覺得不好直接頂撞父母，最好的防禦方法就是不回答，懶得說，「免得在你們這裡受刺激！」

可父母覺得就是要刺激刺激他，把刺激當鞭策。

也有的家長把孩子帶到一些很豪華的場所去，希望這樣的場所能讓孩子感到，如果你不好好學習，沒有本事，將來在社會上的生活處境就會很差。

有個女生在給張郁茜老師的信中寫道：「我爸爸很有錢，他多次帶我去一些高消費的場所，而且說，『孩子，你看看這個世界，你知道你現在是多幸福的嗎？』可是我不想要這些，我就想讓我爸下了班回家，同我一起吃飯，聽我說話。」

是的，就這點要求，「聽我說話」。張郁茜說，孩子的要求並不高，就希望你聽她說說話。可許多父母不知道他們的孩子是孤獨的、苦悶的。

「這時候，聽她說說廢話也是有用的。」張郁茜對家長這樣說。

我童年的時候就經常聽到這樣的話：「你們是生在福中不知福！」我們讀過高玉寶的《半夜鷄叫》，聽到了過去歲月中「我要讀書」的吶喊。我們坐在新中國的課堂裡，在少先隊的旗幟下唱著〈我們是共產主義接班人〉，真的感到陽光燦爛，感到我們這一代是非常幸福的。「曾以為我們這一代會大笑著跑過我們的青春」，但後來經歷「文革」，經歷

「插隊」，我們走過了許多泥濘。

到今天，我們這一代家長，又覺得現在的孩子真是最幸福的了。學者們會說，知識是鋪墊你通往未來的一條大道。可相當多孩子都感到大量的試題嚴嚴密密地砌壘起來的「知識」，正成為阻擋他們前程的恐怖的高牆。

我也曾經想過，現在的孩子多是獨生子女，父母都視為掌上明珠，應該讓他們懂得艱難，經歷一些挫折，為此也積極主張「挫折教育」。然而，挫折教育的目的應該是使他們在挫折中建立百折不撓的信心，可現在僅僅讀書考試就使他們無數次受挫，防不勝防地受挫。對此，老師和家長們都採取了或鼓勵或批評的種種辦法，但實際效果卻是：許多孩子的自信心非但沒有得以建立，卻在一次次受挫中被嚴重挫傷，這就與人們通常說的「挫折教育」不是一回事了。

我比任何時候都更加清楚地看到，每一代人都會遇到新的問題，都有自己的苦惱和困境。今天，哪個孩子不考慮前途呢？社會在一天天繽紛，電視上的景象也一天天嫵媚……這個世界是我的嗎？社會已經給了他們很大的壓力、很大的刺激。一個十四五歲的孩子，這是他弱小而最需要有人理解的時期，父母是最親近的人，如果父母也不能理解，還不斷給他施壓，不斷刺激他，有的孩子就崩潰了。

是的，我在訪問中聽到了「崩潰」這個詞。我想，這恐怕言重了吧，就問老師。

老師說：「崩潰」就是徹底放下來，不學，也學不進了。家長們不是總說「你要是考不上大學，就完了」嗎，現在不學了，學不進去了，不就完了嗎？

老師也說，你沒看到報紙報導嗎，過去高考落第後有自殺的，現在中考、高考還沒考，就有自殺的，還有把母親殺了的。這不是精神「崩潰」是什麼？

京源學校組織過這樣的班會，老師在黑板上寫出一個供大家討論的題目：「將來怎樣做父母？」

同學們看了，起初一驚，然後是笑。

然後是反應非常強烈的發言。

女生會毫不羞澀地說，我要結婚、生孩子，然後如何讓孩子有機會接觸各種各樣的事物。

「我要經常帶孩子出去玩兒，開闊眼界。」

「我要經常和他聊天。」

「我不會老是命令他這不許幹，那不許幹。」

「我不會老是說他，你這幹不好，那幹不好。」

還有女生說：「我不想生孩子，我想養小動物，我會天天好好地照顧它們，讓它們快樂！」

「我不想結婚，我也不想當律師、醫生什麼的，我想賣花。」這個想法透露出的是學習太累，將來就賣花吧，那也許不要多少學問。

張郁茜告訴我，總的來說，同學們說的都集中地反映出：精神上、情感上的需求，比物質上的需求更重要。

「不管怎麼說，沒有一個同學說，我將來要讓孩子好好學習。」

6. 誰幫助了我的孩子

您還記得我的孩子嗎？那一年他中考，面臨著考不上高中的危機，我鼓勵他向「名落孫山」的那個孫山看齊，爭取考上北京市中考上線的最後一名。結果如何？

那時我沒招了，說：「兒子，你不能再跟著老師復習了。」

他說：「那我不是更不行了嗎？」

我說：「不。你想想，任何一科的老師都要面對全班學生，攤到你身上能有多少時間？你想請老師給你補課，但你將有不少時間在等待中耽誤掉。」

「你是說請家教？」

「不。請家教，老師還需要一個熟悉你的時間，而且你還會有不少時間耽誤在去家教老師那裡的路上。現在要完全靠你自己復習，否則你沒時間了。」

孩子感到困惑地說，完全靠我自己怎麼能行呢？

我拿出一張紙、一枝筆，在紙上先畫了一根樹幹，我說，你先從一本課本的目錄復習起，一門課就好比這一棵樹，目錄裡的每一章都好比樹的一個分枝。每一章裡還有小節，這些小節就是分枝上更細的分枝，樹葉都長在這些細枝上。每一棵樹，樹葉是最多的，要記住這麼多樹葉太難了，你復習時先把這些樹葉通通丟掉，不去管它。這起碼就把難度卸載了一半。

兒子說，樹葉是知識點，都不要嗎？

我說，你說對了，樹葉是知識點，如果你先去管這些樹葉，你就會用去大部分時間還未必管住多少。別忘了，樹葉是最多的，但出現在考卷上的機率是最少的。你要先把樹幹和樹枝搞清楚，就是說先抓重頭的。樹幹就是這門課，你不必記，但你要把哪根樹枝長在樹幹的什麼地方，就是說與樹幹的關係搞清楚，然後把更小的樹枝長在哪根粗樹枝上搞清楚。如此把這門課的所有細枝都長在哪些粗枝上，把它們的來龍去脈都搞清楚。

我接著說，我相信你把一門課的主幹和所有分支的來龍去脈搞清楚，你就抓住了大頭，抓住了主要的東西。我相信你絕不會一點樹葉都沒印象，你平時頭腦裡已經記住的其實是那些知識點，只是這些知識點在你頭腦裡是零散的樹葉。你如果把這門課的來龍去脈搞清楚，那些零散的樹葉就在這個過程中有相當一部分自然而然地長在那樹枝上了。沒有長在樹枝上的知識點，不是活的知識。知道哪些知識點長在哪個枝頭，知識就活了，丟不掉忘不掉了。

我又強調：別忘了，不是要考第一名，是考北京市中考上線的最後一名。我堅信你只要把樹幹和分枝的來龍去脈搞清楚，你原有的知識點在樹枝上就活了，這樣去考，達到孫山肯定沒問題。這樣去學，你的難度就下降了至少一半。如果你還有時間，再去進攻那些樹葉。把你印象不深的樹葉弄明白它們長在哪些枝頭，能撿多少算多少，我相信那時搞定那些樹葉，要比你硬記的成活率和速度都強，如此就更有把握了。

我還說，這樣一個過程，此時此刻，已經沒有哪個老師能這樣幫你，我也不能替代你，只能靠你自己救自己。你聽懂了？

兒子的眼睛很亮：「爸，我聽懂了。」

我的孩子或許還算較有獨立思考能力，他寫作文或答題，那些別出心裁的用詞用意，常被老師糾正。他常問我：「爸，我這樣寫有錯嗎？」我總是說，沒錯，不但沒錯，而且是你的優點。她母親則經常說：「別聽你爸的，答題要完全按課本、按老師的要求答，否則你要吃苦頭的！」看來他母親的話應驗了。

這時兒子又拿眼睛看我，我知道他心裡還有一個障礙，就是現在他仍然是班長，在這最後復習的日子離開同學不去學校，行嗎？我說：「現在是非常時期，大家都要靠自己。再不能猶豫了，同學們也會理解你的。時間只有一個多月，要靠你自己安排。大部分時間就別去學校了，放棄跟著老師走，就在家裡自己幹，有信心嗎？」

兒子說：好吧！

就這樣，在他最困難的時候，我們看到他給幾個班幹部打了電話，然後就開始閉門復習，一門課接一門課地

「吃」。我和他媽媽看到他非常用功。

最後，兒子取得了從模擬考試躍升 76 分的中考成績，遠超「孫山」，創造了該校歷年考生中考成績比模擬考成績提升幅度最大的紀錄。這個紀錄對那些拔尖的學生可能沒有意義，但對所有中下游學生都有意義。所以他的老師後來常以此來鼓勵那些模擬考績落後的學生。

如今對照學校正在普遍開展的探究性學習，我想，孩子那次以異乎尋常的方式進行的拼搏，實際上正是一次探究性學習，是通過探究每一門課的來龍去脈，在復習中有效地把書讀活了。那些課在他心中雖然還不能說達到「葉茂」的程度，但已經長成了一棵棵活生生的大樹。是「探究性學習」以及相當程度的「自主方式」，幫助了我的孩子。

7. 我們頭上有「三座大山」

我在採訪中，聽到一群又一群的孩子對我說著一個共同的聲音：「我們的頭上有三座大山：家庭的壓力，學校的壓力，社會的壓力。」

我問哪一座壓力最大？

他們異口同聲：家長！

最大的壓力，總是出現在他們的成績不理想，而且產生厭學的時候。家長覺得孩子都這樣了，還不好好學，怎麼行？於是訓斥、挖苦，以種種辦法繼續加壓。

有的說：「我看你沒戲了，將來就當個民工算了！」

有的家長說得更難聽。一個學生告訴我：「父母說我，你連狗都不如！狗還能看看家，還能殺了吃，可你既不能殺了吃，又不能看家……」

我一邊聽著他們敍述，一邊想起學生們寫給張郁茜老師的信中對自己父母的描述。一封信寫道：「我爸讓我好好學習，他自己下了班卻在外面，飯局、舞廳、卡拉 OK，喝醉了回家，吐得滿地都是……」

另一封信寫道：「我媽一天到晚就是化妝，過 5 分鐘就搽一次粉……」這顯然是一種誇張的說法，但可以感覺到，什麼叫「彼此都不給對方留一點面子」。

我問學生：「你們有恨父母的嗎？」

他們同聲答道：「沒有。」

「為什麼？」

「快中考了，我媽總問我想吃什麼，我說什麼都不想吃。我媽就一樣一樣地給我報，讓我挑。我聽煩了，說一聲好吧。我媽就上街去買，如果當天買不到，第二天准會出現在飯桌上。」

「每天早晨，我媽連牙膏都給我擠好了，洗臉水也不讓我倒……我想這一輩子再不會有人這樣照顧我，我一輩子都不會忘的。」說這話的是個女孩，說著說著就哭了出來。

「我愛打籃球，曾經說過，我夢想有一雙最好的耐克鞋。我知道這是不可能的。我爸我媽都下崗了。可是前兩天，我爸把一雙 800 多塊錢的耐克鞋放到我床上，對我說，兒子，這一段你也打不了籃球了，你就穿著它上學吧！而我爸，每天穿一雙破解放鞋去做工。」

這就是中國的父母呀！

我再次想起了張逸民院長說的，我們的老師、學生和家長都超常付出很多很多，我們的孩子應該特棒才對，可是不是。張院長隨即一口氣說出三個依然：學生的負擔依然很重，厭學情緒依然很大，自信心和能力依然很差。為什麼？

「因為學生學了太多不必要那樣學的東西。」

這個聲音已經從很多地方冒出來了。

可是誰能阻止，誰能改變？

老師們還告訴我這樣一個情況：「到中考結束那一天，你來看吧，學生們考完最後一科，教室裡立刻就沸騰了。」

「歡呼？慶祝終於考完了？」我問。

「不。學生們撕書，撕筆記本，撕平常讓他們做的卷子。撕了還用腳踩，用腳在地上踱，或者撕成碎片，拋在空中，看著紙屑滿教室紛飛，大家吶喊、歡呼……」

「這是真的？」

「真的。」

「普遍嗎？」

「不是每個學校都有，可有不少學校，每年這一天都有幾個撿破爛的候在考場外。他們知道這一天會有很多破書廢紙撿，學校也不會攔阻他們，那些教室是他們收拾乾淨的。」

老師們還告訴我：

「這一天，沒有老師會去批評學生。」

「有的同學邊撕邊哭。有的老師看到這場面心裡受不了，跑到辦公室裡掉眼淚。」

「初三，就這樣結束了。」

「許多父母並不知道，他們的孩子是這樣告別初三的。」

「他們說：痛恨初三！」

【相關思索】永遠不要對自己的孩子失望

建立在工業生產力之上的教育，檢驗方式亦如檢驗產品那樣通過考試來選拔。選拔的另一面即淘汰，為了不被淘汰，就要拼搏。此種拼搏主要是陷入「應試」的拼搏。

由於種種原因，我國青年的上大學率到 20 世紀末也只有 10%。經 10 多年拼搏後，許多家長說：我那孩子是我們的一個失敗。許多孩子說：我是我爸我媽的一個失敗。由於考試制度的莊嚴神聖，加之人們普遍認同考試在當今相對還是公平的，這就使許多落選的孩子在艱苦拼搏後自我感覺到──我笨。我們的教育，大家辛辛苦苦，難道是要使這麼多學生最後認識到「我笨」？

不是不要考試，而是需要從根本上改變現行教育中的「選拔功能」為「造就功能」。不改變，就很難改變「差生」們很早就「自我定位」。而「差生」與「差生」紮堆，則是孩子們的「群體自我定位」，導致許多孩子很早就自我放棄。教育不能以損失「大多數」為代價，教育要找到更有效的「為所有學生服務」的道路。

今天，科技產業化、農業產業化、文化產業化，乃至教育產業化，都在呼喚多種知識的激蕩交融，許多領域都有許多不需要科技天才去完成的工作，需要多種多樣興趣各異、才能各異的人們在我們「犁下有深土」的國度裡找到謀生的位置，締造新時代的五彩繽紛。

究竟有沒有笨的孩子？究竟誰家的孩子該被淘汰？我以為一個能把小學讀下來的孩子就已經不笨。沒有笨的孩子，只有興趣不同，需要朝著富有個性特徵的方向去發展的孩子。

前面說到的那個初三孩子，他即使不想學了，也不是沒有優點。他想當警察，考職高，是因為他怕考高中、考大學失敗，他不想失敗。這不想失敗，便是還渴望成功，渴望在別的道路上成功，這就是「上進心仍在」。

每個人都是獨一無二的，每個人都可以做到最好。這最好的標準並不是成為牛頓或上哈佛，而是找到一條最適合這個人發展的路，亦即「對自己來說，爭取成功的把握性最大的路」。在這條路上發揮得淋漓盡致，那就是最好！

這樣說，也不是說這個初三孩子就不適合考高中考大學了。他才十四五歲，他目前遇到的最大問題是：我們的教育用一遍遍重複操作的超負荷知識量挫傷甚至扼殺了他的信心。必要的信心尚未建立，阻礙了他學習能力的發揮，怎麼知道他不會學習呢？

事實上，多數考試受挫的學生並非不聰明。愛因斯坦在學生時代就不是一個能考出高分的孩子，甚至有幾門功課不及格。他成名後，記者在採訪中向他請教：「聲音的速度是多少？」他說：「我不知道。」記者疑惑。愛因斯坦說：「我不會在腦子裡記一些從書本中能查到的知識。」我想，愛因斯坦在我們的考試制度下，恐怕也是個落榜生。

沒有笨的學生，只有笨的教法。這話也許永遠是對的。

一些不循規蹈矩的學生，往往可能潛伏著更大的創造力。這些學生可能特別不適應現在這種教育方式，而顯得成績不好，以至被淘汰。

那個初三孩子自信心缺乏，但自尊心並不缺乏。

母親會說：「我那孩子滿不在乎，一點兒都不懂得想想將來。」其實，孩子那滿不在乎的樣子大多是裝出來的，是他對自尊的自我保護。因為他受的刺激已經太多，自尊心幾乎是他最後的一道防線。這自尊心很強，又很脆弱，已經非常需要家長精心保護了。

幾乎所有家長都愛拿別人孩子的優點跟自己孩子的缺點比。其實，這是很忌諱的。許多孩子都說：我的父母並不喜歡我，更喜歡別人的孩子。「連我的父母都不喜歡我，我自己也討厭我自己。」當孩子說這話時，自信心已經很受打擊。許多孩子也説，父母誇他一句，「會美上幾天」。而損他一句，也會對他內心損傷很久。

我看到一則這樣的故事：1975年母親節，比爾．蓋茨給母親寄了一張問候卡，這年他在哈佛大學讀二年級，他在卡上寫道：「我愛您！媽媽，您從來不説我比別的孩子差，您總在我幹的事情裡尋找值得讚揚的地方，我懷念和您在一起的所有時光。」比爾．蓋茨從母親那兒得到了什麼？得到了一份可能被許多母親忽視的東西——賞識。

應該賞識自己的孩子，賞識不是一般地對孩子的鼓勵或讚揚，而是要真正認識到自己孩子的才能和所做的事情的價值，並予以充分重視和讚揚，由此支持孩子按他所喜愛所擅長的方向發展，而不是按父母的願望去發展。不論孩子眼下處於什麼狀態，永遠不要對自己的孩子失望。

第七章　驚心動魄的浙江教育轉型

浙江全省孤軍挺進綜合課改，立刻遭遇重重阻力。老師有困難，家長有疑慮，本省有「兩會代表」提出質詢，還有些院士也反對，很多群衆來信寄到各級領導部門，提出「救救孩子」！

那個冬天很冷。那天下午，在省政府一個會議廳裡，這邊坐一排教育專家，對面坐一排院士，就這樣面對面地發表意見。堅持和反對的意見都旗幟鮮明，都深切關心國家進步，分管教育的省政府領導坐在中間，難以裁決……

没有哪一次重大教育轉型不驚心動魄。20 世紀初中國向新學轉型，也曾風暴般震動全國，教四書五經的先生感到茫然，朝廷的科舉制也搖搖欲墜。今浙江課程改革佈局出的「綜合」陣勢，是新一輪風暴。他們「變教材」，提供了讓所有教師向新教育轉變的基礎，且一開始就是從「精英化教育」向「所有學生得到好處」的新教育轉型。其 10 年努力至今，已能見出教育發展對經濟發展的支持必使浙江前程遠大。

1. 三大瓶頸與兩種努力

我曾問，課程改革為什麼不是從北京開始？

得到的多方回答都說，課改動作很大，教育又是牽動千家萬户的事，北京的動靜對全國的影響都太大，還是從其他省市先開始實驗比較穩妥。

教育的難題看起來千頭萬緒，但限制中國教育轉型主要有三大瓶頸：一是師資資源，二是課程資源，三是評價制度。

今日中國並不缺教師，但缺乏能開展新教育的教師，這意味著我國 1000 多萬教師都需要接受培訓和學習，以實現向新教育轉變。這對每個教師都將是一次洗禮，甚至是衝擊。

課程資源不僅是課本。你看，蒸汽機來的時候，不會在政府辦公室和家庭裡出現蒸汽機；人類歷史上還從來没有哪一種技術像電腦這樣，無所不至地進入政府辦公室、教室、醫院、商場、家庭等一切地方。網路聯繫著五洲四海的數千年文明，聯繫著昨夜剛剛在網上出現的新知識。如果不能培養出學生獲取和綜合運用千奇百幻的知識的本領，不能把最新的知識引進課堂，學生走向社會就會找不到飯碗。

評價制度中最受關注的即中考、高考。學生、家長、老師身負的壓力，都集中體現在考試的壓力上。

北京和浙江的努力，可以看做是分別向「師資資源」和「課程資源」這兩大瓶頸發起進攻。現在看看浙江的跋涉，可以窺見，真正的先行者常常是尷尬的……

2. 浙江教育的深遠根基

寫到浙江，不禁想起紹興小城，想起蔡元培。

晚清中國變教育的呼聲起於北京，京師大學堂於 1898 年在戊戌變法中興辦，同年秋變法夭折。蔡元培這年 31 歲，官做到翰林院編修，「尤服膺譚嗣同」，就在這年農曆九月毅然去職，回故鄉紹興辦新學。

進士出身的蔡元培拋棄功名利祿去職還鄉，這事並不簡單。這裡不唯躍動凜凜浩氣，更有卓然智識。1902 年，他與浙江餘姚人章炳麟等在上海創立中國教育會，便被推為會長。復興中華不僅匹夫有責，匹婦也有責，蔡元培還創辦愛國女校。1917 年他成為北大校長。

浙江人重教育似甚於別處。越劇《梁祝》的戲就做在祝英臺女扮男裝去讀書的背景上。故事不僅展現了對自由戀愛的生命追求，還表達出女子對讀書的嚮往。梁祝故事最早流傳於東晉穆帝永和年間，距今約 1700 年，故事裡的梁山伯是紹興人，祝英台為上虞人，讀書地點在杭州。

浙江獲過茅盾文學獎的女作家王旭峰著有一本《走過西湖》，其中寫到杭州知府林啟於 1897 年在杭州普慈寺創辦求是學院，招首批學生 30 人，考取第一名的是章炳麟，這學院即浙江大學前身。同年 4 月，林啟又建蠶學館，因當時東洋絲已充斥滬杭市場，浙絲一落千丈。林啟意識到若不辦桑蠶學校，便不可能與日本人競爭，於是辦學，讓世代生產絲綢的浙江人來學日本新工藝，這裡就有女子參與學習新工藝的足跡了。這所學校即今日浙江理工學院前身。1899 年林啟還辦了養正書塾，這名字聽來還像個舊私塾，20 世紀初年改為浙江最早的普通中學。林啟 1900 年去世，真稱得上是窮盡一生之力辦新學。林啟是福建人，因杭州人懇請，其家人同意將林啟留葬杭州，時人在林啟墓前的石牌坊上撰有一聯：

樹人百年樹木十年樹穀一年兩浙無兩

處士千古少尉千古太守千古孤山不孤

這是一副紀念林啟辦新學的對聯，不僅反映了林啟之辦學，還反映了浙江人對新教育之重視。這一年清政府尚未頒佈《興學詔》，朝廷號令舉國辦新學這一聖命頒行於 1901 年。

說到浙江省 20 世紀 90 年代的課程改革，人們公推一位最堅決的主持者是當時的浙江省教委主任邵宗傑。我初見他時感覺他樸實得像一個老農民或老工人，但聽他說話便感到他極其的樸素中蘊含著非常豐富的學識。他告訴我，在林啟於杭州辦新學的同時，還有一位國學大師孫詒讓，在溫州辦翻譯館、學計館、蠶桑館，這都是在朝廷頒發《興學詔》之前辦的新學。其中學計館所學即數學，其浩浩影響使溫州成為 20 世紀中國出了最多數學家的數學之鄉，其中著名數學家蘇步青、陳建功、谷超豪均出之這一流脈。再看孫詒讓，他本人是清代經學家、文字學家，曾撰有《周禮正義》、《墨子間詁》，他的《栔文舉例》是考釋甲骨文最早的著作。這樣一位中國古文化淵博的國學大師在國家迫切需要新學的歷史歲月，依託故鄉溫州，為培養家鄉子女學外文，學數學，做出了如許貢獻，這樣的傳統也是深遠地影響了今天的邵宗傑先生的。

浙江受 19 世紀末最早辦新學的影響，傳到 20 世紀 50 年代，使我國科學院首批院士中浙江籍院士占到約 1/3，迄今全國兩院院士也以浙江籍院士為人數之最。

如再前溯，還可以看到，自南宋以來，由金華學派、永嘉學派、永康學派共同形成聲名遠播的浙東學派，他們倡導經世致用之學、事功之學，反對脫離實際。這對浙江人重視學以致用、重實業、重商賈，歷明清至今，是沛然化雨植根於民間，影響深遠的。

我在魯迅故居漫步時還想，雖然先生説他少時已家境衰微，但我所見的魯迅故居，包括他家「後面有一個很大的園，相傳叫作百草園」，那是我們許多人今天也沒有的居住環境。這使我想，浙江民間在明清兩代的經濟發展也是不能忽略的因素吧！

20 世紀最後 10 年，為浙江課程改革奮聲疾呼寫了許多文章的余自強老師，也出自温州，他是温州市教委的教研室主任。温州古稱永嘉，就是永嘉學派的誕生地。今温州農民很早就勇敢地走向市場，不但走向全國，還走向世界……我沒有去過温州，但在義大利「遭遇温州」。那還是 1992 年，我在羅馬看到那些中國餐館的經營者幾乎都是温州人，並從大使館得知，在義大利辦餐館及經商的温州人有數萬之衆，還得知在温州培訓各種外語的培訓班常年不斷。我在義大利見到的那些温州姑娘幾乎都沒上過大學，甚至沒上過高中，她們是在温州接受義大利語培訓後來義大利的。她們能用義大利語營業，但讀不懂義大利報紙。1988 年，浙江省鄉鎮企業迅速發展，非農業產值已占農村總產值的 70.1%。我想，浙江經濟發展，應是浙江最早走向課程改革的土壤。

我以為浙江當今課改先驅者們的努力，有如孫詒讓、林啟、蔡元培等人當初的努力，是值得我們去理解並尊敬的。

3. 學生為什麼流失

1985 年前後，整個中國的教育都在摸索中改革發展。1986 年 4 月，六屆人大四次會議通過《中華人民共和國義務教育法》，浙江課改在這個背景下出現。

「國家義務教育法 1986 年實施後，我們需要統計少年兒童上學率，這時發現一個突出問題：大量的學生正在流失。浙江省流生率達到 8%。」沈復初先生告訴我。

沈復初是浙江省教委當時的教研室主任，他說當時鄉鎮企業正紛紛發展起來，大家都說學生流失的原因是打工去了。我們做了大量調查，發現在退學的學生中，不是因經濟因素，而是因課程難度讀不下去的學生，小學生占 28.3%，中學生占 50.6%。這個問題是嚴重的。

「義務教育與非義務教育不同。過去你讀不讀隨便，讀不好就回家，現在你必須讀。」沈先生說。

我理解，教育歷來是與經濟土壤相聯繫的。如農業時代，你有體力就會有飯吃，統治者可能覺得你沒文化更好統治。工業時代，政府就要重視培養工業所需要的人才了。電腦時代出現，一個人僅憑體力已很難謀生，如果你連初中文化都沒有，將來不僅自己麻煩，還會成為社會的麻煩、政府的麻煩。所以，義務教育是每個人自幼就必須接受的教育。換句話說，義務教育不是福利教育，不是上學不要交錢，而是每個少年兒童都必須接受九年制教育，這是你和你的家庭必須承擔的義務。

沈先生還告訴我：「由於課程太難，一個10歲的孩子，他聽不懂就會動、會鬧，老師就很頭疼，就會叫家長把孩子領回去，說你太鬧了，鬧得其他孩子没辦法念了。」

8%的學生流失，這不是個小數字，而且多年居高不下。他們中有些人確實到鄉鎮企業當了童工。眼下看來他們還能出賣簡單的勞動力，但隨著中國改革開放的推進，大量國外企業及其先進技術產品湧進中國市場，中國的企業「國家隊」有不少尚且招架不住，職工紛紛下崗，剛剛興起的鄉鎮企業更將遭遇全面挑戰，那麼這些失學青少年日後又何以謀生？這必將成為社會的問題。為了讓這 8%的孩子能在課堂裡讀下去，能不能改革課程，能不能降低難度？

可是，當時大家都在提高學習難度啊！不提高難度，如何遴選英才？但如果不降低難度，又如何保證國家的義務教育法得到實施？而要降低難度，又如何來降？

邵宗傑說：「只有把廟拆了，才能真正做到降低難度。」

他說的「拆廟」，是指要徹底改變現行課程。

「這是我們最初的思路。」沈復初告訴我，「我們想，能不能搞出對 100%的學生都能適應的課程？」

這一時期，貫徹義務教育法是國家教委的一項重要工作。浙江教委的思路是積極的，得到了國家教委的重視。邵宗傑說：「柳斌找我談了 3 次，說這是個難題，考慮到浙江有基礎，你們先搞起來吧！」

柳斌當時是國家教委副主任、國家總督學。他多次找邵宗傑談話，本身基於非常慎重，也基於對邵宗傑的瞭解和信任。課程改革畢竟是一個只許搞好不許搞砸的大變革。就這樣，經過上下的慎重考慮，浙江省教委接受了國家教委交給的一個任務——探索課程改革。時間是 1988 年 5 月。

由此已能看到，浙江的課程改革雖然起步之初還沒有從工業化時代的教育向信息化時代的教育轉型的理念，但他們一開始就是朝著糾正精英化教育之弊，力圖使 100%的學生都得到好處這樣一個方向挺進的。變精英化教育為所有人得到好處的教育，正是向新世紀新教育轉型的典型特徵，浙江課改的第一步正是從這裡出發。

4. 規模空前的社會調研

「那時，我們組織了三百多人次進行調查。」沈復初說。

我問，為什麼要三百多？

他說，我們對省內 9 個地市 36 個縣的 170 多個鄉鎮進行調查，開座談會 680 多次，聽取 6500 餘名各類人員的意見，還從全國回收了 7800 多份調查問卷。參加這項工作的人中有專業調研人員，還有大學、中學、小學的人員，非常慎重，應該說我們得到的各類意見，還是比較有群眾基礎的。

沈復初先生接著說，一個調研小組被派去香港，看到香港中小學開展綜合課程教學已有多年，「我們看了他們的八九種課本，都是綜合的。比如以前初中用的《物理》、《化學》、《生物》、《地理》課本沒有了，變成了一門綜合科叫《科學》。接著發現，發達國家普遍採用綜合課程，發展中國家推行綜合課程的也很多了。」

沈先生還說，當時我們發現，初中仍然採用《物理》、《化學》、《生物》等分科課程的大國，蘇聯是一個，我們是一個，但我國的香港和臺灣都已經不是分科，是綜合的了，這使我們暗暗吃驚。

正是看到了世界上的變化，浙江先行者們的歷史性抉擇才集中到綜合課程的思路上來，並在設計、編寫綜合課本時力圖革棄舊課程體系「繁、難、偏、舊」的內容，把「降低學習難度」和「推行綜合課程」統一到一個思路上，同時把「貫徹國家義務教育法」和「提高學生綜合素質」統一起來。

這時，温州市教委教研室主任余自強，猶如從工業化時代的教育營壘中殺出來的一匹黑馬，作為浙江綜合課程改革的主要設計者之一，他做了大量先鋒工作。

在此請留意，北京的王能智是在舊教材上開展探究性學習，以學生進入探究的自主性去突破舊教材的束縛，從而創造出一個培養綜合智慧的新天地。浙江是從教材和課程設計上就佈局出綜合的陣勢，有利於大規模地把師生帶進這個陣地。然而有了新課程，不等於就有能教新課程的老師。不久你將看到，浙江課改最尷尬的困境，是遇到來自教師的阻力。如果有一隻「上帝之手」，將王能智的新教學之手與浙江的綜合課改之手握在一起，便會相得益彰。

20 世紀 80 年代，王能智的教改主要是在北京市石景山區推行。90 年代，上海市也有部分學校邁入綜合課程實驗。浙江省的綜合課改，是在浙江全省挺進。浙江的先行者們沒有料到，這件在他們看來已經勢在必行、不能拖延、不容置疑的大事，還是遇到了超出預料的阻力。

5. 英雄也下淚

邵宗傑先生就這樣走進了很多浙江人的視野。

因為阻力，很大的阻力，擔任浙江省教委主任的邵宗傑已處在衆目睽睽之中。那時，如果邵宗傑比較保守，或者比較圓滑，他只要說這件事既然阻力過大，既然我省有「兩會代表」質詢，有科學院院士不認同，我們就尊重他們的意見吧！那麼省領導也會尊重他的意見，浙江的故事就擱淺了。

可是，這個邵宗傑不！他不保守，也不圓滑。

他以巍巍之身，凜凜之氣，力主推行綜合課改，堅定不移。他挺身站在那裡，浙江省教委的志士們便形成了一個堅強的集體。

國家教育部基礎教育司副司長朱慕菊說他「嘔心瀝血」，稱之為「改革的高士」。教育部基礎教育課程發展中心的劉堅主任，以及北京師範大學承擔新世紀《科學》綜合課程新教材編纂任務的執行主編劉潔民教授，都稱邵宗傑為「英雄」……英雄也是會下淚的，我還聽其他人士說，邵宗傑不止一次講到「要堅持」時熱淚盈眶，說自己什麼都可以不要，但綜合課改不能放棄！

他們說：那是很悲壯的！

我沒見過那個場面，但在今天，你仍能從諸多人士口中聽到對他的讚揚，這可能比聽其本人述說更有分量。

沈復初先生不緊不慢地回顧。他說 1990 年我們編出了新課本初稿，省教委很慎重，請浙江省科技文教界有威望的人來幫我們提意見，我們這麼個搞法你們看行不行？根據他們的建議，我們作了修改。

我們再請人民教育出版社的老先生看，這些老先生很負責任，很多是浙江人。他們給我們出了很多主意，他們也瞭解些國際上的改革，一次次幫我們論證，又把國外的資料提供給我們。到 1991 年秋天，整套新課本出來了，包括語文、數學，整套書都變了。那時我們自己就很激動，分科的課本用了快 100 年了，現在就要變了！

從哪裡開始？我們選了紹興、諸暨、慈溪 3 個地方的部分初中一年級和小學一年級各 5000 人進行實驗。1992 年擴大到蕭山、龍游、慶元，初中有 4 萬學生、小學有 12 萬學生進入實驗。這時就有了不同意見。1993 年我們全省進入綜合課改，意見就鋪天蓋地來了。

什麼意見？你看，都說 21 世紀是生物的世紀、化學的世紀，物理學管上天下海，怎麼連課本都沒有了呢？數學被稱為「王國」，怎麼能降低數學課的難度呢？數理化教得好好的，給你們這麼一搗鼓，教育品質還有沒有保證？和中考不銜接，能不能考上高中啊，能不能考上大學啊？

老師也有困難。老師的困難變成家長的疑慮，然後就形成社會輿論。認為這個事不行，會影響到很多人。認為教育是不能試的，年齡過了就過了，不能退回去的。尤其是教育部門有些很有威望的老師，比如他原來在物理界很有威望，他們也來講這樣不行。還有高中的老師也來講，將來高中接不上，怎麼辦？還有很多人去找政協委員、人大代表，由「兩會代表」給我們提出質詢，要我們回答。還有很多群眾來信直接寄給我們，或從黨政部門轉給我們。社會上說，這是一批瘋子搞了一堆廢紙。

他們提出：「救救孩子！」

最尷尬的情況來了，好多老師也反對，這是「後院起火」了。火燒到我們教委，大家焦頭爛額，教委主任邵宗傑更是焦頭爛額。

老師們提出來，你們講的道理都對，可是，為什麼只有我們浙江一個省搞，其他那麼多省為什麼都沒有搞，怎麼解釋這個問題？你們說上海也搞了，上海只搞了十幾所學校，我們浙江為什麼要這樣冒進？過去搞大煉鋼、大躍進，我們吃的冒進虧難道還不夠嗎？

接著有一些浙江的中科院院士給政府上書，認為降低難度的教育，肯定將使未來失去一流的科技人才，後果嚴重！

這樣，政府也感到了很大壓力。到 1995 年年底，矛盾到了不能不解決的地步。當時政府考慮到「群衆呼聲很高」，有一種協調意見也希望我們先停下來，或者讓一部分重點學校不要用這個教材。

但我們不同意。

我們被召到省政府去開會。

院士們也被召去了。

那個冬天很冷。

那天下午，在省政府一個會議廳，我們這邊坐一排省教育廳的，我們對面坐一排院士，就這樣你一排我一排面對面地坐著。分管教育的副省長就坐在這中間，坐在這兩排會議桌一頭中間的領導席上。

反對的意見很尖銳。我現在也不好重複。

不過院士中也有支持我們的，比如剛從美國回來的院士就很支持我們。也有搞海洋研究、土壤研究等方面的院士贊同我們，海洋、土壤方面的研究都很需要綜合知識。爭論最緊張的時刻，副省長就出去給國家教委柳斌副主任打電話，交換意見。

那天會議開到很晚，天黑下來了。到晚上 7 點鐘，柳斌還在北京國家教委的辦公室裡，沒吃飯，也沒回家。柳斌一直是支援我們的，他在 1995 年 8 月還曾經明確指出：「綜合課程改革的方向是正確的，全國其他地方以後也要朝著這個方向努力。我們希望浙江取得成功。」現在他擔心浙江課改夭折。副省長面對科學家和教育家的不同意見，知道爭論的雙方都是為了中國的未來，挫傷哪一方都不妥。最後他與柳斌達成共識，一時定不了就暫時不定。這個會議就算雙方交換了意見，會議不得不結束了。

6. 邵宗傑為什麼堅定不移

這以後爭論仍然激烈。省裡還開過一個校長座談會，邵宗傑去參加，會上，邵宗傑被校長們批了一通。

邵宗傑仍然堅定不移。

邵宗傑回到家裡，有人把電話直接打到他家裡，對他語重心長地說：「你要為 4000 萬浙江人負責啊！」

我曾想，究竟是什麼使邵宗傑如此堅定呢？後來與邵宗傑交談，才知他對「義務教育」，對「綜合課改」，以及基礎教育對青少年成長的影響，乃至教育的民族化、地方化和國際化都研究得很深。

他說，我能理解那些不贊同我們這樣搞的科學院院士，他們對自己的學科體系是很有感情的，對祖國深深熱愛，對祖國的未來深深關心，看到我們從課本裡刪掉哪一塊都比剜去心頭肉還難受，說著說著就掉下眼淚，我聽了也是很感動的，我敬重他們！但我也要研究我的教育科學領域。他說，「我是小學教師出身的……」我聽著聽著，知道他遠不止有豐富的教學經驗。

他說不光是一個領導者要有決策能力，每個普通人在自己的成長中都需要有決策能力。為此他認為，在基礎教育階段，需要培養一個初中畢業生擁有5種最基本的能力：一是決策能力，二是經濟頭腦，三是交際能力，四是文化科學，五是吃得起苦。這5種基礎能力較好的初中畢業生就可以出去闖蕩了。

怎麼叫可以「闖蕩」呢？比如搞室內裝修的、搞建築的，看到人家一個新穎的東西、一張設計圖紙，琢磨琢磨，就能做出來。歷史上浙江人有一技之長的，走四方，見多識廣，不斷學習，到一定氣候辦個小企業，慢慢就做大了。

他認為對這 5 種基礎能力的培養，都應該體現在教材裡，可是我們課改前的教材，主要是體現文化科學這一種，就這一種，學生還不堪承受。現在大家都說，一個孩子只讀完初中能幹什麼呢？我們這些從事教育的人，是有愧的啊！現在還不改變課程，能行嗎？就是我們現在已經改革的教材，對這5種基礎能力的培養，也還體現得不夠充分，還應該繼續改進，可是我們才有了這麼一個開端，推行起來就這麼難，怎麼辦，能退回原來嗎？

「我希望新一代從學校裡出來的浙江人要比老一代浙江人強一些，這就是我的工作目標！」邵宗傑說。

那天，我們在杭州一家裝修得相當典雅的飯店裡聽他傾訴衷腸，沈復初先生也在場，我知道我的內心湧動的已不僅僅是感動。

「最大的阻力，其實是習慣。」邵宗傑說。

接著，他講到美國是一個主張自由的國家，「要不要搞義務教育，曾經爭論了 60 年。」

我問：「怎麼爭論了 60 年？」

「從麻塞諸塞州第一個開展義務教育，美國就開始了爭論，到最後一個州也開展義務教育，整整 60 年。」他說直到這時，他們才算是全國統一了認識，認識到一個國家的興衰榮辱，不光與執政者有關，還與全體人民能力的強弱有關，要使全體人民受到教育，而且是強迫教育。「他們把上學看得跟收稅同樣重要。不納稅是犯法的，不上學也是犯法的。」

說到我國義務教育法的頒行，他說中國用一個星期決定了這件大事，好處是，這大約是全世界用最快的速度，迅速做出了這個全國受益的正確的決定。難處是，在全民中還缺少充足的討論和認識，就是在宣傳中，不少媒體自己也還沒有搞清楚。

他說：「我們貫徹義務教育法，就意味著我們搞義務教育是『面向全體，造就全體』，為全體青少年素質提高而進行的教育。為實現這個目標，我們需要的課程，同精英教育中為造就少數拔尖科技人才所設置的課程是不同的。1000 個學生裡出了 1 個博士，我們津津樂道於 1 個博士。999 個人沒意義了？意義就 1 個博士？我們要造就『全體』要相信『全體』。」

他還說：「一個國家的興衰榮辱，生死存亡，不光靠精英，還有全體老百姓！」

他還說：「學數理化是為了去幹事的，不是為了去考試的。」

他說這些話時聲音不高，但我感到了振聾發聵。

他還說：「我個人認為，我們的教育現在對外語太重視，對本國的歷史太輕視。」他說我們十三四億人的大國，現在學生學外語花的功夫最大。就是讀到大學了，在許多大學裡，學生們差不多還要拿出 1/3 的時間攻外語。一個大學生，現在有多少新知識要去探究，社會有多少事等著他去做。不是學外語不重要，而是很重要，但是所花的時間和精力，比例失調了。影響到各行各業，評職稱，第一刀就是外語，用這把刀，砍掉了多少有實踐經驗的人才。人家說我講話比較「冒」，我也是心疼。他對我說：「你寫書把這件事也講講，就算是一家之言。你要講清一個孩子在基礎教育階段所必備的多種基礎能力對一生的發展有多麼重要。這是功德無量的事。」

我理解了，邵宗傑先生為什麼會如此堅定不移地堅持綜合課程改革，他不僅僅是因為承諾了國家教委交給浙江的一個改革實驗任務便忠實執行，他的堅持中有他對學生、對家鄉、對祖國深深的熱愛，亦有他深厚的學識做支撐，他正是極其負責任地為千萬人肩負著他所應當堅守的職責，那是他無可推卸的天職！

我不禁深感邵宗傑真乃人傑！有這樣的人傑擔當著浙江省教委主任一職，不論遭遇怎樣的阻力和衝擊，都能令我們再次領略何謂「一夫當關，萬夫莫開」。除非讓他從崗位上退下來，他自己斷無後退之可能。我豈能不感動於他心志不移的忠誠堅守，豈能不對這樣的英雄豪傑萬分敬佩！

然而，就在這期間，浙江省教委換班子，邵宗傑退下來了。

7. 獨特的「堅持與妥協相結合」

今天總結綜合課改以來遇到的難題，浙江歸納出「五個不」：教師不適應，校長不支援，設備不配套，家長不放心，社會不理解。從這「五個不」來看，反對者們覺得新班子應該充分考慮群衆意見，對課改說「停！」

這實際上是「五大難題」，居首位的是「師資問題」。有人曾極而言之：「原來都是合格的教師，現在浙江省沒有一名合格的理科教師了，這是人為造成的！」

教師的不適應，首先表現為對新教材的不適應，矛盾似乎又轉移到了教材，怎麼辦呢？

新上任的省教委主任陳文韶，也可謂在艱難中走到了風口浪尖。

「新班子對這個事也是支持的。」沈復初先生說。

新班子經審慎討論，提出：大家都讓一步。

怎麼讓？沈復初說，我們對教材進行修改，但不能退回原來，叫做「堅決試，認真改」。如果不改，矛盾會激化。我們的綜合課程是從西方得到啟發的，中國的老師能不能適應，要有個過程。我們在 1993 年可能全面推進得快了些。後來我們提出「老師們也努力一下」，修改教材主要是為了讓老師適應。

怎麼改？主要是在教材內部調整，比如說調到生物的內容相對集中，地理的內容也相對集中，物理和化學的內容平行。這樣，如果你一個老師能夠教就一個人教，不能夠教就兩個人一起教，可以幾個老師「抬」一門綜合課，對一個老師來說就減輕了負擔。到初三，我們有相當多的內容是綜合的，老師已經比較好接受了。這樣看起來，這個整合的程度是退了一步，但堅持了綜合課改的方向。

這是孤軍挺進的浙江課改遭遇的經歷。浙江省一批力行綜合課改的先行者們，在走著「堅持與妥協相結合」的道路。

但爭議仍然存在。「兩會代表」仍有提案質詢，仍有院士提出反對意見。新華社和浙江日報社都給中央寫過「內參」。

國家總督學柳斌仍然堅定地支持浙江課改，他說：「有校長曾經問我，國家教委為什麼不提倡英才教育？我告訴他，素質教育不是英才教育，但是素質教育為更多英才的出現提供了沃土。為英才而教育其結果是失去英才，為提高國民素質而教育其結果是得到英才。我們當前的傾向不是忽視英才不是忽視尖子生，而是相反。我們的基礎教育如果不能成為大衆教育、普及教育，那我們就忽視了鮮花賴以成長的沃土。」

1998 年 2 月，教育部基礎教育司組織了一批專家到杭州來開「基礎教育綜合課程研討會」。基礎教育司的李連寧、朱慕菊、劉堅等領導來了。中央教科所、北師大等 8 所師範院校的專家學者來了，其中有北師大研究生院院長顧明遠、北大附中校長康健等一批著名專家。華中、華南也有名家前來。這是個全國性的研討會，中央電視臺也派記者來參加。會議經過熱烈討論，提出要面向 21 世紀，構建我國新的課程體系。會議認為浙江課改是一個很有希望的苗子，無論如何要呵護它！

1998 年 3 月 3 日，中央電視臺在新聞聯播節目報導「浙江省中小學綜合課程教材改革取得重要成果」，這個報導播了 3 分鐘，對浙江課改是個很大的支持。

浙江課改的成果是輝煌的，並在 20 世紀 90 年代後期日益體現出對浙江經濟發展的強勢支持，容後敍述。

2003 年秋，在北京校長大廈，我聽時任教育部基礎教育司司長的朱慕菊在進一步推行綜合課程改革的全國會議上回顧說：「浙江課改遇到非常嚴峻的挑戰，在決定浙江課改到底該不該繼續走下去的時刻，不說全民投票公決，也到了各地教委來投票公決的地步。」

這裡講到了一個投票表決的情節。以往課程的決定權在上面，上面決定怎樣就怎樣。由於浙江省的「兩會代表」和科學院院士中有不同意見，浙江省教委則堅持己見，省政府領導也不好用權力定奪，於是交給浙江全省各地的教委去投票表決……

【相關思索】駕馭多元智能的綜合智能

前面講到了哈佛大學霍華德．加德納的「多元智能」理論。他認為人有 7 種智能：語言文字智能，數學邏輯智能，視覺空間智能，身體運動智能，音樂旋律智能，人際關係智能，自我認知智能。加德納 1983 年將此論結集出版，書名叫《心智的結構》（Frames of Mind）。近年，加德納又在先前提出的 7 種智能之外再加上「自然觀察者智能」。不論 7 種還是 8 種，我以為人還有一種綜合上述多種智能的智能，這是超越於上述諸種智能之上的更高級的智能，是駕馭多元智能的綜合智能。

加德納的多元智能理論，是他對人的感覺、思維、認識等多種能力進行研究所做的一種劃分和闡釋。世上還有人以類似的方式，作出類似的劃分和闡釋。

中國唐代玄奘與其門人窺基（慈恩大師）所倡的「唯識

說」（不稱唯物，不稱唯心，稱唯識），研究的便是人類「認識」之「識」的能力和途徑。該學說的第一層面，把「識」分為眼、耳、鼻、舌、身五識。其中的眼識，便是「視覺空間智能」。耳、鼻、舌識，包括了聽覺、嗅覺、味覺和語言智能。身識，涉及觸覺和身體運動智能。在第二層面，列第六識為「意」識，認為是以「心」統合各「識」產生的高級能力。今天，「思想意識」一詞已為我們廣泛使用。在「唯識說」中所指的「意」識，是可以涵蓋邏輯智能、思辨能力和藝術表達智能等創造性能力的。在第三層面，以第七識為「末那識」，從字面上看很費解，翻譯過來就是「自我意識」，指與整個世界對應的具有獨立性的人的整體智識。再有更深一個層面，列第八識為「藏識」（潛意識），以為人的一切外部表現都是這「藏識」所變。這便涉及到人的本能，涉及到奧地利心理學家佛洛伊德的理論了。

佛洛伊德發現「潛意識」，就被目為世界級的大師，加德納也因多元智能理論榮獲路易斯維里大學葛羅威麥耶獎和麥克阿瑟基金會天才獎，而距今 1300 多年前，唐代中國佛教大師玄奘從印度取經回來與其門人創造性地闡釋的「唯識說」所分這八識（8 種智能），在今天看來豈不是要讓我們大吃一驚！

再者，佛教大師們所說的「智慧」，不是指聰明，也不是指某一種超群的能力，其實就是人生綜合多種智能，融會貫通的大智能。換句話說，不論人有多少種智能，「智能」

二字已講盡了將各種智能融會貫通的妙境。通往此妙境的精髓與要義就是「綜合智能」。

人類走到 20 世紀的秋天，美國人在教育變革中能率先將工業時期的「分科課程」改為「綜合課程」，此舉絕非易事！分科教學重在傳授專業知識和技能，儘管技能的獲得也是我們今天所必須的，但綜合課程有益於人的綜合素質培養，通往對人的多種智能和潛能的全面開發。

我至為尊敬的中國工程院院士周國泰，是軍隊的一位將軍院士，他曾經隨手在一張紙上給我畫過這樣一幅圖：

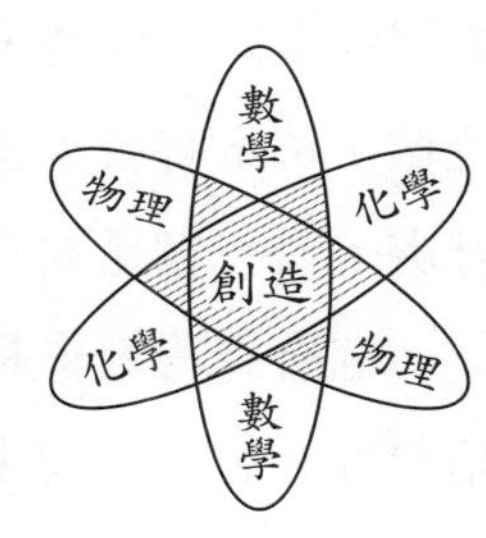

如圖所示：數學、物理、化學，如果各自是分開的形態，你去學它，主要是認知它是什麼，要產生創造是很難的。如果彼此發生交融，創造往往就產生在那些「結合部」。這就是綜合催生創造。

由於浙江綜合課程改革遇到的阻力，由於我國多數人對綜合課程改革必要性的認識還很朦朧，國家教育部雖傾向推行綜合課程，還是決定將課改分為「分科課程」和「綜合課程」兩種，以期各走一段，讓實踐説話。「分科課程改革」也稱改革，因課本內容也作了很大變動。我在採訪中看到，選「分科」的地方無疑也有改進，但動靜不大，教學方式也很容易沿用已經習慣的方式。選「綜合」的地方則驚心動魄，教育系統上上下下全被調動起來，能強烈地感覺到「革命」，學生幾乎無不樂意。此種情形容後描述。

今天仍然守著分科課程的教育者也在吸收多元智能理論，認為分科課程與開發學生的多元智能是一致的。我以為人還有綜合多元智能的綜合智能不可忽略，至關重要，因為人的創造力主要產生於綜合智能。要做好一件事單靠一種智能是不夠的，借用一句中國俗話，那得「什麼招兒都用上」。培養出良好的綜合智能，才會滿盤皆活。

有家長說，教育是不能試的，要是改得不對，孩子年齡過了還能退回去再來嗎？在我看來，這話也適用於那些沒有選擇綜合課程或還沒有開始課改的地區。今日在校生沒有在這個「黃金時段」體驗和收穫到綜合課程教學給他們帶來的好處，是一個重要損失。

綜合課程教學是教育轉型的具體切入口，綜合課程導向培養綜合智能，這是學生心智中駕馭多元智能的統帥。

第八章　高考必將做出重大變革

高三是絕對的前線。坦率地說，帶高三我很痛苦，那是讓學生在毫無創造性的訓練中痛苦拼搏。我們明知這樣沒好處，也只能加入題海戰術的汪洋大海……國家一再強調素質教育，但在實際教學中，素質教育和應試教育就像拔河那樣爭奪、撕扯著老師和學生。這場馬拉松似的拔河賽拔到高三，老師和學生都得放下探究性學習，向高考屈服，倒向應試……

誰幫他打開了這扇門？萬千神奇忽然伸手可觸，寶藏就在前方閃閃發光……同學們行走的腳下彷彿踩著音樂，就像你在電影中看到的出發，青山、流雲、泉水、女生飄逸的頭髮，都在陽光下有了新的含義……

1. 誰告訴他們秘密

何英茹是一位高中女教師，她的經歷同樣典型。

她從陝西勉縣一中考進北京師範大學，1996 年畢業來到北京九中，接著來到王能智主持的培訓班，是班上年齡最小的教師。

2002 年暑假，何英茹去新西蘭培訓，回來前夕就想，給王老師帶點什麼呢？先生會喝酒，她決定給先生帶兩瓶酒——葡萄酒。

她一路上就抱著這兩瓶酒回到賓館。該裝箱了，不知什麼念頭在腦海裡一閃，她擔心托運酒瓶會碎，決定手提。那時新西蘭還能允許乘客將兩瓶酒直接帶上飛機。在飛機上她仍然擔心酒瓶碎了，於是在 20 多個小時的天空上，她一直把兩瓶酒抱在懷裡。她真那麼害怕酒瓶破了？是什麼使她在這萬里雲空之上選擇與兩瓶葡萄酒相伴？

如果回顧往事，你會陶醉，那就是這樣的時刻。

初到九中，何英茹擔任的是高一年級地理課。高一《地理》上冊中有「地下水」，書上有抽象的結論性的知識，比如講岩石會存水。學生很難想像——石頭不是磚頭，怎麼存水的呢？

「你不要孤立地講地下水。」王能智說。

「那怎麼講呢？」英茹問。

「你可以帶學生去探究『石景山地下水』。要學會用腳學習。」

「走出去？」

「對，不光是講，先要去做。」

王能智帶著何英茹與她的高一學生去跑野外，別開生面的情景很快湧現。書上講，玄武岩不存水，砂岩存水。是這樣的嗎？

「我們來檢驗一下。」王能智說。

第一步要讓學生學會辨認哪是玄武岩，哪是砂岩。學生採集到了玄武岩和砂岩的標本，就開始實驗。把這兩種岩石洗乾淨，先拿到物理實驗室的大烤箱裡去烤兩天，取出來稱重量。然後放到水裡泡兩天，拿出來再稱重量。這時學生發現，這兩種岩石的存水性差別不大，那書上憑什麼說玄武岩不存水而砂岩存水呢？這究竟是怎麼回事？學習的興趣頓時就上來了。

在看起來沒有新聞的日子裡，突然有個新聞從他們自己的日子裡冒出來，學習變得有意思了。調查和探究隨即出現。

同學們馬上返回實地，再去調查……同學們匆匆行走的腳下彷彿踩著音樂，就像你在電影電視中看到的出發，青山、流雲、泉水、女生飄逸的頭髮，都在陽光下有了新的含義……別說同學們瞎激動，不論你去到澳大利亞還是新西蘭，那樣的情景想起來就讓人陶醉。

何英茹抱著葡萄酒，看到同學們的眼睛裡比先前更能看見東西了，他們看到砂岩在自然界裡風化得很厲害。「或許，是風化到這種狀況的岩石叫砂岩吧！」一個女生的聲音。不管是不是，他們的眼睛打開了，看到了很多裂隙，明白了裂隙是影響岩石存水量的秘密。

學生們由此得知：任何一種岩石只要有裂隙，存水量就增大。書上說地下岩層和土層裡的水存在空隙中，學生現在知道，這空隙應該包括裂隙和孔隙。地下的玄武岩也可能有裂隙，因而也可能存水。

學生們對地下水的瞭解形象了，深入了。何英茹帶著學生從門頭溝的軍莊到八大處約 20 公里範圍內做了地下水調查。他們本來是上地理課，但在實驗中把腿伸到了物理。現在又結合野外地質調查，用數學模型來計算這一地帶的持水量，還用化學知識作了水質的調查分析實驗，瞭解京城石景山區水質與污染的關係，而且進一步調查了石景山地下水是否存在「漏斗」等情況。

「這是我第一次帶著學生研究一個問題。」何英茹說。她說在這個過程中，我把從前學過的數理化知識都同地理課聯繫起來了，同學們也體會到，在實踐中運用知識時，那知識是不分科的。

「我們檢驗了課本裡的知識，並深化了擴展了課本知識。」何英茹還這樣說。這個情節提示何英茹的故事不單是北京強化「師資資源」開出的一朵花，這兒也在開發「課程資源」。〈石景山地下水〉所開發出的「課程資源」，不久被王能智延伸出「區域資源的校本開發」，即把區域資源作為教育資源進行開發，使之成為石景山經濟資源和教育資源的一個亮點。這是王能智教學中一個極有創新意義的部分，需另文再述。

1998 年王能智帶著〈石景山地下水〉這一探究課案，參加了「中國地理教師綜合能力培養及測試」研討會。在會上，青年地理教師何英茹嘗試的這堂課讓人耳目一新，大受好評。如果把王能智主持的培訓班看做是一個開展探究性學習的總公司，何英茹就像個二級代理，而且是許多二級代理中的一個。

她已經能把「探究」相當成功地「推銷」到她的學生中去。她說：「我現在知道我應該怎樣帶學生了。」她相信學生的能力只能在進入探究性學習狀態時才能得到。怎樣才叫進入狀態呢？她說，我可以從學生的聽、說、讀、寫、做，一眼就看出學生有沒有進入狀態。

我說：「那你講講看，『說』有什麼不同？」

「如果某學生說，老師你說得不對，然後說出他的看法，這叫『說』。如果他只是把書裡說的再說一遍，那就『沒說』。」

她還說，我可以針對不同的學生設計適合他的題目，讓每個學生都能嘗試探究，親歷體驗，讓他進入狀態。

一天她對男友說：「我現在知道什麼叫讀死書了。」

她的男朋友是九中的體育老師，男友說：「這有什麼新鮮嗎？」

「當然。」她說，「讀死書並不就是死記硬背。」

「那是什麼？」

「老師給一，你就學一；給二，就學二。書上給多少，你就學多少，這就是讀死書了。」

「這麼說，你以前也是讀死書了？」

「差不多。書上講的放到現實中常常就不認識，還有灑湯漏水的呢！你說你讀書時讀得那麼辛苦，可是究竟學進去多少東西？那不是讀死書造成的嗎？」

她還說，所以我們現在說：

聽到的，你容易忘記。

看到的，也可能忘記。

做過的，你不會忘記。

她說我現在很清楚，怎樣才能使學生進入有效學習。知識會過時，能力卻跟著學生成長，伴隨他的未來、他的一生……可是，她去教高三了，一切又變回去了，她不得不把探究性學習放下，不得不帶著學生對付高考。

2. 誰的黑色幽默

我見到她時，她背著一個日常用的女士包，還提著一個黑色的塑膠包。她說：「我這一提包都是題，都是篩選出來的有代表性的題。什麼叫題海戰術？這就是。真是海了去啦！」

我問：不這樣不行嗎？

她說：不「題海」就不行。

「我現在是在拼體力。我年輕，我搭上中午的時間。中午 12 點下課，12 點到 12 點半吃飯，12 點 35 分到 1 點 15 分我給學生輔導。」

「每天中午都如此嗎？」

「每天如此。星期六、星期天同樣搭上。我們天天都在搶學生。」

「搶學生？」

「對呀！差生往往各科都差，各科老師都在搶。我今天中午沒搶到他，明天中午一定要搶到他。我一天到晚盯著。身體耗不起的當不了高三老師。高三是絕對的前線。」

「這麼拼，都是老師們自願的嗎？」

「是自願的。」

「還挺讓人感動。」

「讓人哭笑不得吧！高三，課不用講得很精彩，死盯著，敬業，拿到分就行。」

「管用嗎？」

「管用呀！拼體力，拼精力。還有個說法，兩精一勤。」

「怎麼說？」

「精講、精練、勤輔導。報上登的，聽起來沒毛病吧！」

「實際上呢？」

接下來我明白了，所謂精講、精練、勤輔導，就是前面提到過的朱海燕老師曾經加班加點為學生設計的那種「最短的路線」。為對付高考，死記硬背已經不僅限於知識題，就是那些要動腦筋做出來的很複雜的題，學生並沒有那麼多時間去想去做，你必須事先做過、見過許許多多「海了去」的類似的題，並用記憶把它們記住，考試時見到類似的你就要能立刻反應出來……如此，那「最短的路線」就有用了，因為可以減少記憶量。然而僅憑記憶記下來的知識是很難成活的，其情形好比把一朵鮮花剪下來插在花瓶裡，不久就枯萎了。題海戰術就是不斷剪下各式各樣的鮮花插滿腦袋，然後去考。這樣的復習備考就不可能不疲於奔命。即使考上高中，那中考拼搏階段插滿腦袋的「鮮花」也很快枯萎了，讀高中就會越來越累。即使考上大學，那些得高分的曾經答對的知識也會消失。

朱海燕把這個現象描繪為海市蜃樓般的景象。她說她現在知道，所謂「高分低能」，其實不僅僅是生活能力和社會活動能力低下，而是獲得知識的能力也並未真正得到，從而導致工作能力缺乏。

有沒有辦法改變？應該說有，開啟學生的探究性思維，知識才會在大腦裡成活。但是，即便是何英茹，一旦擔任高三課程，明知學生這樣學收效甚微，也只能投身於題海戰術的汪洋大海。高考當然不能作弊，可這麼復習是在蒙誰、騙誰呢？這麼大一個黑色幽默就放在你面前，不是嗎？

老師抓學生、抓落實、勤輔導，就是在題海中重複又重複地敦促學生加深記憶。老師們還有個「六抓」的說法：「抓準，抓實，抓巧，抓效，抓變，抓狠。」最關鍵的是抓狠，哪個老師狠，就抓上去了。老師不厲害，學生就不背了。

何英茹說：「坦率地說，帶高三我很痛苦，不是苦於拼體力，我不怕拼體力，那是讓學生在毫無創造性的訓練中痛苦拼搏，那是重新陷入舊式教育的痛苦。」

「沒有別的辦法？」

「高考不變，我們沒別的辦法。」

「是不是說，幾十年來眾多教師總結出的這套對付高考的辦法，對於答那張卷子，是管用的。」

「應該說是。」她說，「一到高三，我們就只好放下探究性學習，向高考投降！」

何英茹提起裝滿試卷的黑色塑料包向我告別。

送她出門時，我不知怎的，心中若有所失。

望著她的背影，望著她手上提的那個黑色塑料包，我忽然覺得青年何英茹變成了中年婦女……她大學畢業那年 22 歲，今年 29 歲，這期間曾被選拔去新西蘭參加教師培訓，學生時代的理想和美夢都曾經如同長著翅膀在天空翱翔，那時她感覺到自己與世界相通，與未來相通，也能理解王能智老師白髮皤然為什麼還那麼喜愛唱歌，當你心中有一種相當遼闊的感覺，有一種想飛的感覺時，你就是想唱……但 2003 年這個夜晚，她留給我的另一句話是：

「沒辦法，我們很渺小。」

冥冥之中，究竟誰在左右著學生們的命運？

3. 誰在左右學生命運

再說 20 世紀 90 年代中期，邵宗傑從浙江省教委主任的職務上退了下來，以陳文韶為主任的新班子上任，決定把是否繼續進行綜合課改交給全省各地市的教委去投票「公決」。

浙江共有 11 個地市，數日後有 10 個地市的教委如期上報——這 10 票都投給了綜合課改。一些日子後，那剩下的一個市也投了贊同票。浙江課改得以堅持下來。

我們再次領略，理論上還爭論不清的事，往往實踐會告訴你。浙江的老師在實踐中也創造了豐富的經驗。我從浙江寧波教育學院人文分院院長夏真所著《大寫教育》一書中讀到這樣一個課案，這堂課是寧波市鄞州實驗小學顧月祥老師上的〈曹沖稱象〉。

那天，顧老師突然在課堂上提出一個問題：你有比曹沖更好的稱象的辦法嗎？

這是個已經傳頌千秋的故事，我們少年時也曾經對曹沖的辦法佩服不已，沒想過還有什麼比曹沖更聰明的辦法。現在顧老師突然提出這個問題，讓今天的鄞州少年挑戰曹沖，會有什麼結果？

一個學生站起來說：曹沖用石頭稱象不方便，我用泥土，泥土河邊就有，把泥土就近一擔擔挑到船裡，等船沉到畫線的地方，一稱泥土就知道了。

這發言頓時讓大家心裡一亮。又一個同學說：用泥土也不夠方便，我就用水，拿小桶把水一桶桶舀進船裡，記下桶數，也不用稱船裡的水，到時候就稱稱一桶水有多重，用乘法就可以算出大象的重量了。

又一個學生說：泥土和水搬進搬出都不方便，曹操有的是兵，我就用那些兵，喊上就上，喊下就下，最方便了。

這時同學們都激動了，誰曾想過這個被稱頌千載的故事，頃刻間被我們班上的同學如此這般地講出新意，難道我們比曹沖更聰明？

老師也激動了。這節課的本意就在於要少年善於開動腦筋，但從前的教法是要你感受曹沖有多麼聰明，很少有老師問還有沒有比曹沖更好的辦法，同學們的思索也就沒往那裡去，好像少年曹沖就是我們少年時代一個不可超越的高峰……誰知老師這麼一問，就像啟動了一個開關，學生們頭腦裡的聰明一下子就令人驚奇地釋放出來了！

這個開關，就是探究性學習。這只是波瀾壯闊的浙江課改中的一朵浪花。老師這麼去做了，學生這麼去做了，就會體會到其中樂趣，就會受到自己釋放出來的聰明才智的鼓勵，就會從不適應變成適應，變成喜愛。浙江課改就是這樣走過來的。

如同王能智在優化師資資源的探索中會拓展出新的課程資源，浙江也不單單是在課程資源方面下功夫，注重教師培訓同樣是他們的一大工作。

由於《科學》課本（浙江稱《自然科學》）綜合了理、化、生、天、地，難度最大，浙江規定擔任自然科學課的教師與專任化學課的教師享受同等保健補貼，並單獨設立自然科學評審組評審教師職稱，等等，這已是從制度上支持綜合課改。

到 1998 年，浙江全省 17583 名自然科學教師中，能獨立勝任的占 50.1%，到 2003 年刷新到 90%以上。這就遠遠不是當初有人說「沒有一名合格的理科教師」了。

與此同時，浙江還對評價制度大膽變革。如 1993 年浙江全省中考就實行了物理、化學、生物合科考試，此舉是後來高考「3＋X」的先聲。1994 年浙江中考為實驗區單獨命題，這就打破了統考。

單獨命題並不是吃小灶，而是建立新的評價制度，除了筆試，還對美術、音樂、勞動技術、實驗操作、體育專項運動進行綜合測試，記入中考成績。

浙江還對首批接受綜合課程的學生升入高中後跟蹤調研。高中都是「分科」，這些學「綜合」的學生升入高中後能否跟上？有一系列數據可以證明，他們的高中成績不比初中階段學「分科」的同學差。另有一個現象則很突出，即高中階段的班幹部大部分來自實驗區學生，他們與同學、與老師、與社會的溝通能力和語言表達能力以及動手能力，都表現出明顯的優勢。

進入 21 世紀，浙江全省的高中生都是基礎教育階段學過綜合課程的了，省內沒有可比的對象了，只能去與全國的高中生比，他們參加全國高考會是一個什麼情況？

2003 年 9 月 24 日上午 10 點 30 分，北京校長大廈。

浙江省教研室的方紅峰在教育部基礎教育司召開的全國科學新課程實驗工作研討會上發言，他列舉了一系列數據，報告浙江全省理科考生在全國高考統考中的平均成績已經連續 3 年穩步處於全國領先地位，初現優勢。

方紅峰還報告了另一個重要成就，浙江推行綜合課改後，到 1995 年，小學和初中的年流失率已經從課改前的 8% 下降到 1%，迄今已基本沒有因為讀不下去而輟學的「流生」。浙江課改既保住了優生的實際學習能力得到提升，也保證了義務教育階段學生整體基本素質的培養，兩頭都抓住了，這是非常重要的成果。

大家報以熱烈掌聲。

早在 2001 年，浙江省人民政府的 72 號文件中就相當有信心地寫道：浙江省到 2005 年基本普及從學前三年到高中階段的 15 年教育。

今年是 2004 年，2 月 13 日我在寧波看到當天《寧波日報》頭版登載的〈我市將率先普及 15 年基礎教育〉一文。文中寫道：要通過「兩免一補助」政策，「使全市 14 個經濟欠發達鄉鎮和 6 個片區的農村孩子享受到免費教育」。

這真不是一件小事！

浙江何以能提出普及 15 年基礎教育？皆因今日浙江民營經濟發展之蓬勃名列全國前茅。寧波説他們有 14 個經濟欠發達鄉鎮，然而寧波 2003 年的人均 GDP 已超過 3400 美元。寧波的經濟欠發達鄉鎮，是在寧波區域內相對而言的「欠發達」，比其他地區的「欠發達」卻要好上許多。

2004 年 2 月 13 日的《寧波日報》頭版頭條還登出〈種田「零負擔」開全國先河〉，報導從今年起，寧波 380 萬農民不用再交一分錢農業稅費。

寧波何以能做到？當地政府官員告訴我，農業的「國稅」由當地政府統籌繳納，「地稅」由當地政府予以減免。這一切是由於以民營為主的城鄉企業蓬勃發展，創造了雄厚的經濟基礎，政府通過事實上的減免農業稅費來調整城鄉企業和農業人口的收入差距。

浙江全省已經堅持 10 年的綜合課程改革，是在糾正從前的精英教育之弊，推行使所有學生得到好處的教育。浙江民營經濟的蓬勃發展，越來越需要大量學會與社會實際相聯繫的青年從學校畢業出來繼承並發展父輩的事業。浙江艱辛的 10 年課改越來越得到家長和社會各界的理解，終於使浙江省人民政府率先提出全省普及 15 年基礎教育的目標，這在全國許多省份還是望塵莫及的。

至此，應該説，浙江在風風雨雨中的綜合課程改革，已經取得了可喜的成就，浙江省將堅定不移地沿著綜合課改的道路走下去。

然而，並不是沒有問題。

浙江在義務教育階段全省挺進綜合課改已歷經 10 年，但英勇如浙江，這 10 年中對高中的課程未敢輕舉妄動。他們變革了從小學到初中的 9 年課程，學生進高中還有 3 年才考大學，這 3 年可視為緩衝地帶，可以在這 3 年裡重新適應應試教育，然後與高考接軌。

4. 誰來解決這個問題

至此你已看到，以浙江為代表的先遣軍，以北京王能智為代表的一批先行者，向開闢課程資源和優化師資資源挺進，都取得了可觀的進展……但是，他們應該更充分地發揮出來的潛能，都被堵在高考這個瓶頸裡了，誰來解決這個問題？

讓我們重温：制約我國教育轉型的三大瓶頸即師資資源、課程資源和評價制度。所謂「評價」，不僅僅是書面考試，而是需要建立起對一個學生的綜合評價體系，才能對學生做出較準確的評價，並對這個學生的前程具有良好的導向功能。

也就是說，評價的主要目的，不該僅僅是為國家教育機構提供錄取或淘汰的依據，而該服務於學生，有利於使經過12年辛苦學習的學生瞭解自己未來發展的方向。高考的評價功能，不該是一張「判決書」，而應該是引導學生繼續學習、持續發展的「加油站」。

浙江在綜合課程階段已經拓展的綜合測試平臺，王能智和他指導的中青年教師開闢的課題活動與校外實踐課，也已經為綜合評價拓寬了基礎。現行高考已有改進，「3 ＋ X」就是重要改進，但仍有差距，其取捨學生的方式，仍能輕而易舉地擋住上述探索的去路，誰來解決這個問題？

國家一再強調提倡素質教育，但民間另有說法，說現在是「轟轟烈烈講素質，扎扎實實抓應試」。在實際教學中，素質教育和應試教育就像拔河那樣爭奪、撕扯著老師和學生。而且這場馬拉松似的拔河賽拔到高三，老師和學生都得繳械投降，倒向應試教育。

大家都拔得很辛苦，這到底是怎麼回事？

國家總督學柳斌也深感高考需要變革，曾寫下〈隨感雜詠〉一首：

科舉遺毒誤國深，如今分數成命根。
陶翁痛心陳大弊，極言會考乃殺人。
不料老舍更奇絕，考而不死是為神。
想說妹妹我愛你，鵲橋彼岸問文憑。

詩中「陶翁」句，指陶行知先生作有〈殺人的會考〉一文；「考而不死是為神」一語，見《老舍散文選集》。

5. 從恢復高考到引進標準化考試

恢復高考，曾經讓我們多麼欣喜！

那年 10 月 12 日，國務院發佈〈關於一九七七年高等學校招生工作的意見〉，21 日，新華社、《人民日報》、中央人民廣播電臺等各大媒體都發表了恢復高考的消息，這消息立刻傳遍千家萬户，傳遍全國城鄉，知青們奔相走告，讀書備考的歲月使鄉村的天空都變了色彩。

那一屆新生於 1978 年春季入學，到 2004 年，新時期大學教育走過了 26 個春秋。

自從恢復高考，我國教育就在探索改革，包括高考怎麼考，考什麼？比如 1977 年恢復的高考沒考外語，隨後的考試每年都有變化。究竟應該怎樣選拔學生，怎樣考才更好呢？

這裡我援引北京《中關村》2003 年 6 月號刊登的〈中國

高考 25 年〉（作者陳清宇）一文中的敍述：「1982 年，教育部學生司派高級代表團訪問ETS，並就在中國舉辦托福考試與 ETS 簽訂協議。從此，一種過去聞所未聞的考試以及與它伴隨的理論、技術、方法傳進了中國。其中最為重要的觀念就是『標準化考試』。」

標準化考試是工業化時代教育評價方式的特徵。我國引進此種考試的時間是 1982 年，這正是美國工業化教育發展到頂峰程度的時日。然而到了第二年，即 1983 年，美國根據本國工業化教育存在的大量問題，發表了《國家在危險中：迫切需要教育改革》，緊接著 1984 年發表了《赫拉斯折衷方案：美國中學的困境》，1985 年就啟動了《美國 2061 計畫》。不久，又有萬名各領域的學者參與研究《美國國家科學教育標準》。美國由此開始了波及全國的教育轉型，考試也逐漸拋棄了標準化，變為對學生的綜合評價。

而我國在美國逐漸拋棄標準化考試的前夕，於 1982 年從美國取來標準化考試之「經」，於 1985 年在廣東率先開始標準化考試實驗。第二年，山東、廣西、遼寧參加進來，試驗科目也由數學、英語，擴大到物理、化學。此後參加試驗的省市迅速增多，科目也迅速擴大。1989 年，國家教委發出〈普通高等學校招生全國統一考試標準化實施規劃〉，標誌著標準化考試正式進入實施階段。

至此，高考這根指揮棒產生了空前的指揮效應，標準化考試促使全國的基礎教育都不得不跟著應試教育走。

標準化考試派生了標準化答案，接著就用上判卷機器了。機器判卷被認為比人來判卷更「鐵面無私」，更「科學」。外國廠商也開始到中國推銷他們在西方改變評價方式後日益失去市場的判卷機器。中國學生人數甚巨，如果都要使用進口的判卷機器，勢必花費大量外匯。為節省費用，國家教委考試中心組織大學進行研製，其成果於 1992 年通過專家鑒定，清華大學、山東大學的產品開始被廣泛使用。當然，今天這些產品並不是沒有用場，比如用於選舉，用於國民經濟的多種統計之中，仍是適用的科技產品。但今天，我們權衡工業化教育的評價方式和新教育所需要的評價方式已能鑒別，把評價學生們富有特點的、千差萬別的、生動活潑的答題表述交給機器，已經多麼不合適！講得嚴重一些，這機器無異於扼殺學生個性的殺手！

更大的弊端是這種機械的評價方式使應試教育走到了極端的程度。1998 年 1 月 21 日《中國青年報》發表了一位家長的文章，題目是〈10 除以 5，得多少？〉，我摘錄如下：

> 小兒 7 歲，在北京一所不錯的學校讀二年級。一次數學測驗，有一道題是這樣的：「10 除以 5，得多少？」小兒答：10 除以 5 得 2。不料被扣了 0.5 分。請教老師（試卷不由學校出，由學區統一出標準答案），老師說：原因是沒有按規定答題，正確答案應是「得 2」。好心的老師惋惜地告訴小兒，你這麼寫

是不應該算錯的，但是上邊對試卷答案有嚴格要求，以後做除法答題要從倒數第一個「逗號」開始，問什麼，答什麼，不要多寫。

小兒記住了，但因此又帶來一次「錯誤」。

這次的試題是：「26 除以 4 商幾，餘幾？」小兒答：商 6 餘 2。這次又被扣去 0.5 分。

我問孩子，為什麼不按老師說的「從倒數第一個逗號開始答」？他很困惑地說：「總不能不答商，只答餘數呀！要不，你說怎麼答？」

我明知孩子說的有理，但也猜不透出題者的要求，只好說：「別管這些，按老師說的辦法答，就寫『餘 2』，看看老師怎麼改。」

第二天，我們改的題又被判為錯。向老師請教，老師也無可奈何地解釋說，這次是試題出得不好，逗號不應放在「餘幾」處。

小兒說：我不會答題了。

更讓我沒想到的是語文考試也如此。期末考試前，小兒在一次語文測試中又丟了 5 分。

試題是這樣的：把每組詞連成句子，寫下來，再加標點。給的詞是：發明蒸汽機瓦特是的

小兒答：「是瓦特發明的蒸汽機。」儘管語句通順，也符合要求，而且是個正確的強調句式，但小兒沒得一分，理由是和標準答案不符。原來上面給的標

準答案是：「蒸汽機是瓦特發明的」或「瓦特是發明蒸汽機的」。

數次經歷讓我明白，詛咒與埋怨是沒有用的，重要的是不能讓孩子被這種僵化的教育毀了。我告訴孩子，你沒有寫錯。小兒馬上問我：「那『發明蒸汽機的是瓦特』，這對嗎？」

我說：「很好！」

1999 年 1 月 25 日的《中國教育報》也報導，時任教育部部長的陳至立尖銳地指出：連語文的答案也搞標準化，「齊心協力」就對，「同心協力」就錯，這樣的教育是一種八股教育，不利於學生創新意識的培養。

高考的標準化考試是「師傅」，中考乃至小學的標準化考試都是從「師傅」那裡學來的。許多家長對這種考試都曾經不理解，哭笑不得。但老師如果不對小學生、初中生如此這般嚴格訓練，將來學生中考、高考都會丟分，考不上高中、考不上大學咋辦？……進入大學的學生都經過如此訓練，「升學至上」的壓力亦將他們的創造性嚴重耗損。始於高考的標準化考試，一頭深深地影響了基礎教育，另一頭影響著大學教育。

【相關思索】幾億人的期望

關於高考，我國教育界已有許多思索和革新。多年來基礎教育採取的「高考對策」，是與高考的「標準化考試」相呼應的。這種「教」與「考」都有巨大的慣性。自推廣課程改革以來，實驗區更突出地感到，高考雖逐年在變，但尚未與變動很大的新課程接軌，因之對變革高考的要求更為迫切。認為高考若一日未有重大變革，則一日不利於推廣新課程。知識經濟時代，需萬種知識資源去支撐百業奔騰。「一卷考天下」的方式，是金字塔式的選拔人才方式，不足以評價千差萬別的豐沛人才。所有這些，都已如鼓角催人陣陣，這離高考做出重大變革就不遠了。

可喜的是，2004 年已有北京、上海、天津、浙江、廣東、遼寧、江蘇、福建、湖北、湖南、重慶 11 個省市獲准自主命題，「一卷考天下」被突破。與此同時，教育部考試中心為配合各地課改，還出了 4 份高考試卷，供其他省區使用，加上 11 個省市自主命題的試卷，2004 年全國高考考場上共有 15 個版本的試卷。分省命題是高考變革的重要組成部分，日後「一卷考全省（市）」也會被更好的形式突破。

千家萬户不僅關心「考」，更關心「取」。在錄取方面，上海市邁出較大步伐，把對學生的綜合評價列入高考錄取參考指標。此舉基於上海市在高中率先試行《上海市學生綜合素質評價手冊》，並據此製作學生檔案電子文本，供高校錄取時參考。這意味著高考將不再以升學考試科目分數相加之和作為唯一錄取標準，還要綜合參考學生成長記錄、社會實踐與社會公益活動記錄、體育與文藝活動記錄，還包括教師、同學的觀察與評價，以及來自家長的信息等等，以綜合評價錄取大學生。高中實行「學分制」，是改革高考評價制度極為重要的建設性工作，有了對學生整個學習過程綜合性的科學評價，才能為進一步改變「一考判終身」的高考制度打下基礎。

誠然，高考要做出更大的變革，也還需要教育系統和社會各界對我國基礎教育和高等教育現狀有更為深刻的認識、更為科學的評價。

後記　我的老師

每一代人都有自己的老師。生在貧窮的鄉村，老師就是我們童年生活中的一盞燈。我的童年也是在鄉村教師的照耀下長大的，幼稚園的老師，小學的老師……一程程鋪墊了我通往遠方的路。人生在世，有些恩情不能報答，只能銘記。寫完此書，感到還有什麼沒做，後記之類常寫些感激的話，我願以此文為後記，獻給我敬愛的老師。

去見她時，我感到了心情有點激動。

當她從辦公桌前站起來，我卻發現自己——突然間簡直難以接受。這時我才明白，26 年了，我心中的老師，一直是 26 年前那個青春煥發的形象。

12 歲上中學，出現在我們眼前的老師只有 22 歲。

很久以後我才知道，老師是從福州來的，她沒有讀大學，後來上了一年英語業餘大學，再後來由她的一位當醫生的姨媽介紹，她隻身來到閩北山區這所新辦的中學任教。

烈日下鋤草，寒風中積肥，我們知道 22 歲的女老師同我們在一起，生活很明亮……那是一所剛剛創辦的鄉村中學，只有初一，初一也只有兩個班，學生總數不足百人。教室是在一排牛欄的舊基上改建的，沒有操場。操場是在我們入學後，師生共同用鋤頭鋤出來的……當荒草和敗葉都被集中起來，當火點燃的時候，那片歲月，真是每一縷空氣裡都有我們隨手可以撫摸的溫暖。

22 歲，隻身來到這所山區中學的老師，直到我們離開她的時候，我們也沒發現她有男朋友，因而在我們那短暫的中學時代，她都像是屬於我們的。

作為住校生，許多個星期日，我們在她那只有一扇木柵窗户的房間裡學會了唱〈卡秋莎〉……在我們的中學時代，我一直就覺得她是世上最美麗的人。

她的姓名就叫陳美熙。

然而 1991 年深秋，當我再見到她時，一時間真的難以接受，我不禁想起了那句話：青春的容顏像一隻美麗的鴿子，永遠飛出了她的巢穴……

離那鄉村中學不遠的地方有一條河，河寬百餘米，清湛湛的故鄉河叫建溪，它的前方通往閩江，然後東流入海。我們從河灘上挑來細細的沙子，我至今記得陳老師挑沙子時甩動她那條細細的長辮子的姿態。

我們把沙子倒進一個我們挖好的大坑，又在坑的前方闢出一條跑道。從此，我們將一次次從這裡出發，練習跳高和跳遠，而且不必害怕摔倒。

可是我們的中學時代實在太短暫，讀書的日子只有一年，一年後的那個暑假，那場「大革命」同炎熱的氣候一同到來……我們分成了兩派，陳老師成了「孤獨」的人。我們誰都想爭取她，可她一點兒都不肯偏心。記得有個月夜，不知道是什麼東西驅使我們跑到老師們的窗外去敲鑼，鑼聲噹噹地響，月光下，滿操場都流竄著震耳的聲音……我至今無法描述我們為什麼把那個日子變得如同狂歡節。

那一排低矮的木屋裡住著全校總共不足十員的教師。木屋的屋簷下有一條水溝，走廊的盡頭有一塊木板——橋樑似的架設在水溝上。就她一個人出來了，月光下，我們看到她留著長辮的身影就站在那塊木板上。

陳老師生氣了。她在喝止我們。我們從那聲音中聽到了（好像是）哭的聲音。我們就都安靜下來了。

後來小鎮上傳來了城裡發生武鬥的消息，小鎮的空氣也嚴峻起來，陳老師第一次踏進我們的「總部」。

「回家吧，你們都回家吧，你們都太小了！」

城裡的班車已經不來了，替我們做飯的炊事員也走了。那一天，我們給陳老師搬凳子，團團地圍住她，並且第一次感到：吃飯還真是個問題。

短暫的中學時代就這樣結束了。散夥那天，我們站在校門口，打量著空蕩蕩的操場，感到過去的日子已經隔得像放牧一樣遙遠。

再見到陳老師已是兩年後的冬天，我們回校要準備上山下鄉了。

我和陳老師坐在離校不遠的河灘上，面前是那條永遠也不會凍結的河，河面上熱氣裊裊，那是故鄉之河冬日的景像。河灘上的草，都還頑強地堅持著生命的綠色。

我說：「我已經沒有父親了。」

老師沉默一陣，從身邊拾起一塊小石子，使勁一甩，不遠的河面上傳來一聲單調的水響。回過頭，她看著我說：「我的父親也自殺了。他，也是醫生。」

很久以後，當我有勇氣來聆聽別人傷心的訴說時，我也有勇氣說，我也有過很潮濕很泥濘的日子。我甚至真的相信，痛苦，很可能是值得珍惜的。

不久，陳老師就站在校門口，把我們送上了一輛大卡車。那是一個早晨，山區的霧把公路也弄得濕漉漉的，晨風開始呼呼地在我們耳邊響，我們都背對車頭站在卡車的後斗上，老師已經在我遙遠的視野中變得像一棵在晨霧中朦朧的小樹。

那時候我們手裡或者背包上，都有一朵紅花，我不能肯定我的這一朵是不是陳老師做的……卡車就這樣把我們拉到山區的一處渡口。這天天氣晴朗，陽光已經鋪滿河面，這是建溪的上游。對岸的山路向我們迎來，我們還聽到了鳥聲……很久以後，我躺在沒有窗户的小屋裡懷想山路，覺得山路就像一根繩子，是它把我們牽進大山。我們開始對鄉郵員綠色的自行車格外留意，而且羨慕不已。

不久，我收到了陳美熙老師的一封回信，看到那熟悉的曾被我們許多同學摹仿的清秀字跡，你很難想像我當時的心情……老師在信中說：「宏甲，我也要走了，因為我只是一個教書的臨時工。」

我不知老師是不是已經走了，也不知 25 歲的老師在她走的時候還有誰送她，更無法想像老師現在是不是也像我們一樣面對青山和稻田，把褲管高高地挽到膝上……

從那以後，我就沒有了關於陳老師的消息。這使我一再想，從今以後，我真的得靠自己長大了。

5 年後，我 20 歲了，那時許多農民朋友，尤其是那些從少女就跟隨父兄在田裡勞作的姑娘的笑聲，已常常會出現在我的夢中……但我還會想，陳老師該是 30 歲了，她在哪兒呢？我不能想像她也跟我一樣——黃昏在田水裡洗淨了腳，夜晚擠在生產隊的隊部裡記工分。我不知道她是不是也在某個山村，就像我們大隊的鄉村女教師那樣當個民辦教師。我的意識一直停留在她那句話上：「我也要走了……」

現在，我又坐在陳老師的屋裡，我感覺到老師的目光在注視我，可我卻在躲避她的目光，我好像更願聽她的聲音。

我們坐在木頭沙發上，我開始知道這沙發的木料來自偏僻的山村，在那裡，她的確當過民辦教師……老師轉而問起我這些年的創作，她説她很閉塞，能夠看到的東西很少。我發現自己在訴説時有些小心翼翼，我記得我曾經想過，「教師」這個職業恐怕是我難以接受的，因為我不能想像自己每天走進教室總在重複去年的內容，「創作使每一個日子變得富有新意。」但是這個上午，我漸漸發現自己必須把一種莫名其妙的「優越感」放到地上。

我聽到老師在講著她的學生時忽然檢討起自己的教學方法，以至對自己的能力也發生懷疑。「我已經老了，記憶力也差了。」驀地，我感到有一種彷彿已經陌生的感動襲擊了我……只有當靈魂在一片晴空中行走，心靈才會生長出對青草的認識，一批又一批的學生來了，又走了，每一批走進教室的學生都是嶄新的啊！

我彷彿重新坐在一片青草地上，有許多精神內部的姿態值得檢查和回憶……我彷彿突然理解了葉聖陶先生為什麼放下文學的筆去編課本，莫非葉老先生是對成年人有所失望，抑或更願寄希望於嗷嗷待哺的新一代？我知道我還有想不清楚的問題，我已經看見老師在看手上的錶，她説快下課了，她得在學生們下課之前趕到教室，告訴他們下午還該帶一本什麼書。

老師給我的時間突然變短了。我們已經開始下樓，我看到老師下樓時敏捷的雙腳，又想起她當年在河灘上挑沙的身影。

校園中心的一個大花圃已經出現在我們面前……我記起某個類似的場景，有人問我，對你創作影響最大的老師是誰？「學步」時指導過我的前輩作家，上大學中文系以及讀文學研究生時教導過我的諸多老師，畢業前後都給予我厚愛的著名教授、文藝家……他們都是對我有影響的好老師，我永不會忘懷他們的教誨，因而也深信他們教給我的一個最基本的道理：藝術不是技術。真正深刻而深遠的影響，該是很早以前就開始了。

陳老師在花圃前站住了，她又看了一次錶，對我微微一笑說：「我該走了。」然後真的走了，繞過學校深秋的花圃，快步向她的學生走去。

下課鈴聲突然響了，我感到我的呼吸和校園裡所有的氣息都隨之震動，鈴聲中老師匆匆奔向她的學生，我想我看到了她一生的形象。

她的作品即她的學生，陳美熙老師只教過我英語，沒教過我寫作，但我無疑是她很早就開始雕塑的作品，而我的作品只是她的作品的作品……

（《中國新教育風暴》，全書約 30 萬字，2004 年 8 月由北京出版社出版。）

李鳴生

李鳴生小傳

李鳴生，部隊作家。著有「航太七部曲」《飛向太空港》、《澳星風險發射》、《走出地球村》、《遠征赤道上空》、《風雨長征號》、《千古一夢》、《發射將軍》以及《中國 863》、《國家大事》、《全球尋找「北京人」》等二十五部。《走出地球村》獲第一屆魯迅文學獎，《中國 863》獲第二屆魯迅文學獎，《震中在人心》獲第五屆魯迅文學獎；另有作品獲全國優秀報告文學獎、「五個一」工程獎、中國圖書獎、中國報告文學大獎、三十年優秀報告文學獎、徐遲優秀作品獎、當代文學獎、馮牧文學獎、北京市優秀作品獎、全軍文藝獎、全軍優秀作品一等獎等。

評委會評語

李鳴生以資深報告文學作家的職業精神，「用鏡頭定格真相，讓文字留下思考」，《震中在人心》不僅攝取了 2008 汶川抗震救災的感人場面，而且更真切地悲憫人類生命所蒙受的重創，反思與災害同時發生的某些存在，意味沉鬱，具有強烈的情思力量。

震中在人心（節選）

李鳴生

面對災難，作家不應缺席；面對死亡，文學不該沉默。

——作者題記

序幕　震中不在汶川

2008 年 5 月 12 日下午 3 點 50 分，我正在北京家中寫作，兒子突然從長春打來電話，急問，聽說北京地震了？我慌忙打開鳳凰衛視，果然地震了！但不是北京，而是四川！

四川，我的故鄉！

我急忙抓起電話，給四川的親人打電話，不通，再打，還是不通。直到晚上 6 點，我終於打通一位朋友的電話，沒想到他的第一句話竟是：我正忙著扒人呢！那一刻，望著電視上到處倒塌的房屋，一片狼藉的廢墟，遍地血淋淋的屍體，無數求救的孩子，我的心，戰慄了……

當晚，我守著電視，一夜不眠。第二天，我就想去災區，但無數信息告訴我，故鄉還在餘震，還在死人，還會隨時吞掉任何一個人的生命！於是，我有些顧慮，有些猶豫，甚至還有幾分膽怯。

但我是四川人，故鄉有難，豈能袖手旁觀！我是軍人，雖然沒有上過戰場，卻親歷過危險，見證過死亡，中國的所有重大發射，我幾乎都在現場──「長征號」火箭橫空爆炸時，我在發射現場；「神舟 5 號」飛船發射那一刻，我在離火箭最近的地方。火箭爆炸，殺傷力巨大，那種瞬間灰飛煙滅的風險，沒見過火箭爆炸的人如同沒有見過原子彈爆炸，根本無法想像。於是我決定：必須撲回故鄉！我不為寫什麼文章，而只想用自己的眼睛去看一看故鄉滴血的傷口，用自己的鼻子去聞一聞故鄉死亡的氣息，用自己的良心去貼近故鄉倒塌的廢墟！

終於，我在煎熬中等來了 5 月 19 日──全國哀悼日。這天上午，我將隨「中國作家抗震救災採訪團」趕赴災區。出征儀式結束時，中國作家網主編胡殷紅遞上一張紙條說，寫一句話吧。我不知道要寫的這句話是臨別壯語，還是最後遺言，當即提筆寫道：「面對災難，作家不應缺席；面對死亡，文學不該沉默！」

中午 1 點，飛機起飛。我緊貼窗前，望著故鄉，心情複雜而又悲涼。我生在四川，在四川度過了我的童年和少年，是四川的土地養育了我的生命，是四川的山水浸潤了我的心靈。三十五年前，我穿上軍裝，背井離鄉，故鄉的山山水水一草一木，始終令我魂牽夢繞時時難忘；然而三十五年後，没想到我與故鄉的重逢，竟會在一片血肉模糊、屍骨遍野的廢墟上！

2點28分，全國人民為大地震中的遇難者默哀，我和採訪團則在高空為遇難者默哀。默哀完畢，《文藝報》記者劉頲遞過紙筆，説空中不便採訪，就寫兩句感受吧。我寫的是：「默哀，是一種儀式，也是一種選擇。面對災難，我們無可奈何。但面對死亡，我們卻有多種選擇。選擇降旗，是對生命的尊重；選擇低頭，是對人性的敬禮！」的確，在這三分鐘裡，國家主席低下了頭，國家總理低下了頭，十三億同胞低下了頭；而共和國的國旗，也從空中緩緩降落。我身在萬米高空，看不見國旗降落的情景，卻能想像國旗降落的樣子——是那樣的真實，那樣的親切，那樣的優美，那樣的動人！她從空中緩緩落下，輕輕地，温柔地，覆蓋在故鄉滿目瘡痍的廢墟上，撫慰著數萬遇難者的魂，温暖著十三億中國人的心！儘管只有短短三分鐘，卻足以勝過三千年！

3點30分，飛機降落成都。一踏上故鄉的土地，我便感到了故鄉的驚恐與戰慄、尷尬與狼狽。成都，這座我熟悉的城市，儘是陌生的景象、陌生的人影；機場四周，到處是救援的軍人、救援的武警、救援的志願者；街道沿路，遍地是堆放的物品、聳立的災棚、流浪的災民；扛帳篷的、背紙箱的、抱礦泉水的、扶老攜幼的、頭纏紗布腳裹繃帶的、缺胳膊斷腿的、滿大街都是；還有刺鼻的消毒水，瀰漫在城市的上空，散發出一種怪異的氣味。一向風平浪靜、悠閒安逸的芙蓉城，好像一下變成了收容所；而一千三百多萬成都市民，彷彿時刻都在做著同一個姿勢：準備逃命！

果然，剛一住下，有朋友就告訴我說，從 5 月 12 日到 5 月 19 日，已發生餘震近八千次！即是說，平均一分鐘就有一次餘震！所以一個星期來，成都人民都是在餘震的煎熬和折磨中過來的。這種煎熬與折磨，已讓成都人民身心疲憊，不堪重負。過去成都人見面就問，吃沒有？現在逢人就問，晚上睡哪兒？過去打聽別人離沒離，現在關心別人死沒死；過去住二十六層都嫌低，現在睡二樓都覺得高；過去下班就喝茶，現在進門就拿放大鏡觀察牆上的裂縫有多大；過去有空就琢磨如何炒股，現在一有時間就計算從樓上到樓下要跑多少秒；過去下班就搓麻（打麻將），現在蹲廁所都看《地震自救小常識》；過去晚上摟著老婆或者老公睡，現在晚上摟著包包睡——包裡不是速食麵，就是礦泉水；過去總是很自信，現在每隔幾分鐘就要問，剛才是不是又晃了一下？尤其一些小女生，過去看見男人捅刀子都敢往上湊，現在看見誰抖一下腿都害怕，甚至手機都不敢開到震動上……正說著，我的手機響了，是一位四川朋友發來的短信：

近期災區人民的精神狀況是：比地震可怕的是餘震，比餘震可怕的是預報餘震，比預報餘震更可怕的是預報了餘震卻又不震。

近期災區人民的生活狀況是：震不死人晃死人，晃不死人嚇死人，嚇不死人困死人，困不死人累死人，累不死人跑死人，跑出去沒穿褲子笑死人！

一則短信，足見四川人的真實內心；而大悲面前不失幽默，則是四川人的性格，也是四川人的智慧。我當即復短信一條：「曠世幽默，智勝千軍！」

此後十天時間裡，我隨中國作家抗震救災採訪團在災區奔波採訪。採訪團結束後，我又獨自留下，第二次進入災區，奔走了十天十夜。兩次行程近七千公里。其間，我曾強行衝進北川；我曾遭遇 6.4 級餘震；我曾在四臺推土機的夾縫中躲閃拍照；我曾兩次進入成都軍區陸航團；我曾四次進入成都市兒童醫院；我曾五次進入成都市精神病醫院；我曾走遍了災區重點倒塌的學校；我曾在瀰漫著屍體腐爛氣息的廢墟中掏出一個個打滿紅勾和 100 分的作業本；我曾與八百多名學生家長在廢墟上度過了最悲慘的兒童節；我曾在雨中跪在數百個孩子的墳前以淚洗面；我錄下了一百二十多個小時災民的哭泣與訴說；我拍下了五千餘張現場真實的照片。我還看見，成千上萬的鄉親在逃亡，無數失學的孩子在流浪，九十歲的老人在廢墟中尋找孫子，三歲女兒在災棚裡哭喊著要媽媽，年輕的妻子跪在墳前叫著丈夫的名字，白髮蒼蒼的母親趴在房前哭喊兒子，雙胞胎雙雙血濺教學大樓，五口之家同時葬身廢墟，花朵般的少女被切除胸脯，七個月的嬰兒雙腿截肢……尤其當我置身於一所所倒塌的學校，面對廢墟上血跡斑斑的書包與課本、鋼筋與磚頭、衣物與屍骨以及無數號啕大哭、悲痛欲絕的學生家長時，我第一次才真正懂得了什麼叫淒慘，什麼叫悲傷，什麼叫撕心裂肺，什麼叫悲痛欲絕，什麼叫萬念俱灰，什麼叫生不如死！於是極少流淚的我，每天總是管不住自己的眼睛，甚至有一次竟陪著數百名學生家長在廢墟上流了兩個多小時的眼淚，以致回到北京，採訪本上依然可見斑斑淚痕。肯定地說，在故鄉的廢墟上，我已流盡了一生的眼淚！

然而回到北京後，我還是感到怎麼也不對勁。好像身體回來了，魂還在災區，吃不下飯，睡不著覺，恍惚、難受，坐臥不安，心緒難寧；眼前一直晃動的，是一個個遇難的孩子，一群群逃亡的災民；耳邊始終迴響的，是廢墟上的哀樂，家長們的哭聲；打開電腦就發呆，坐上飯桌就發愣，以至於妻子每天不得不反覆提醒：鳴生，這是在北京，不是在災區！

於是 7 月 16 日，我再次返回故鄉，返回災區。這次我住在什邡市最偏遠的紅白鎮，住在黃繼光生前所在團的帳篷裡。我對紅白鎮一開始便情有獨鐘，5 月中旬，曾冒險闖進那裡。當時紅白鎮給我的感覺，就像一個受到重創的災民，已經失去了哭訴自己的力氣，所以一直沉默不語，而不像汶川、北川那麼引人矚目。據説，當初温家寶、胡錦濤兩位國家領導人都有親臨紅白鎮的計畫，卻因山體滑坡道路中斷，最終止步於離紅白鎮七公里之遙的鎣華鎮。所以去過紅白鎮最大的官，就是乘直升機去的空軍鄧政委。

但我没想到的是，7 月的災區，時值盛夏，帳篷中午的高温，高達四十二度，連體温計都能爆炸；晚上傾盆暴雨，帳篷潮濕無比，被子抓上一把，像要擰出水來；晚上通信班發報聲通宵達旦，清晨 6 點起床號準時吹響；蒼蠅揮之不去，蚊子趕也不走，我只能用左手驅趕蒼蠅蚊子，右手敲擊電腦；加上採訪繁重，無法入眠，於是病魔趁虛而入，最後我不得不躺倒在酷熱、潮濕的帳篷裡，讓一瓶又一瓶的液體輸入我的血管……

半個月裡，我以什邡紅白鎮和洛水鎮為基地，深入災區其他鄉鎮、山村和軍營，走訪了一百多個軍人、醫生、教師、護士、鎮長、山民，錄音一百三十多個小時，筆記三十餘萬字，拍照近四千張。此次走訪，儘管經歷了多次山洪暴發和上百次大小餘震，還掉了十多斤肉，但當我踏上返回北京飛機的時候，我心裡感到踏實多了。

是的，我承認，在故鄉廢墟上奔走的日子裡，我看到了太多的柔情與悲壯、太多的慈悲與善良、太多的本真與淒美、太多的堅忍與剛強、太多的無私與無畏、太多的大愛與大量！然而，故鄉廢墟上太多的傷口與血跡、太多的悲傷與淒涼、太多的課桌與作業、太多的鋼筋與危房、太多的書包與屍體、太多的斷壁與殘牆，猶如汶川大地震震出的漫天碎片，總是不斷向著我的大腦和心臟襲來，令我傷心至極，難以自抑。於是，我躁動，我心酸，我嘔吐，我失眠，甚至還做噩夢。有一次我夢見一條毒蛇，很大的毒蛇，怎麼打也打不死，後來很多人一起圍上來，用鐵鍬打，用木棍打，毒蛇被打成了好幾截，還是打不死。最後我大叫一聲，從夢中驚醒……我感到我的心快碎了，我的精神快崩裂了！我痛苦，欲哭無淚；我悲傷，不知傷在何處；我憤怒，不知該向誰提起訴訟。

因此，我在離開災區前，曾走進成都市精神病醫院，找到該院副院長文榮康，向他求助心理醫生。很快，我和一位叫施瑋的年輕的女心理諮詢師面對面地坐在了醫院門前綠油油的草坪上。我們聊地震，聊災民，聊創傷，聊人心，聊了足足一個多小時。末了，這位女心理諮詢師對我說，凡是來災區的人，心裡或多或少都會感到難受，這在心理學上稱為次級創傷。作家、記者、醫生、護士、志願者、救援者，都有這個現象，連我們這些從事心理工作的人也不例外。你難受，是因為你的心被創傷了！

那一刻，我幡然醒悟：汶川大地震，震中其實不在汶川，而在人心——在災民的心裡，在中國人的心裡，在全人類的心裡！地震摧毀了房屋，摧毀了家園，摧毀了生命，摧毀了財產，摧毀了村莊，摧毀了校園，摧殘了健全的肢體，破壞了端莊的五官。但創傷最重的，是人的心靈，人的精神，人的情感！直到這時，我才真正想寫一部書。至於為什麼，什麼也不為。我只為真相，只為實情，只為血印，只為淚痕，只為記錄，只為見證。我不想把廢墟變成大廈，把悲劇變成喜劇；我不想把謊言變成真理，把哭泣變成歌聲；我不想把反思變成慶典，把災區變成秀場；我不想把鮮血變成酒水，把死屍變成活人！我必須公示汶川大地震災難的真相，傳遞廢墟的氣息，留下亡靈的心聲，定格人心的表情，讚美中國國格的崇高與偉大，頌揚國家以人為本的大愛精神！寫作此書，我只想證明，我的眼睛曾經流過淚，我的心靈曾經滴過血，在故鄉那生靈塗炭的廢墟上，不僅留下了我匆忙的腳印，還留下了我誠實的反省。如果說地震是事件，廢墟是法庭，我寫下的文字便是陳詞，我拍攝的照片便是證據。而最公正的法官，就是時間，就是歷史，就是地球全體公民！

於是，我為本書的寫作定下一個規矩：必須堅守一種純粹的寫作動機，捍衛一個作家起碼的良知；必須以誠實的態度和實事求是的精神，面對故鄉十三萬平方公里的廢墟、五百萬苦難蒼生、四十萬傷殘者和十萬個被毀滅的生命；必須對得起故鄉的父老鄉親、全國的救援大軍、全世界的慈目善舉以及永遠埋葬在廢墟下的孩子和所有的亡靈！

而面對汶川大地震，思考、反省，則是有幸活下來的我們共同的義務與責任，也是全地球人類共同的義務與責任！

鏡頭一　面對親人的「戰爭」

什麼叫軍人？

在敵人面前，軍人就是長城，要為人民擋住瘋狂射來的子彈；在冰雪面前，軍人就是帳篷，要為人民擋住肆意刮起的狂風；在「非典」面前，軍人就是抗體，要為人民擋住無孔不入的毒菌；在水災面前，軍人就是沙包，要為人民擋住奔瀉而來的洪水；在地震面前，軍人就是萬能機器人，除了開路架橋、搶救災民、護送傷患，還要挖屍體、掘墳坑、埋死人，甚至還要在墳地為死人站崗放哨，護魂守靈！

誰都知道，屍體的氣味是世界上最難聞的一種氣味。地震後的災區，開始是下雨，接著是太陽，於是隨著氣溫的升高，屍體漸漸腐爛，屍味開始瀰漫。我每天奔走在廢墟上，曾無數次聞到過屍體的氣味，其中最強烈的有三次：第一次是在都江堰聚源中學，由於廢墟上灑滿了石灰和消毒藥水，屍體味、石灰味和藥水味三者攪混一起，相當刺鼻！第二次是在什邡鎣華鎮的廢墟上。當時五六臺挖掘機、推土機正在挖掘清理一塌糊塗的廢墟，我冒著危險，衝進廢墟，輾轉穿行在幾臺挖掘機之間，不斷搶拍照片。忽然，一輛大鏟車掀起大鏟，將一堆水泥、鋼筋、衣物高高鏟起，我看見其中竟有殘屍遺骸攪混在一起！我頓時驚駭不已，迅速按下快門！就在這時，一股強烈的屍臭味鑽進我的鼻孔，我頓時一陣噁心。後來有記者問我為什麼要冒險衝進廢墟呼吸屍體的氣味，我說大地震後的廢墟轉瞬即逝，今天血跡斑斑，明天便可能乾乾淨淨，若不及時抓拍下來，不久的一天我們便會失去記憶；而廢墟上的屍體氣息，對和平年代的人們來說，也許就是一劑最清醒的清醒劑！第三次是在北川中學的廢墟上。那天時值中午，天氣很熱，剛一踏進曾經埋葬過一千三百多名學生的廢墟，濃濃的藥水加上自身的汗水和淚水，一下便熏得我睜不開眼睛。我以為眼睛會瞎，害怕極了，忙用紙巾不斷擦洗。就在這時，一股強烈的屍體味撲鼻而來，熏得我頭昏腦漲，差點嘔吐，我慌忙捂住嘴臉，逃出廢墟。

而黃繼光生前所在團（以下簡稱黃繼光團）的官兵們面對屍體，面對屍味，卻不能逃避，只能呼吸！而且，不光被動呼吸，還要主動呼吸。即是說，為了給災民一個交代，真正做到讓死者入土為安，生者不留遺憾，對那些埋在深山野地、廢墟深層、樓房底下很難發現或者根本無人知道的屍體，他們都要想方設法、竭盡全力尋找，直到找出最後一具屍體！

但軍隊畢竟不是挖屍隊，既沒專業工具，也無專業儀器；加之時間緊迫——再不及時找到屍體，就會完全腐爛！因此當「生命探測儀」、「屍體探測器」之類的玩意兒只能是掛在軍人嘴邊的一個名詞時，尋找屍體最實用、最有效的工具，便只能是鼻子！即是說，軍人們在別無選擇的情況下，只能用自己的鼻子在廢墟上去聞，才能判斷屍體是否存在，確定屍體的具體位置。如同應對一場非常規的戰爭，只能按非常規出牌，按非常規出兵。

黃繼光團三營機炮連三排長汪繼敏，曾親自參加了用鼻子在廢墟上尋找屍體的全過程。汪繼敏告訴我說，5 月 19 日上午，我們奉命到紅白鎮松林村六組去搜尋屍體。松林村六組離紅白鎮有五公里左右，裡邊的山路很難走，建在這裡的一級電站全被泥石流埋了，上面還出現了一個小的堰塞湖。我們找來一些木板，搭了一個獨木橋，才進了山。一到松林村，有個十三四歲的孩子就跑來找到我們，說他爸爸還埋在下面，怎麼也找不著，讓我們去幫他挖出來。我二話沒說，帶著九個人就去了。到那兒一看，只有兩個小木房還在，其他都垮了。我們沒有探測儀器，只有在廢墟上到處挖，到處刨。挖了好長時間，就是挖不著。小男孩說可能是在下面，我們又到下面去找，還是沒找著。後來有個戰士叫牟方富，重慶人，他對我說，排長，屍體可能在這兒！我跑過去看了看，並沒有發現屍體，就問他，你怎麼知道屍體在這兒？他說，我趴在地上用鼻子聞出來的。我大吃一驚，半信半疑，但想了想，也沒有別的辦法，只好叫另一個戰士也去聞一聞。這個戰士蹲在地上，用鼻子聞了幾下，起來說，對，是有味！我也蹲下去，儘量貼近廢墟，聞了聞，果然有味！於是我馬上集中兵力，鎖定這個地方挖。

很快，汪繼敏他們就把屍體挖出來了。但小男孩一看，挖出的不是他爸，而是村裡另一個孩子的媽。大媽約五十歲，被壓在一塊大石頭下面，兩隻眼珠都擠沒了。那天天氣非常熱，汪繼敏他們只帶了兩雙膠手套和只有一層紗布的口罩，所以氣味非常大！小男孩哭著對汪繼敏說，他在很小的時候，媽和爸就離婚了。他從小跟著爸長大，和爸的感情很深，求他們一定要想法幫他找到爸！

汪繼敏說，看著小男孩可憐兮兮的樣子，我們只好又用鼻子繼續聞。很快，我從一個石頭縫裡聞到了一股異味。但我不敢確認，就叫有經驗的牟方富來聞，他聞了後也不敢確認，我又叫另外八個戰士過來，排成隊，一個個趴在石頭縫的邊上，依次聞了一遍。結果，四個戰士說有，兩個戰士說沒有，三個戰士說聞不出來。就在這時，我突然發現有不少蒼蠅，圍著我們剛才聞的地方飛來飛去，趕都趕不走。我一下有了根據，於是決定挖。挖了兩個多小時，最後終於在一塊大石頭下面找到了小男孩的爸。但由於石頭太大，我們用鐵鎬挖，挖不開，用木棍撬，撬不動，最後九個人全累趴下了，屍體還是弄不出來。天眼看就要黑了，村裡人和孩子只好讓我們就地掩埋。但我們不能草率行事，到村裡抬來一筐石灰，撒在上面，再蓋上一層土。孩子眼看著父親一點點完全消失，趴在地上哭了，我們也跟著哭了。

班長王進也告訴我說，為了給親人一個交代，我們到處找屍體，到處問哪兒有屍體，只要老鄉說哪兒有，我們就去哪兒挖。有一天在松林村的廢墟上，一個戰士無意間在他的腳下聞到一股很大的味，說這兒可能有屍體。我們一挖，果然挖出一個老大爺。有了這次經驗，每當找不著屍體的時候，戰士們就趴在廢墟上用鼻子到處聞，像一條警犬一樣。這個辦法很管用，後來不少屍體，我們都是用鼻子聞出來的。但也有失誤的時候。有一次我趴在一堆廢墟的縫隙裡，聞到下面有一股強烈的異味。我又把一個戰士叫過來，讓他也聞一聞。那個戰士聞了聞也說，對，有好大一股味，肯定有屍體！於是我們就開挖，挖了一個多小時，個個累得滿頭大汗，氣喘吁吁，最後扒開一看，下面不是人，而是一條狗，一條已經腐爛的狗！

此外，屍體挖出後，官兵們還要對屍體進行消毒。對屍體消毒，同樣要近距離地接觸屍體，呼吸屍體的氣息。三營八連指導員崔新武告訴我說，為防止瘟疫，防止傳染，對屍體必須進行消毒處理。他們連在 5 月 15 號早上就接到了團長文東的命令，負責整個紅白鎮的防疫消毒特別是屍體消毒工作！於是他將三十人的隊伍分成十二個組，二排長謝展和四排長余飄帶領兩個組主要負責屍體和墳場，其餘十個組分頭行動。没有專業的消毒服，戰士們就穿上部隊的制式雨衣、跳傘鞋，戴上頭盔和口罩，然後每個人的背上再背一個藥水壺！藥水壺重約五十斤，跳傘鞋本來五六斤，沾上泥土，就變成了十幾斤；再加上雨衣、頭盔等，一個戰士身上負重近一百斤。如此武裝，別說幹活，只在太陽下站一刻鐘，一動不動，也會全身濕透！何況 5 月的災區，天氣異常悶熱，紅白鎮方圓十幾公里，山高路遠，坡陡路滑，遇上雨天，儘是泥濘。一壺藥水還未噴完，已經淌出一身汗水。一天下來，不少戰士腫了腳腕，起了水泡，傘鞋裡儘是汗水和雨水。

但消毒工作的最大特點，就是哪兒苦，哪兒髒，就去哪兒；哪兒臭，哪兒有垃圾，就去哪兒；哪兒有蒼蠅，哪兒有屍體，就去哪兒！尤其是屍體，一旦發現或者有人報告，第一時間必須得趕到，及時進行處理。比如，剛從廢墟上挖出的屍體，馬上就得噴藥、消毒。如果屍體是趴著的，噴了後面，還得把屍體翻過來，再噴前面；如果屍體是躺著的，噴了前面，還得把屍體翻過去，再噴後面。戰士們把這叫做「為屍體翻身」。總之，為了對生者負責，防止疫情，戰士們不放過一個角落、一處廢墟，更不放過任何一具屍體！每天行程約八十公里，噴灑敵敵畏六百瓶，消毒液一千二百桶！一週下來，處理廢墟上百處，消毒殺蟲面積近萬平方米，消耗藥水上萬壺！

儘管工作環境如此惡劣，還喝不上水，更不可能洗澡，一天下來，汗水、淚水、藥味、屍味，混合一起，讓戰士們渾身不是滋味。比如殺蟲藥水，毒性甚大，滯留身上，不僅難受，還易中毒。於是不少戰士開始頭暈，手上發癢，身上起疙瘩，常常一放下藥水壺，就不停地搓手，撓大腿，或者抓屁股。排長劉彥龍、戰士王曉仲以及剛下連隊二十天的新兵譚超，都明顯出現了頭暈、噁心、濕疹等過敏反應。甚至有的戰士還出現燒襠——即襠部潰爛！一走路，一出汗，襠部受到褲子的摩擦，又疼又癢，難受至極，還羞於啟齒。實在受不了時，只有搞點痱子粉，偷偷擦一擦，抹一抹，第二天又背上藥水壺，咬著牙繼續堅持消毒！

崔新武指導員說，八連先後對三百具屍體進行了消毒處理，其中有三具已經嚴重腐爛，每處理一具，戰士們就會噁心一天，既嚴重影響食欲，又嚴重影響睡眠！特別是處理一些腐爛屍體時，非常棘手，對戰士們的心靈和精神都有很大影響。比如，5 月 17 日這天下午，天下著小雨，但天氣非常沉悶，紅白鎮一家水泥廠來人說，在家屬樓的廢墟下發現一具屍體，我急忙帶著四排戰士趕到現場。大概還有三十米遠的樣子，就聞到臭味了！原來，地方人員在用鏟車清理廢墟時，發現了這具屍體，嚇得全跑了，然後讓部隊來處理。遇難者是個中年男人，身體大部分埋在廢墟裡，僅露出一個背部，頭已經斷裂，嘴裡卻還咬著一塊小石頭！而屍體的四周，則是一群亂飛亂轉的綠蒼蠅！戰士們一看，愣在那裡，全嚇傻了！我立即組成四個小組，一是觀察組，負責觀察餘震時房子會不會垮塌，山上石頭會不會滾下來；二是挖掘組，負責把屍體挖出來；三是抬運組，負責對屍體進行消毒，然後裝進屍袋，再負責送到山上；四是掩埋組，負責挖坑、掩埋。由於這具屍體的腐爛程度相當嚴重，而戰士們又要儘量保證屍體的完整和乾淨，所以這個活幹了兩個多小時，幹得非常累，心裡也特別地苦。等埋完屍體，戰士們的臉上、身上，儘是雨水、汗水和淚水，一屁股坐在地上，幾乎都快暈倒了！等回到帳篷，戰士們一頭栽倒在床鋪上，炊事班長吆喝幾次開飯了，卻沒有一個戰士走進食堂！

掩埋屍體，是汶川大地震後最尖銳、最敏感、最棘手的一個問題。

以什邡市為例，什邡死亡大約五千餘人，其中，洛水鎮百姓死亡約四百人，學生死亡一百七十五人；紅白鎮百姓死亡約一千一百人，學生死亡一百六十六人。這數以千計的屍體如何處理，讓鄉鎮的頭頭們十分頭疼！其原因是，若是火化，洛水沒有火葬場，紅白沒有火葬場，什邡市也沒有火葬場，而只有廣元才有一個火葬場。但廣元離洛水三十多公里，離紅白五十多公里，且道路中斷，橋樑垮塌，人流擁擠，車輛堵塞，別說一路過不去，就算你神通廣大縱有天大本事，把屍體拉到了廣元，同樣火化不了。為什麼？廣元成百上千的屍體都在晝夜排隊，等著呢！難怪災區傳說，「進火葬場都要開後門」！如果土葬，怎麼葬法？是集體一起葬？還是各家自己葬？集體葬，有的堅決不同意，強烈要求自己葬；自己葬，有的不願意，有的沒能力，有的連親屬都沒有，怎麼葬？再說了，如果各自為政，自行其是，到處都是墳堆，遍地都是墓地，怎麼管理，成何體統？

問題還在於，許多親屬——主要是學生家長——堅決不同意馬上掩埋屍體！為什麼？要借屍還魂，借屍理論，借屍討個說法，借屍嚴懲腐敗分子，借屍追查豆腐渣工程！比如洛水鎮，不少家長在學校廢墟前設置靈堂，掛出孩子遺像，再扯起一幅巨大的白色布條，上書一行黑色的大字：「孩子們在天堂快樂嗎？」還有的聚集在鎮政府門前，或者在街道路口，呼喊口號，示威抗議。於是一時間群情激憤，好比漲潮的洛水，如滔如浪，大有淹没洛水鎮之勢。

洛水鎮的書記尹太超後來向我談起掩埋屍體問題時，痛哭流涕，聲淚俱下。尹太超說，本來，原定於 5 月 15 號選鎮長的，沒想到 12 號就地震了，這下鎮上全亂套了！我成了第一責任人。洛水中學死了九十四人，洛水中心小學死了八十三人，還有一兩百個老百姓。12 號晚上，幾百具屍體掏出來後，問我怎麼辦？是放在學校，還是放在政府？我想了想，覺得還是放在政府比較好，就說放在政府吧！沒想到這幾百具屍體往政府一放，簡直就像幾百個汽油桶放在了我頭上，學生家長堅決不讓埋，要讓鎮上給個說法。當時天氣那麼熱，如果這幾百具屍體一兩天內不埋下去，全部會腐爛！真的腐爛了，那是什麼結果？後來實在走投無路了，才把挖墳坑、埋死人的事落到了親人解放軍的頭上。

軍人挖戰壕，天經地義；軍人挖墳坑，算怎麼回事？何況挖墳坑不像挖樹坑，很難，有講究，黃繼光團的官兵們根本不會。不僅不會，連見都沒見過，自然更無經驗可言；再者，無論是洛水還是紅白，墳場均選在山上。而山上，表面看似泥土，下面淨是石頭，用戰士們的話來說，每挖一公分，都要付出吃奶的力氣！黃繼光團主要負責洛水、紅白兩個地方的挖坑。洛水挖坑的方法是，先用推土機推出幾個大槽，戰士們再在大槽裡挖小坑，一個小坑，一米寬左右，合葬兩人；而紅白挖的是小坑，即一人一坑，主要由三營機炮連負責。

機炮連指導員楊志鵬告訴我說，5月14號早上6點，他們連就接到了上山挖坑的命令。他們一共去了七十二個戰士，都很年輕，除了幾個「90後」的，全是「80後」。挖坑的標準是，每個坑長一點七米，寬六十公分，深七十公分。兩人一組，一對一，七點開工。戰士們原以為挖坑沒有啥，一挖嚇一跳。因為剛開始看上去都是土，挖到大約五十公分時候，石頭便冒出來了。若是遇上小石頭或者一般大小的石頭，還沒啥問題，一旦遇上大石頭，麻煩可就大了。有的大石頭一兩米長，把兩個坑的位置都占了，但不能用炸藥炸，只能用鐵鎬挖、鐵鍬刨、鐵錘砸，然後再用鋼釬分解。大石頭搞出來後，要用土把窟窿填平，再用手把窟窿抹好，前後對正，左右補齊，一個坑有時要挖兩個小時。坑挖好了，戰士們手上全是血泡，在時間允許的前提下，還要求戰士們把坑挖得好看一些，縱成一路，橫成一列，儘量在形式上有一種美感，好讓遇難者的親屬們見了高興。

排長汪繼敏說，挖坑還不能慢，必須快，為什麼？因為後面的屍體不斷地往山上運，如果屍體運到了，坑還沒挖好，就會影響後面遺體的掩埋。再說了，死者的親人還等著呢！但在山上挖坑，確實太難挖了，開始我們費了九牛二虎之力，好不容易挖了幾個坑，地方搞防疫工作的同志來看了後說不行，挖得淺了。他們二話不說，又加班加點，重新再挖。第一天，屍體多，我們確實只挖了七十公分深；第二天，屍體少點了，我們就挖了一點二米深，最淺的坑，也挖了一米深；第三天，屍體更少了，坑挖好後，見屍體還沒運上來，我們就再挖深一點，好一點。

當然，不是所有戰士都願意挖墳坑的。有些戰士一開始對挖坑並不理解，因為他們來災區，一心想的就是救人！廢墟上救人，多好啊，既轟轟烈烈，又驚心動魄，還名揚全國，一旦救出一個人來，就能上電視，上報紙，一不留神，一夜間還可能成為全國家喻户曉的英雄！而挖墳坑，既枯燥費力，還默默無聞。所以被安排去為死人挖坑的戰士，一開始心裡也是有些想法的。

但想法歸想法，墳坑照樣得挖。指導員楊志鵬說，第一天，七十二個戰士挖了一百八十個坑。第二天，挖了大半天，又挖了五十個坑。當這二百三十個坑像隊列方陣一樣突然集體出現在戰士們面前時，戰士們都嚇了一跳！為什麼呢？因為既然要求挖這麼多個坑，說明就要埋掉這麼多個人，而且還要往下挖，可見紅白鎮死了多少人啊！於是戰士們的心一下就變得難受起來，沉重起來，這才感到了挖坑的重要。排長賴學良也說，我們挖第一個坑的時候，覺得很平淡，沒有什麼，但當第一具屍體埋進去以後，這才恍然大悟，原來我們挖坑，是為死難者找一個歸宿啊！

因此，後來戰士們挖坑，感覺就大不一樣了，他們把挖墳坑，看成為死難者建造一座住房。於是總是想方設法，挖得寬敞一點、踏實一點、完美一點。每挖完一個坑，都要仔細檢查一遍，看是否符合標準，是否舒適得當。一旦發現不符合標準，或者稍有瑕疵，再用手一點點地修補，直到滿意為止。如果遇難者是個小學生，他們還會偏心一些，只要時間允許，再苦再累，也要為孩子找一個風景好的地方，比如有樹、有花什麼的。而且儘量把坑挖得寬一些，長一些，深一些，好看一些。甚至有的戰士還特意為小學生挑選一塊向陽的坡地，說這些學生死的那天晚上下大雨，在操場上淋了一晚上，現在安息了，讓他們多見見太陽吧！

汪繼敏告訴我說，有一個孩子的坑，他們挖了兩米深，挖完後，一個戰士還跳下去，用手在四周摸了摸，摸著一塊小石頭，就說，不行，這兒還有一塊小石頭，得摳掉，不然孩子躺在裡面，會硌痛他的。於是，這個戰士又用手摳掉這塊小石頭，再用土抹平了。然後我們又去抬來水泥和預製板，為遇難者建了一個稍微像樣一點的墓碑，才算完事。戰士們說，這些孩子走得太早了！他們生前沒有住上高樓大廈、豪華別墅，死後能讓他們睡在一個比較寬敞、踏實的地方，我們就問心無愧了。

墳坑挖好後，接著是運屍體。

黃繼光團參謀長彭元軍告訴我說，當我帶著隊伍趕到洛水鎮政府時，看見有好幾百具屍體堆放在門口，有大人，有小孩，主要是小孩。當時現場很亂，哭的哭，叫的叫，喊的喊，氣氛非常壓抑，搞得我們的心情也很沉痛。運屍體，首先得把屍體抬上車，但怎麼抬，如何放，幹部不懂，戰士更不懂，新兵到那兒一看，一大片全是死人，別說怎麼抬，嚇都嚇傻了。於是幹部帶頭，班長先上，四個人抬一具，其餘人幫忙，一具一具地往車上抬，一具一具地往車上放，然後再一具具地調整位置，一具一具地統一方向。抬到第四具的時候，新兵開始上了，每次上一個，先伸一隻手。可新兵剛一伸手，像觸電似的，馬上又縮回去了。怎麼辦？屍體多，人手少，時間緊，老兵根本不夠用，新兵不幹，找誰幹？於是連長讓新兵先抓住屍袋的一個角，跟在老兵的屁股後面，適應兩次後，再幫著老兵抬。屍體抬上車後，還要將屍體護送到指定地點，就像護送一個危急病人，途中必須細心照料，不能碰了，磕了，更不能摔了！但車上有死人，還有活人，裝了滿滿一車；加上是山路，曲曲彎彎，凸凹不平，時而上坡，時而下坡，一有顛簸，活人死人擠在一塊，想躲都來不及。於是新的恐懼再度加劇，新兵嚇得驚叫不止！由於部分戰士穿的是笨重的防化服，全身上下，被包裹得嚴嚴實實，一點不透氣，熱得受不了；加上心裡本來怕，出汗就特別多，於是很快全身濕透，裡面的衣服都能擰出半盆水來。

與此同時，紅白鎮轉運屍體的工作也在緊張進行。紅白鎮的屍體，是黃繼光團的戰士用肩膀和雙手直接抬上山的。但凡抬過死人的人都知道，死人是最沉的，所謂死沉死沉，指的就是死人。負責轉運屍體的，主要是炮兵營二連。二連班長王進，從救人、挖人到抬人，接觸過無數屍體，自稱是和屍體打交道的「老手」了。王進說，一具屍體一般都是四個人抬，這四個人當中，其中有一個一定是我。14號這天，我往山上運了一二十具屍體，抬上去一具，趕忙放下，敬一個禮，轉身就跑，再去抬第二具。由於屍體多，擔架少，加上時間緊迫，沒有擔架，我們就用床板、木板或者草席，甚至我們在廢墟上撿些電線穿起來，就變成了一副簡易擔架。因為前三天紅白鎮沒有屍袋，屍體抬起來就往木板上放；加上我們的口罩不是特別好，戴著口罩也不起作用，所以氣味非常大，直往鼻子裡鑽。為了壓一壓氣味，我們把從廢墟上撿來的一瓶「五糧液」打開，灑一點在屍體上，再抬，這樣氣味就要好一點。抬著屍體上山時，總感到屍體很沉，加上天氣悶熱，山路陡峭，所以一路上擔架上的屍體在滴水，戰士們的脖子在流汗，每往上爬一步，都非常艱難。由於四人一前一後，前高後低，稍微沒有掌握好平衡，屍體便會下滑，甚至失手。所以我們必須把屍體放平，一旦出現險情，寧肯用一隻手撐著地面，一隻手扶著屍體，也要保證屍體不能下滑。我們當時一點常識也沒有，後來才知道，屍體是不能用手去接觸的。

用手接觸過屍體的，還有另一個班長曾建中。曾建中說，14號下午，我和另一個戰士往山上抬屍體，由於沒有經驗，加上心裡害怕，一不小心，腳底一滑，眼看就要摔倒，我慌忙一把抓住屍體的胳膊！抓住之後，我自己這才感到吃驚，心裡咚咚跳個不停！但更讓我吃驚的是，我看見身後那個戰士竟然跪在地上，雙臂撐住擔架，用自己的頭死死頂住屍體的雙腳！要不然的話，屍體就滑下去了。

我曾經問過一個戰士，你們對待死人，為什麼還那麼認真，還那麼負責？小戰士説，我看見那麼多遇難的小學生，就像我的小弟弟小妹妹一樣，心裡非常難過。這些孩子本來已經很不幸了，如果我在運送他們的過程中再不認真，再不負責，萬一摔了，或者碰一下，他們肯定會很疼的！所以不管我有多怕、多熱、多苦、多累，必須做好每個動作，保護好這些學生，保證他們不再受到一點傷害。否則我對不住這些孩子，對不住他們的父母。

屍體運到墳場後，接著就是埋屍體。

洛水鎮的墳場，選在距離洛水鎮大約五公里的一座山上。洛水鎮的書記尹太超告訴我説，這座山當地人叫青嘴山，是他和鎮長蘭勇親自選定的。之所以選在這兒，一是這兒離鎮上較遠；二是這兒有個石灰窯，專門燒石灰的，埋屍體需用石灰可就地取材；三是這兒風景不錯，山上有樹，有草，山腳下還有一條小河。有山有水，死了埋在這裡，算落個好地方了。

我曾兩次走進青嘴山墳場。青嘴山不高，地勢也算平坦，山上除了野草，便是蘆葦；山中樹林，好像沒有看見；山下倒有一條小河，河上還有一座小橋；至於石灰窯，確實存在，一過小橋，漫山遍野，便是一大片白花花的石灰！我兩次來到這裡，最讓我受不了的，就是那一大片白花花的石灰！看見這些石灰，我馬上聯想到墳場裡那上百個遇難的孩子，當一筐一筐的石灰傾潑在他們身上時，該是怎樣一種滋味？當齷齪的石灰和潮濕的泥土與他們潔白的身軀攪混一起並永遠相伴左右時，又會是怎樣一種掙扎怎樣一種心酸怎樣一種痛苦？一位專門負責埋葬屍體的武裝部幹事告訴我說，屍體掩埋時，必須要用生石灰和漂白粉進行四次消毒：一是屍體運來後消一次毒；二是坑裡沒放屍體時消一次毒；三是坑裡放了屍體後消一次毒；四是屍體蓋土後再消一次毒！——我的天啦，遇難者生前本來已經很不幸了，死後怎麼依然難逃如此酷刑？人活著有受不完的苦，死了為何還要遭此鳥罪！聰明的人類可以把毒藥變成牛奶，為什麼就不能把狠毒的石灰變成溫情的衣衫？難道除了只能讓死者忍受石灰的浸泡，就再也想不出別的好招嗎？

其實，在災區，死人的問題不是個問題。災民談論死人，好比城裡人談論歌星、影星；老百姓埋葬一具屍體，就像城裡人處理一堆垃圾；甚至有一部分專門埋屍體的志願者，也以埋屍體自居，自稱「埋一號」、「埋二號」。意思是說，誰埋的屍體最多，誰就牛×，誰就是災區老大！由於災區每天都要和死人打交道，所以人們尤其災民談論起死人來，就像說起辣椒、茄子一樣，已經麻木不仁見怪不怪了。

但對軍人而言，卻沒那麼簡單，即便是一些什麼都幹過的幹部或者老兵油子，也沒埋過屍體啊！負責洛水鎮屍體掩埋的，是黃繼光團二營五連。連長叫李柯，陝西人，魁梧、威猛、帥氣，酷！這是一個有頭腦有武功的軍人，曾參加過愛爾蘭軍事比武大賽，地震發生當晚，就開始看書了。他看的是一本叫做《非戰爭軍事行動》的書，書裡沒有抗震救災的常識，卻有抗洪搶險的內容，他從淩晨兩點，看到淩晨五點。連隊 13 號下午到洛水，當晚十一點便接到了掩埋屍體的任務。

李柯告訴我說，他們連隊的戰士們都很年輕，有四十七個都是下連才一個星期的新兵，所以接到任務後他就對戰士們說，大家不要怕，我們要把遇難者當做自己的親人，見到他們，就像見到自己睡著了的親人一樣！我們埋屍體，就是做善事，既然做的是善事，還有什麼可怕的呢？接著他又做了幾條口頭規定，其中有三條是：一、必須尊重當地風俗，滿足遇難者親屬的全部要求；二、必須尊重死者，走路時腳不准從屍體上跨過；三、必須控制情緒，埋屍體時不准哭，因為你一哭，會加重親人的痛苦。

14 號淩晨 6 時，李柯帶著隊伍準時趕到青嘴山。是時，青嘴山腳下的公路上，已經擁擠著幾百個遇難者的親屬。一位參加屍體轉運的戰士說，轉運屍體的車剛從鎮政府門口啟動，親屬們的哭泣聲立即驚天動地，喊的，叫的，哭的，鬧的；暈倒在地上沒人管的；口吐白沫正被醫生急救的；一邊哭一邊追著汽車跑的……總之，什麼哭聲什麼慘相都有。李柯一到現場，一邊作準備，一邊佈置警戒。轉運屍體的車剛一停下，公路上的人群便開始騷動起來；尤其是當一具具的屍體從車上抬下來，接著運往山上時，幾百名親屬便開始哭著、喊著要進墳場！但是，按照鎮政府的規定，掩埋屍體時，親屬一個不能進——主要怕親屬情緒衝動，引起現場混亂。於是負責現場的二營教導員雪龍立即讓排長李武帶上幾個戰士守住小橋，勸阻遇難者親屬。

小橋是通向墳場的唯一通道，寬約十米，長約十五米。橋確實很小，但橋下風平浪靜，橋上卻波濤洶湧，數百名親屬說著、哭著、吵著、鬧著要往裡進，有的甚至硬要往裡衝。李武當排長剛一年，哪見過如此陣勢！不過李武知道，用兵之道不在崇武，而在攻心。他先讓幾個四川籍的戰士，用家鄉話向親屬們溝通，而後再作解釋。很快，場面有所控制。但就在這時，一位十歲左右的小女孩突然衝上橋頭，大聲哭喊著要見哥哥！原來他的哥哥是個中學生，馬上就要下葬了。李武急忙勸住小女孩，向她講明道理。可小女孩性格天生倔強，根本聽不進一句勸告，哭著喊著硬要拼命往裡衝。李武急忙伸出胳膊，攔住了小女孩。沒想到小女孩一下急了，抓住李武的胳膊就咬了一口；見李武還是寸步不讓，又從頭上拔下髮卡，對著李武的胳膊狠狠扎了下去！這一扎，扎了足足兩釐米深，一股鮮血頓時湧了出來，染紅了李武的手臂，也染紅了小女孩手中的髮卡。面對情緒失控的小女孩，李武強忍著痛，含著眼淚望著小女孩，依然一動不動。小女孩反而被驚呆了，也被感動了，她再也控制不住自己的情緒，一下撲在李武的懷裡，像個小妹妹樣號啕大哭起來。李武後來說，一個軍人，不光要有為人民吃苦的精神，還要有為人民受委屈的胸懷！

可第一具屍體入土合墳後，親屬們的情緒又波動起來，紛紛提出要進墳場與親人見上最後一面。而李武的一個排既要鎮守橋頭，又要擔任小河沿岸的警戒，還要協助其他工作，根本無法擋住數百個情緒激動的親屬，眼看著潮水般的人群就要衝過橋頭！

就在這時，一個小個子軍人帶著十個戰士急匆匆趕了過來，很快在橋頭築起一堵人牆，擋住了潮水般的人群！這個突然出現在橋頭的小個子軍人叫向東，黃繼光團三營八連二排排長，年僅二十二歲，是全團最年輕、最瘦弱、最矮小的排長。向東是 14 日淩晨趕到洛水的，一到洛水，腳跟還沒站穩，方向還沒搞清，政委孫傳海就一聲令下，讓他帶著十個戰士立即去執行任務。

向東告訴我說，那天早上他剛到洛水，整個人都是暈的，根本不知道來到了什麼地方，後來才知道叫洛水，更不知道政委讓他去幹什麼。他帶著十個戰士趕到青嘴山后，才知道他的任務是把住橋頭，不讓老百姓進山。可當他看見橋頭和馬路上的老百姓和學生家長們像瘋了一樣，立刻就蒙了。本來剛坐了飛機又坐汽車，頭就暈，一下把他們撒到人山人海中，心裡就更是慌神了！而且一轉身，他看見一輛輛大卡車正往山上運屍體呢！一車大約拉了十個，不停地拉；而山上的推土機則推出了一個個長方體的大坑，像梯田一樣，裡面擺放著一排排的屍體，有人正大把大把地往坑裡撒著石灰！向東嚇得額頭冒汗，腦子全蒙了！因為他長這麼大，從來沒有見過死人！但他是排長，身後還站著十個兵，再怕也得扛著。於是他趕緊指揮戰士互相挽住胳膊，站成一排。剛站住了，家長們就不停地向他們哭訴起來，還罵人，罵地方官員，什麼豆腐渣工程啦、腐敗分子啦，等等。向東沒聽明白，哪兒是豆腐渣工程；也沒聽清楚，誰是腐敗分子。家長們說的是四川洛水話，好多聽不懂。家長們說著說著就往裡衝，向東他們當然不讓。家長們就抓他們的衣服，推他們的肩膀，還用頭撞他們的胸脯。他們還是不讓，站在那裡，手抓住手，胳膊挽著胳膊，挺著胸脯，任憑推，任憑抓，任憑撞。有個母親死活往裡衝，向東攔住了，這位母親就抓著他的衣領罵，罵他心太狠，不是東西！說她的孩子就要埋掉了，還不讓她看最後一眼，缺德，沒良心，不是人，不配穿黃軍裝，不配叫解放軍！

向東說，我當時聽了這話，感到非常委屈，非常難受，直想哭。但一想到一個母親失去了孩子，該是多麼痛苦啊，就一聲不吭，隨她罵去。我想也許她罵了，心裡就好受一點了。但後來的情況越來越激烈，眼看就攔不住了，我趕忙跑到山上去彙報情況，地方政府這才同意一家人可以進去一個。於是，山上埋一個人，就喊一個家長的名字，我們就放一個家長從橋上過去。局勢這才緩和了一些。但有的遇難者有好幾個親人，比如爸爸媽媽、爺爺奶奶，還有舅舅姑姑什麼的，都想進去。有一個中學生，媽媽進去了，奶奶也要往裡衝，一個戰士趕緊抱著奶奶，但抱不住，奶奶拼命要進，說今天就是死在這裡，也要見她孫子！我看見奶奶的頭髮全白了，一邊哭，一邊抓扯著自己的白髮大聲喊，天呀地的，白髮一根根掉在地上，一下子就被地上的石灰掩埋了，奶奶很快也哭暈倒了。我們嚇壞了，趕緊將奶奶攙扶到橋邊，給她餵礦泉水，幾個志願者也過來幫著勸導，這才緩了過來。看著奶奶這個樣子，我心裡非常痛苦，也很矛盾。從內心來講，我恨不得所有的家長都到墳地裡去看看自己的孩子；但我是軍人，我必須執行任務，我左右為難，好難受啊！

就這樣，向東他們從早上七點，一直在橋頭守到下午兩點，橋頭是守住了，但十一個人全累垮了！因為從 12 號晚上到 14 號淩晨，他們只吃過一小碗麵條。而當天又有太陽，非常悶熱，他們在橋頭守了七個小時，體力、精力、心力，消耗極大，別說吃東西，連一口礦泉水也沒喝過！到後來，戰士們個個頭暈眼花，站都站不穩了；有兩個戰士甚至還暈倒了！但十一個軍人彼此胳膊挽著胳膊，肩膀靠著肩膀，相互支撐著、依賴著，繼續站在橋頭，一個也沒趴下。向東說，當時他最擔心的，是怕在人群的擁擠中，萬一有戰士被推到河溝裡。河溝有四五米深呢！於是他不得不找到領導，如實相告，領導這才把他們從橋頭替換下來。

然而，當又饑又渴的向東帶著十個又饑又渴的戰士走回洛水鎮路口時，他們早上乘坐的汽車連影子也不見了。一打聽，他所在的營和連隊早就走了！走哪兒了？不知道。他急忙用電臺尋呼，電臺沒有信號；打手機，不通；再呼再打，還是不通。而且，肚子餓，腦子暈，口又渴，身邊卻連一塊餅乾、一瓶礦泉水也沒有！這一下，向東和十個戰士全傻了！

就在向東帶著十個戰士離開橋頭尋找部隊的時候，李柯的隊伍正揮汗如雨，掩埋著一具又一具的屍體。儘管他們已是筋疲力盡，汗水、淚水早就無法分清，而且有的家長由於過度悲傷情緒激動，還出現了一些過激的言辭和舉動，但李柯依然要求戰士們必須忍讓，不管發生什麼事情，必須要把遇難者的家屬當親人對待！

事實上，戰士們無論是對待遇難者的親屬，還是遇難者本人，的確都像親人一樣，甚至比親人還要親人！比如，屍體運到後，有的親屬要求打開屍袋看一眼，戰士們就把屍體放平，然後小心翼翼地打開屍袋，等親屬看完最後一眼，再小心翼翼地把屍袋拉上；有的戰士看見遇難者的臉上灰土太多，便掏出一塊專門擦洗屍體的黃布，再倒上一點礦泉水，輕輕為遇難者把臉部擦洗乾淨——戰士們把這叫做「為死人洗臉」；有的戰士看見遇難者的頭歪著，便先將脖子輕輕扶正，再把頭輕輕放平，儘量保持遇難者頭部的莊重與完美；有的戰士們看見遇難者已經壓扁，就用手認真修整修整，儘量恢復遇難者身體的端莊與完整；有的家長提出要為孩子擺上一個書包，放上孩子最喜歡吃的水果、糖塊和瓜子，再點燃一炷香，戰士們不厭其煩，幫著一一辦理；每當埋完一具屍體，以便親屬們今後辨認，戰士們先撿上一塊磚頭當墓碑，編上一個號碼，比如 1 號、2 號，或者 9 號、10 號，插在墳前，再從旁邊採來一束野花，放在磚頭——「墓碑」——的前面，然後自覺站成一排，給遇難者集體默哀一分鐘——因為天氣熱，溫度高，後面的屍體排著隊還要等著埋，所以只能一分鐘！

只是，李柯事前的幾條規定——其中一條是「滿足遇難者親屬的全部要求」，一條是「不准哭」，戰士們根本無法執行。比如，親屬們拼命要往裡進，戰士們必須要擋，不但沒有滿足親屬們的願望，還惹親屬們生氣，甚至罵娘；比如，有個雙胞胎姐妹倆，本來是同桌，姐妹倆從小學一起到初中，可姐姐死了，妹妹還活著，於是妹妹死活要往裡衝，一邊衝還一邊大聲哭喊著姐姐的名字說，姐姐，怎麼死的不是我啊！怎麼死的不是我啊！望著女孩痛苦不堪的樣子，戰士們想不流淚都不行！還有一位母親，兒子已經上高三了，馬上就要考大學了，母親哭著對戰士們說，她兒子成績非常好，作文全班第一，全校第一，本來一心準備報考北大的，可學校垮了，兒子死了！所以兒子掩埋後，母親趴在兒子墳前，一手抓扯著自己的頭髮，一手抓著墳前的泥土，哭得死去活來。後來母親暈倒了，一個小戰士急忙背著她下山。下山途中，母親醒了，看見背她的戰士竟比自己的兒子還小——戰士只有十六歲，一下就想起自己的兒子，反而哭得更傷心了！於是，母親在戰士的背上撕心裂肺放聲大哭，戰士在母親的身下壓住聲音偷偷流淚……目睹此情此景，不但周圍的戰士們哭了，連長李柯也哭了，而且哭得比誰都厲害，比誰都傷心！

從 14 號到 16 號，三天時間裡，李柯帶領一百多個戰士，在没有任何後勤保障情況下，僅靠少量的乾糧和礦泉水，掩埋了一百零五具屍體！

而與此同時，紅白鎮掩埋屍體的工作也在緊張進行。紅白鎮掩埋屍體的墳場，選在紅白鎮西山的一塊坡地上。鎮上村民告訴我說，這地方叫梨園，是幾十年來村民專門產梨子的地方。這兒的梨樹長勢很好，結出的梨子又大又圓，又香又甜，比如鴨梨、木瓜梨、蘋果梨等，吃起來清脆可口，香氣迷人，方圓幾十里，無論大人還是小孩，都喜歡吃這兒的梨。可近二十年來，隨著企業廠礦越建越密，外來人口越來越多，不知什麼原因，這兒的氣候越來越冷了，氣味越來越難聞了，梨樹的葉子越來越黃了，結出的果子越來越小越來越瘦了，長出的梨子竟出現了一個個的斑點，甚至後來乾脆連梨樹都不長梨了！再後來梨園變成了荒坡，現在又變成了墳場！

我曾三次沿著山路爬上這個墳場。爬上墳場不易，一是山高路滑，坡陡路窄；二是山中多雨，雨天路滑。我三次去墳場，三次都下雨，三次都摔跤，三次都被身邊的戰士及時扶起。於是我想，我空手走路尚且如此，戰士們抬著屍體爬山該是何等不易！

我還聽説，距梨園幾里開外，還有一個荒坡，叫周家坡，因這兒的人大多姓周，故此得名。周家坡曾被災區傳説為「萬人坑」，其實據我瞭解，這兒不過埋了幾百人，説「萬人坑」顯然是一種誇張的比喻。但周家坡與梨園確有不同，即死者下葬的規格有異。周家坡主要埋的是老百姓，死者的居所是一個大坑，用戰士們的話來説，是「睡通鋪」。即是説，下葬時，先埋一層人，蓋上一層土，撒上一層石灰，再埋第二層人，再蓋上一層土，再撒上一層石灰；而梨園埋的多是學生和老師——學生一百三十六人，老師七人，且一人一坑，用戰士們的話來説，是「住單間」。

不知什麼原因，我三次走進梨園，都有一種不寒而慄的感覺。説天冷，這兒似乎確實多了幾分寒意；但真的是天冷嗎？我又心生疑問。因為這寒冷並非來自身體，而是靈魂。每次面對那幾百座墳塋，我想得最多的問題是，一旦進入冬季，這一百多個孩子稚嫩的生命，能經受得住這原始山中徹骨的冰風霜寒嗎？在城裡，一個高幹的子弟或者親戚，一個煤炭老闆或者一個大款，可以擁有幾百平米乃至幾千平米的豪宅；而在這裡，在災區，這些地震中不幸遇難的孩子，一生最終的歸宿，卻只有一個幾十公分寬的墳坑！我不知道這個幾十公分寬的墳坑能占地球多少面積，也不清楚是城裡那些豪宅的幾分之幾，更不明白城裡人與鄉下人同是人，生命的價值為何竟有如此大的差異！比如，在城裡，同樣是人，同樣是死人，可以到鄉下買塊墓地，可以進豪華的殯儀館，可以有很多的人為你排隊，為你默哀，為你獻花，為你致敬；還有親人、朋友關愛你，領導同事看望你，禮品、果籃送給你，長長的淚水陪伴你。但在這兒，在災區，此時此刻，一個人死了，就死了，往坑裡一放，甚或往坑裡一扔，便萬事大吉。從此陰陽兩隔，誰管？誰問？誰愛？誰疼？

紅白鎮的屍體掩埋，和洛水幾乎一樣，也是從 14 號開始，16 號結束；不同的是，家屬可以進入墳場，軍人和百姓，基本沒有衝突。至於傳說每具屍體在掩埋之前，公安人員都進行了 DNA 抽樣鑒定，根據我的調查，子虛烏有，純屬誤傳。但掩埋屍體，無論身體能量還是精神能量消耗都很大，卻是實事。故戰士們的普遍反應是：極度饑餓，極度疲勞，往往只幹上一兩個小時，便有一種身心交瘁、未老先衰、甚至千古滄桑的感覺。

然而即便如此，卻無法補充熱能，即是說，吃飯是個大問題！因為戰士們掩埋屍體是在山上，肚子餓了的時候，前後左右，不是一個個的墳坑，就是一排排的屍體，而且親屬們就守在屍體的邊上，不是哭訴孩子生前的種種優點，就是訴說孩子死後的種種悲傷；要不就是呼天搶地，悲痛欲絕。戰士們坐在墳坑邊上，或者蹲在屍體旁邊，面對以淚洗面、長跪不起的眾多家長，手上捏著乾糧，你說是吃，還是不吃？吃吧，實在咽不下去；不吃吧，還要掩埋屍體，哪來力氣？結果是，面對一座座墳坑、一排排屍體以及一個個親人，戰士們只有忍著，一口不吃，一口吃不下去。

再一方面，戰士們從早到晚，都在近距離地接觸屍體，而且每天至少上百具；加上屍體千奇百怪，表情猙獰，形狀各異，無論對人的感官還是腸胃，肯定都是一個極大的刺激。因此，幹完一天下來，深夜回到帳篷，不是累得半死，也會嚇得半死——不光身體累，心更累，根本沒有一點食欲。於是屁股一坐，身子一歪，倒下便睡，連做夢的時間都沒有。所以戰士們埋了三天三夜的屍體，除了喝點水，沒吃過一頓熱飯、一口熱菜。

有個戰士，告訴我這樣一件事情：有一天，他從早上開始埋屍體，一直埋到下午五點，沒吃一口飯，沒喝一口水，後來實在餓極了，便悄悄拿出一塊餅乾，剛準備要往嘴裡塞，就被一個記者看見了，舉起相機就要拍照。他發現後，慌忙又把餅乾塞了回去，然後裝著若無其事的樣子，繼續掩埋屍體。我問他為什麼記者一拍照，你就不吃那塊餅乾，他說我是黃繼光團的戰士，要是記者把我埋死人時吃餅乾的鏡頭拍下來傳到網上去了，那就給黃繼光團丟臉了，給軍人丟臉了。所以再餓，我也得忍著！

至於洗澡，就更是做夢都別想的事情。地震後，水，成為整個紅白鎮一個突出的大問題。特別是前一週，不僅災民缺水，軍人同樣缺水；不是滴水如油，而是滴水如血，甚至滴水如命！如果有人說，一瓶礦泉水能救一條人命，這不是誇張，而是太不瞭解災區的情況，準確的說法應該是：一瓶礦泉水，有時能救十條人命！但按當時的規定，每個戰士每天只發兩瓶礦泉水。而災區每天烈日高照，地面溫度高達35℃，勞動強度極大，戰士們個個壯如牛犢，兩瓶礦泉水如何飲用，可想而知。不少戰士由於缺水，嘴角乾裂，鼓起一個個小泡；甚至有的出現虛脱，暈倒在廢墟上。因此從團長到戰士，一個星期不洗臉，不刷牙，更不可能洗澡。每天回到帳篷，一身臭汗，連衣服褲子上都能清楚地看見一片片白色的汗漬。可衣服都不脱，倒下便睡。武漢軍區總醫院的一位軍醫告訴我説，由於没水洗澡，有的戰士身上發癢，起疙瘩，長紅點，燒襠，那個臭喲，別提了！蕭亮營長告訴我説，有一天他路過一個地方，看見旁邊有一條水溝，水溝的水很臭，但他還是把自己的腳伸進了臭水溝，痛痛快快地洗了一次腳，因為他的腳比水溝的水還要臭！

武漢軍區總醫院院長浦金輝，還告訴我這樣一個故事：5月14號這天下午，他上山找水源，看見兩個戰士正抬著一具屍體上山。他很敏感，仔細一看，發現屍水已經滴在了戰士的小腿上！他一下驚呆了！作為職業醫生，他當然知道屍水滲到身上意味著什麼，於是他立即叫住兩個戰士，有些生氣地説，你們怎麼能這樣幹呢！知道嗎？你們抬的是屍體，不是木頭！説完，他趕快擰開隨身帶的一瓶礦泉水，蹲下去就要給戰士沖洗。没想到兩個戰士一看，也驚呆了！非常生氣地説，醫生，你怎麼能用礦泉水沖腳呢？你知道嗎？我們一天才兩瓶礦泉水，只有渴得不行了，才捨得喝一口啊！聽了這話，浦金輝院長的眼淚一下就流出來了。他馬上返回醫療隊，讓護士們立即準備幾桶消毒水，凡接觸過屍體的戰士，回來後必須先浸泡雙手！

在掩埋屍體的過程中，戰士們最難受的其實是內心；而內心最難受的，是「90後」的小新兵！

這是因為，戰士們掩埋的多是學生，多是孩子。而這些學生的年齡，有的比他們小幾歲，有的小一兩歲，甚至有的和他們差不多。軍人的雙手本該是在戰場握槍殺敵的，但在災區，卻要用來埋葬學生的屍體——這是一件多麼殘酷的事情啊！一個戰士告訴我說，站在墳坑旁，看著孩子的屍體，很自然地就聯想到自己剛剛結束的學生生活，就有了一種大哥哥對小弟弟、小妹妹一樣的責任。

因此，這些戰士在掩埋屍體的過程中，非常小心翼翼，盡心盡力，總是在心裡反覆提醒自己：一定要小心、小心、再小心，千萬、千萬不要驚醒了孩子！一個戰士對我說，他們雖然不能保住孩子生前的生命，但卻可以保證孩子死後平平安安地睡在這兒，決不讓他們再受到絲毫的碰損！特別是到了掩埋的最後階段，即給孩子們一鍬一鍬地壘土的時候，對戰士們心靈的刺激與震撼就更大了！眼睜睜地看著一個個十三四歲漂漂亮亮的花季少女，或者一個個十六七歲活蹦亂跳的精悍小夥，被一鍬又一鍬的黃土埋進墳墓時，戰士們也跟著號啕大哭的家長們哭得一塌糊塗！甚至有的戰士實在受不了，還跑到後山，對著峽谷大聲喊叫，或者趴在地上偷偷痛哭！

走訪中，我接觸了黃繼光團不少「90後」的小新兵，他們的年齡大都在十七八歲，其中有幾個僅有十六歲，均是2008年脫下學生服、穿上新軍裝的「90後」。他們有的下連才二十天，有的下連才一星期，在家裡個個都還是爸爸媽媽懷裡的孩子，爺爺奶奶膝下的寵兒；但一穿上軍裝，來到災區，他們便從一個孩子一躍而成了一個軍人！

比如，金辛，十六歲，湖北襄樊人。小夥子一看，很可愛，很單純。金辛原本叫金幸，幸福的幸，上户口時，不知是户警不小心還是缺文化，總之大筆一揮，把幸福的「幸」寫成了辛苦的「辛」，從此「金幸」變成了「金辛」——辛苦的辛。剛上完高一，金辛就當兵了。我說，你是後門兵吧？他笑了，笑得很誠實。而且下連才八天，就躊躇滿志，鬥志昂揚，跑到災區，跑到紅白來了。我問他為什麼當兵，他說爺爺是志願軍連長，在朝鮮的坑道裡打過仗，舅舅也當兵，堂兄是武警。他從小喜歡軍人，但學習成績不好，爸爸說，部隊是革命的大熔爐，乾脆到部隊鍛煉鍛煉吧，就到部隊「鍛煉」來了。當兵前留給他最深的記憶，就是學校每天晚自習後，爸爸用自行車把他馱著接回家，然後媽媽替他掖好被子，他就一覺睡到大天亮。可是，可是到了部隊，再也睡不成懶覺了；到了災區，別說懶覺，連覺都睡不成了。他告訴我說，第一天到紅白，他就跟著老兵去金河磷礦救人，爬山路，他手腳並用；餘震一來，飛沙走石，他嚇得抱頭鼠竄。回來時，他不敢背傷患，有血，就為山民背鐵鍋，背臘肉，背土豆。他第一天見到的屍體，腸子都擠出來了，嚇得他渾身起雞皮疙瘩；第二天見到的屍體，眼球都鼓出來了，嚇得他的褲衩都濕透了；但第三天，他就跟著老兵上山開始埋死人了！

金辛埋的第一具屍體，是紅白中心小學的一個孩子，只有八歲。孩子的媽媽哭著對他說，孩子從小就愛乾淨，現在臉上全是土，太髒了，太髒了！他懂這位媽媽的意思，便學著老兵的樣子，拿起一瓶礦泉水，倒在一張手帕上，給孩子「洗臉」。開始，他怕，手在抖，心在跳，頭上的汗也在流。他想起班長說的，要把遇難者當親人。於是，他就把小孩當成自己的弟弟，心裡果然好多了，手漸漸不抖了，心也不怎麼跳了……後來，金辛說，我聽見了很傷心的抽泣聲，是孩子媽媽的聲音；再後來，我發現孩子的臉上有淚水，嚇了一跳，以為是孩子哭了，細一看，原來是我自己的眼淚滴在孩子的臉上了。上山前，班長問我怕嗎？我說不怕；問我會不會哭？我說保證不哭。可現在，眼淚不打招呼，就流出來了，想不流都不行了。我為孩子「洗」完臉，又用一塊木板墊在坑裡，把孩子放在上面，再把頭扶正，讓他面向紅白鎮。我想，他一個人躺在這兒，每天能看見他的故鄉紅白鎮，看見他的學校，看見他的爸爸媽媽，還有爺爺和奶奶，心裡就不會那麼孤獨了。就在這時，我忽然就聽見孩子的媽媽在說，輕點，輕點！我的動作就更輕了，我輕輕放正孩子的頭，輕輕擱平孩子的手，然後一鍬土一鍬土，輕輕地為孩子合上墳，再到旁邊採來一把野花，輕輕放在孩子身邊，這才為孩子鞠躬默哀。可我剛一轉身，孩子的媽媽哇的一聲，就跪在了我的面前。我嚇壞了，趕緊把孩子的媽媽扶起來，一下就想起我自己的媽媽了。媽媽從小告訴我說，做人要善良。我不知道什麼叫善良，有一天，有個老爺爺在我家樓下收破爛，我就把家裡的報紙全給他了。媽媽知道後對我說，孩子，這就叫善良。

當晚，金辛躺在帳篷裡，睡不著。他告訴我說，很想睡，但太累，反而睡不著。帳篷裡，二十多個人擠在一起，你壓住我的大腿，我枕著他的胳膊，頭對著腳，腳對著頭，像一堆大蘿蔔，爛紅薯，橫七豎八，堆在一起，汗水味，腳氣味，還有從山上帶回的屍體味，各種味道攪混一起，恍惚中不知是在人間還是地獄。一閉上眼，不是躺在坑裡的孩子，就是跪著流淚的母親。後來，還是迷迷糊糊地睡著了，一睡著，就夢見了媽媽，還夢見了爺爺。可他夢見爺爺死了，他在山上流著汗流著淚為爺爺「洗臉」！第二天，他起來就給媽媽打電話，不說夢見爺爺的事，只問爺爺好嗎？媽媽說爺爺很好，就是想你了！你在災區好嗎？這兩天幹什麼了？我在電視上看見好多人都死了，兒子，你去救人了嗎？開始，他支支吾吾，不敢告訴媽媽他在埋死人的事，怕媽媽擔心、傷心；再說了，別的戰士都在廢墟上救活人，他卻在山上埋死人，覺得很沒面子。可是他長這麼大，從來沒在媽媽面前撒過謊，於是沒說上幾句，就把他埋死人的事說出來了；還安慰媽媽說，媽媽，沒事，我不怕，我已經是個男子漢了！可他話還沒說完，就聽見媽媽的哭泣聲了，而且媽媽哭得很傷心、很傷心。以後，他每次給媽媽打電話，就再也聽不見媽媽的說話聲了，聽見的淨是媽媽使勁壓著嗓門的抽泣聲。

再比如，孫冬，十八歲，重慶人。小夥子一看，能幹，聰明，還比同齡人多了幾分成熟。孫冬告訴我說，他第一次見到屍體是在洛水，當時剛到災區，很好奇，就偷著跑去看，看到一具屍體，兩隻腿都沒有了，還在滴血，嚇死他了！5月15號他參加埋屍體，開始屍體放在他們面前，他看都不敢看。但他和另外兩個戰士是專門負責為屍體洗臉的，不看怎麼行？他只好硬著頭皮看。孫冬說，我一看，有的臉腫了，有的臉爛了，有的只有半邊臉。我從來沒有見過屍體，更沒有接觸過屍體，非常害怕！我剛拉開第一個屍袋拉鏈，就看見遇難者的眼睛直直地瞪著我，是個男孩，下面還有一攤淤血，嚇得我慌忙倒退了兩步。但孩子的父母卻沒有退，不但沒有退，反而還把臉貼上去，用手合上孩子的眼睛，嘴裡還輕聲地說，你看你看，孩子很不甘心，死不瞑目啊！我就想，我是老兵了，兩年了，不能怕，我就去扶孩子的頭，想扶正，可孩子的脖子已經僵硬了，我一動，他的眼睛好像又在瞪著我。我確實很害怕，但我看見孩子的父母哭得很傷心，真的很傷心。這個時候，我才真正知道，天底下最愛孩子的是父母，只有父母的愛才是最無私最偉大的，地震無論把孩子壓成了什麼樣子，父母都會把自己的臉貼上去，可以不顧一切。這個世界沒有比親情更可貴的了。於是我就想，我既改變不了孩子的命運，又什麼事也做不了，只能把孩子身上打掃乾淨一點，為孩子洗上最後一次臉，讓父母看到孩子乾乾淨淨地走了，心裡會舒坦一些。自己只能做這點事情，不然到災區來幹什麼呢？這麼一想，我心裡就沒那麼恐懼了。這天上午我們埋了四十具體屍體，中午都沒吃飯，沒有時間吃飯，也沒心情吃飯。下午和晚上又埋了幾十具，一共埋了一百多具。下午，有一個屍袋裡裝了兩個小孩，兩個小孩死死抱在一起，我怎麼掰，也掰不開，可能是地震時兩人都害怕，就互相抱在一起，才嚇成了這個樣子！而且，不知什麼原因，兩個孩子死了，卻沒一個親人來認領。我為兩個孩子洗完臉，把頭扶正，照完相，就把兩個孩子埋了。由於兩個孩子最後也沒掰開，就合葬在一個坑裡了。

此外，還有前文中講到的那個帶著十個戰士鎮守橋頭的小個子排長向東。向東是湖北巴東縣人，四歲上小學，九歲學電腦，十六歲當兵。他年紀最輕、個子最小、職務最低，但與屍體打交道卻最多！從 5 月 14 號到 16 號，短短三天時間裡，他親眼見到和親手接觸的屍體，至少有五百具！

向東帶著十個戰士離開橋頭、找不到連隊後，很快就在洛水鎮找到了參謀長彭元軍。彭元軍參謀長告訴他說，他們連可能去北川了，不管想什麼辦法，總之一定要找到連隊！向東說，戰士們已經兩天沒吃一口飯了，實在走不動了，能不能先找點吃的再找連隊？參謀長就讓他們去六連炊事班找。六連炊事班這天熬了半鍋稀飯，卻只有一個碗，還是參謀長剛剛用過的。炊事班長說，就這一個碗，沒水洗，就湊合著吃吧！向東就讓十個戰士排成隊，新兵在前老兵在後，然後用這個沒洗過的碗盛上半碗稀飯，先給第一個戰士喝；第一個戰士喝了後，再用這個碗盛給第二個戰士喝；第二個戰士喝了後再盛給第三個、第四個戰士喝；然後第五個、第六個戰士接著喝……最後，等這個一直沒洗的碗輪到向東手上時，碗裡只剩一口稀飯了。向東喝下最後一口稀飯後開始找北川。向東從來沒聽說過北川，更不知道北川在哪兒，後來好不容易打聽到了去北川的方向，參謀長又告訴他說，他們連去的不是北川，是紅白。但參謀長不知道「紅白」是哪兩個字，連隊也聯繫不上，讓他自己去問，自己去找！向東就自己去問，自己去找，終於問到了去紅白的路線，找到了一輛志願者的中巴車。中巴車把向東他們拉到一個叫爛柴灣的地方後，警察卻攔住中巴不讓過，因為前面已經堵得一塌糊塗。向東態度非常強硬，說部隊有緊急任務，必須過！警察的態度更強硬，說你今天要過，就從我身上軋過去！向東他們只好徒步急行軍。一個半小時後，向東他們終於看見了空降兵的車，於是開始尋找連隊，一輛車一輛車地扒著找，一共找了八十多輛，足有兩公里地，終於找到了連隊——準確地說，是找到了正在路邊生火做飯的連隊炊事班。向東一打聽，他們連都進山了，明天才有可能回來。

此時，已近晚上九點，向東他們累極了，也餓極了，就用礦泉水泡了一包粉絲吃了，靠在路邊，想睡一會兒。可睡不著，第一次失去組織，向東有了一種失落感，也有了一種從未有過的責任感。這責任感不是誰告訴他的，好像是從心裡長出來的，讓他心窩跳個不停，腦門一直冒汗；加上刺鼻的氨氣味，直往人的肺裡鑽，嗆得人合不上眼；還有，餘震一來，只聽山上的石頭轟隆隆往下滾，於是坐起，躺下，再坐起，再躺下，搞得一夜坐臥不安。

第二天一大早，向東帶著十個戰士又跟著機炮連上山挖墳坑，從早上七點挖到中午十二點，沒歇一口氣，沒喝一口水，一共挖了四十二個坑！剛想喘口氣，一個志願者跑來說，山下有人求救！向東趕緊帶著十個戰士趕到現場。求救者是位老大娘，說老伴埋在裡面了，快幫她挖出來！向東沒挖過人，不知道怎麼挖，正琢磨怎麼挖，一個中年男子匆匆跑來說，解放軍，旁邊還有三個人，請幫我們也挖一下！於是向東將十個人分成兩組，分頭挖。第一個挖出來的是老大爺，七十多歲了，滿頭白髮，被一根橫樑壓在背上，身子幾乎壓扁了。向東讓兩個戰士奮力抬起橫樑，然後自己把老頭兒抱著往外拖。老頭兒拖出來後，老伴一看，兩眼已經化膿了，嚇得躲到一邊再也不敢看。向東他們把老頭兒裝進屍袋，發現老頭兒的褲子鼓鼓囊囊的，伸手一掏，原來老頭兒穿著一條防盜內褲，內褲裡裝著厚厚一沓人民幣，大約有一千元。向東把人民幣如數交到大娘手上，大娘一看，生氣了，脫口就罵，這個死老頭，死了還藏私房錢！剛一罵完，又抱著老頭兒號啕大哭起來。

兩小時後，向東他們把中年男子家的三個人也挖了出來，這三個人分別是中年男子的女兒、老婆和岳父。兩家人都提出，要解放軍幫他們掩埋屍體，就埋在他們家的後山。但大娘家有現成的棺材，中年男子家只有一口棺材，向東他們就和中年男子一起，拆下倒塌的門板，做了兩口簡易棺材。然後，向東帶著戰士爬到後山，按照遇難者家屬的要求，挖了四個坑，每個坑長二點五米，寬一米，深一點七米。接下來，要把四口棺材抬上山。向東他們只扛過鋼槍，沒抬過棺材，何況棺材本身就重，再躺上一個人，又是山路，怎麼抬？向東就想，不會挖墳坑，墳坑不挖出來了嗎？不會刨屍體，屍體不刨出來了嗎？不會做棺材，棺材不也做出來了嗎？十一個解放軍，就不信抬不了四口棺材！於是向東決定，一口棺材八人抬，一個人在前引路，一個人在後守護，一個人在旁邊指揮。第一口棺材抬的是老大爺，上路時，大娘在前面一邊抹淚，一邊燒紙，一邊扔錢（紙錢），八個軍人在後面抬著一口棺材，如同抬著一座宮殿！二百米的路程，走了四十分鐘，等放下棺材，十一個軍人的衣服全濕透了！向東後來對我說，不是棺材太沉，而是責任太重！萬一不小心把棺材摔了，怎麼向老百姓交代啊？

四口棺材平安抬上山後，已是下午4點多了，向東他們趕緊埋人。但埋人的事向東他們更沒幹過，只好求教老大娘。老大娘滿口四川紅白方言，聽起來很困難，向東他們只好按自己的理解，先將棺材移進坑裡，然後再將四個角放平，接著就用鐵鍬往棺材上蓋土。沒想到就在這時，老大娘突然衝進墳坑，生氣地用手把棺材上的土，全扒拉了下來，然後自己雙手捧起一捧土，重新蓋在棺材上。向東恍然大悟，原來按當地的風俗，第一捧土，應該由親人自己蓋。於是，向東他們接下來為中年男子掩埋的三具屍體，墳上的第一捧土，都由中年男子自己動手蓋。四具屍體掩埋完畢後，老大娘和中年男子分別跪在各自的墳前，又是燒香，又是磕頭，又是流淚，又是哭訴。

此時天色已晚，向東本想帶著戰士儘快下山，可望著四座剛剛壘起的墳塋，卻怎麼也挪不動步子。突然，中年男子轉過身來，撲通跪在向東面前，連磕了三個響頭，然後對向東說，好好一個家，現在房沒有了，人沒有了，什麼都沒有了，全家就剩我一個了！我要離開紅白，這兒再也沒有我留戀的了！說著，中年男子向山下走去，一步一回首，一步一叩頭，最後爬上一輛貨車，向著三位親人墓地的方向，又深深鞠了一躬，這才含淚而去……望著眼前這一幕，七個小時沒掉過一滴眼淚的向東，突然忍不住大聲哭了起來，其餘十個戰士也跟著哭了起來。

這時，山路上迎面飄來一面紅旗，向東定睛一看，「黃繼光生前所在團三營八連」幾個大字赫然在目。兩天了，終於見到了自己連隊！向東帶著十個戰士飛跑過去，與指導員和戰友們緊緊擁抱一起，再次流下了滾滾熱淚。

第二天，向東又接到命令，帶十個戰士到梨園掩埋屍體。這十個人，其中便有金辛和孫冬。向東告訴我說，16 號從早上 7 點，到晚上 12 點，他們十一個人大概埋了三百具屍體！有的三具屍體擠壓在一起，分不開了，没辦法，只好用兩個坑，將三個人埋在一起。每具屍體一抬上來，他們就打開屍袋，先為遇難者消毒，然後跪在地上，一手托著遇難者的頭部，一手為遇難者擦洗臉部。最恐怖的是晚上，整個紅白鎮一片漆黑，整個大山也是一片漆黑，但運上來的屍體必須連夜埋掉！特別是遇上没有家屬認領的屍體，他們也同樣要打開屍袋，露出遇難者的臉部和半個身體，然後打著手電筒，為遇難者清洗。清洗完後，再把屍體扶起來，右手托住頭，左手扶著背，讓遇難者有一定的傾斜角度，以方便地方民政人員照相。而最慘的是學生，是孩子，每個孩子的表情都很複雜，臉上留下的好像淨是一個個的「？」。看樣子好像在問，誰能告訴我，這是怎麼回事？所以面對這些孩子，他很想做點什麼，彌補點什麼，孩子的遺體一到，他就對家長說，你們自己選一個墓地吧，想把孩子埋在什麼地方，我們就埋在什麼地方。如果家長選好了墓地還不滿意，他們就跳到坑裡，按照家長的意思，把墓地重新修整一遍，甚至再挖一次，直到家長滿意為止。孩子掩埋完後，他們還到山上採來野花，放在孩子墳前，然後十一個人站在一排，為孩子集體默哀。

最讓向東後悔的，是掩埋一位高中生。向東說，那天，天已經黑了，幾個戰士抬上來一個高個子男生，大概有一米八還多，而且手臂特別長，後來聽說已上高三了，是紅白中學的籃球中鋒。我們當時挖的坑，只有一米七長，因為考慮遇難者多數都是孩子，一米七長就夠了。沒想到突然來了這麼一個大個子男孩，把他往坑裡放的時候，頭放下去了，腳卻擱不下去；腳擱下去了，頭又放不下去。我就讓孫冬和金辛趕緊把坑加長，可坑加長後還是不行，男孩的右手臂直直地伸在外面，像是在指揮著什麼，又像是在呼喊著什麼，總之把屍袋頂起來好高好高，怎麼也放不平。我就讓孫冬把男孩的手臂往下掰，可孫冬掰了好幾下，怎麼也掰不下去；我上去掰，還是掰不下去。這時，山下的屍體不斷運上來，我的身後已經堆了十幾具屍體了。我一看，再不抓緊埋完這個男孩，就來不及了。於是我就對男孩說，兄弟，對不起了！說完，我就讓孫冬和我一起，抓住男孩的手臂，同時用力往下掰！只聽「喀嚓」一聲響，你猜怎麼著？男孩的手臂是掰下去了，可我明顯感到男孩的手臂被我們掰斷了！那一刻，我的眼淚嘩的一聲就流出來了，雙膝忍不住一下就跪在了地上，心裡難受極了，也後悔死了！我跪在地上，一邊流淚，一邊不停地用拳頭捶打著自己的腦袋，捶打著地上的泥土，心好像在吧嗒吧嗒地滴著血！我想，要是能再給我十分鐘，我哪怕再挖一個坑，也要把這個男孩好好安葬下去，絶不會損傷他一根汗毛！可是，我没有辦法，當時不停地有人在催促著我，我的身後還有好多屍體等著要埋。後來，等把那天晚上所有屍體全部埋完後，我又回到這個男孩的墳前，跪在他面前，放聲痛哭了一場！我一邊哭，一邊以一個大哥哥的名義，對他説，兄弟，對不起了！我這一輩子從來没做過一件虧心事，既然做了這麼一件對不起你的虧心事，以後我就多為人民做好事、做善事，來彌補我的過錯！請兄弟原諒我，好嗎？説完，我又站起來，以一個軍人的名義，恭恭敬敬地給他敬了一個軍禮！

我採訪向東，是在晚上，我住的帳篷裡。當時，已近12點，四周極静，連一點風聲也没有，整個紅白鎮除了帳篷裡戰士們的呼嚕聲，便只有我和向東的談話聲。向東講到這裡時，我已淚流滿面，難以自抑。但我萬萬没想到，向東接下來講到的一個遇難者，更讓我心跳加快，震驚萬分！

向東説，在大概三百具屍體的掩埋中，最讓我震撼的，其實是一位女老師。當時，屍體運上來後，後面跟著好幾個親屬，有遇難者的父母，還有幾個，不知道什麼人。從他們的談話中，我知道了這是一位女老師。我問遇難者的媽媽希望埋在什麼地方，阿姨説，埋得高一點吧，女兒才看得見我們！我就去給工作人員講了一下，因為當時按規定只能一層一層地埋。工作人員同意了，我們就把女老師抬到最高的一層。叔叔阿姨一看，説這個坑不好，太淺了，坑坑窪窪的。

我和金辛就跳下去，重新把坑挖了挖，修整了修整。之後，叔叔阿姨自己還進到坑裡，親自用手把坑的四周摸了一遍，又摸了一遍，這才說可以了。我把屍袋的拉鏈拉開後，這才看見，女老師的胳膊沒有了，腿斷裂了，身體壓扁了，半個腦袋也壓得完全變形，頭髮和血肉攪在一起，蓋住了剩下的半張臉，樣子非常慘！但女老師很年輕，大約只有二十五六歲。看著這個樣子，我的心都受不了了！阿姨看了一眼，就蹲在地上哭了起來，哭得很傷心，很想再看一眼，卻又不敢看，不忍心看。當時為女老師「洗臉」的，是兩個人，一個是孫冬，另一個是九班班長溫前前，在旁邊幫忙的，還有金辛。他們三個一邊為女老師「洗臉」，一邊也在哭。大概過了兩分鐘，溫前前和孫冬突然神色慌張地站起來，結結巴巴地對我說，排長，這個人，好、好像還有呼吸！我一聽，嚇了一大跳！埋了幾百具屍體，從沒見過還活著的，怎麼可能！我慌忙跑過去，蹲下一看，女老師的胸脯確實有輕微的起伏，看樣子，心臟還在作最後的掙扎！我簡直驚呆了，也嚇壞了，兩手發抖，額頭冒汗！我急忙過去告訴叔叔阿姨。叔叔阿姨過來一看，立即嘴唇發抖，兩手發顫，特別是阿姨，哭得都快暈厥過去了！我一邊安慰叔叔阿姨，一邊說，叔叔，我去找醫生來看看吧！叔叔再次伏下身去，細細看了又看，並拿起一瓶礦泉水，為女兒餵了餵水，然後站起來，向我擺了擺手，說，不用了，任何人來，都沒一點希望了！阿姨也哭著說，與其讓女兒沒手沒腳地活著，還不如讓她趕緊痛痛快快地走吧！我急忙拿起一瓶礦泉水，伏下身去，想為女老師餵上一口水，哪怕一小口。這時，我發現，女老師的胸脯已經看不見一點起伏了，剛剛還在掙扎的心臟，完全平息了，再也没有一點動静了。可我還是想為她送上最後一口水。可水剛一餵進去，又流出來了，不管怎麼餵，都餵不進去。我仔細一看，原來女老師早就没有一張完整的嘴了！這時，我聽阿姨在説，解放軍同志，你們趕緊把我女兒埋了吧，她太痛苦了，讓她快點解脱吧，求求你們了！我站在那裡，卻呆若木鷄，除了流淚，不知該怎麼辦是好。雖然我和三個戰士都看見女老師確實没有一點呼吸了，也認為確實没救了，可當時没有法醫在場，也不可能有法醫在場，我們無法從醫學的角度對女老師的生死，作出科學的準確的判斷。儘管從 12 號到 16 號，四天過去了，女老師已四肢殘缺，面目全非，但生命卻如此頑強，萬一還活著呢？萬一還有最後一絲氣息呢？這時候，我聽見下面傳來家長的喊叫聲，回頭一看，下面兩層的墳坑前面，已經擺放著十多具屍體了，而且屍體還在源源不斷地往上運。叔叔一看，也著急了，拉著我的手説，小解放軍同志，不要再猶豫了，趕緊動手吧，我已經看過了，我女兒確實已經停止呼吸了！你們看，後面還有那麼多人排隊等著呢，大家都是不幸之人，不要因為我的女兒影響了别人！可我還是有些猶豫。而就在我猶豫的時候，叔叔突然一狠心，抹了一把眼淚，走過去，自己把女兒的屍袋的拉鏈拉上去，然後和阿姨一起，把女兒抬進了墳坑；把女兒擱好、擺平、放正後，又為女兒蓋上一件衣服，放上一束鮮花。然後，叔叔這才轉身對我説，請解放軍同志幫幫忙，讓我女兒入土為安吧！説著，叔叔雙手捧起一捧土，輕輕蓋在女兒的身上；阿姨隨後也雙手捧起一捧土，輕輕蓋在女兒的身上……直到這個時候，我們才慢慢揚起手中的鐵鍬，一邊流著眼淚，一邊把淚水打濕的土一鍬一鍬地蓋在女老師的墳上。我們的動作很慢，很細，想快一點糙一點都不行。我們把女老師安葬完後，又為她採來幾束野花，然後站在她的墳前，一邊為她敬禮默哀，一邊為她流淚……

後來我採訪到，這位女教師叫鄭海鷹，二十七歲，是紅白中學的一位老師。鄭老師很文靜，很瘦小，説話很幽默。她的專業是數學，但她英語很好，學校就讓她教英語課，許多學生都喜歡聽她的課。她喜歡爬山、唱歌，尤其喜歡小孩。她有一個五歲的女兒，她非常愛她的女兒……

7月26日傍晚，我來到鄭海鷹老師的墳前，以一個軍人和作家的名義，為這位年輕的女教師燒了一炷香……

短短幾天時間裡，黃繼光團在洛水鎮和紅白鎮共挖出遇難者二百三十七人，挖掘墳坑七百個，埋葬屍體六百九十具，堅持做完了一件從未做過的善事！但還有一部分戰士，卻依然還要堅守在墓地旁，為死者站崗！因為屍體埋葬後，必須保證每座墳墓、每具屍體的完整性，真正做到讓死者安心，讓生者放心！由於地震剛過，方方面面都很混亂，墳場的情況同樣複雜。比如，有的災民自己上山埋葬屍體，或把別的地方的屍體移遷過來，挖坑下葬時，只考慮自己，容易損傷旁邊的墓地，負責墳場站崗的戰士就要提醒或制止，幫助解決處理；有的野狗因饑餓至極，有可能跑到墳場偷吃屍體，一旦發現，戰士就必須把狗攆走；有些親屬要到墳場看望孩子，由於過於傷心悲痛，當場暈倒，戰士們就要及時負責送往醫院；有的人據說為了討個說法，要挖出學生的屍體，抬到當地政府門口遊行，甚至還有人不懷好意，企圖破壞墳墓，製造混亂，戰士們就必須守好墓地，看好屍體；此外，地震後山上只有一個水源，為防止有人破壞，投放毒品，戰士們必須保證水源的絕對安全。

因此，從 5 月 13 日晚到 5 月 27 日，黃繼光團的部分軍人一直堅守在墳場，從一個扛槍的戰士，變成了一個為遇難者站崗的守靈人；而陪伴他們的，除了孤獨與寂寞、淒涼與清冷，便是悲傷與淚水、墓地與死魂。尤其是夜半三更，墳場一片死靜，偶爾有風掀動草叢，或從遠山傳來一聲狗叫，都讓人心裡瘆得慌！

2008 年 5 月的一個傍晚，我走進紅白鎮西山梨園墳場，親眼見到並走訪了這些為死者站崗守魂的戰士們。我問一個戰士，怕嗎？戰士說，怕！尤其是第一天晚上，怕得尿都尿不出來。我在家的時候，晚上從來都不敢走夜路。可到了災區，看到這麼多人在受苦，在遭難，我覺得幫不了他們什麼，很慚愧。現在，他們家的孩子遇難了，我能在這兒幫他們守著，心裡也就好受一些。我說，在墳地裡站崗，誰都不知道，值嗎？戰士說，這個，不好說。不過我們團長說了，在災區，老百姓的要求，就是軍人的追求！

望著眼前的小戰士，我想起一位叫希波克拉底的外國醫生說過的一句話——他說，醫生的崗位，就在病人的床邊。

那麼軍人的崗位呢？是不是至死也該在老百姓的身邊？

鏡頭二　留在斷壁上的作業

在災區的廢墟上，我見得最多的是學生的作業本。這些作業本，不管哪個科目、哪個年級，應有盡有。有的一看就是男孩的字體，有的一看便知是女生的筆跡，有的只用了一半，有的只用了幾頁，有的甚至是嶄新的，連名字都還來不及填寫。此外，課本也俯拾皆是。如《語文》、《數學》、《政治》、《英語》、《中國歷史》、《思想品德》、《英漢辭典》等。但你絕對見不到一本有關地震知識方面的書—哪怕是一本有關地震常識的小冊子！

這些作業本和課本拋撒在廢墟中，有的戳在鋼筋上已被扯碎，有的壓在房樑下已被撕破，有的擠在牆角邊已沒有了封面，有的卡在斷壁上已缺少了頁碼，有的甚至已被攔腰斬成兩半，然後再被無數隻腳踩進塵土，變成了一團團的紙末！它們躺在廢墟上，如同深秋峽谷中的殘花落葉，除了偶爾有風掀起其中某一頁或某一角，再也沒人翻看沒人閱讀沒人填寫，甚至連鄉間拾破爛為生的人路經廢墟時，也懶得彎腰撿起。

面對這些作業本和課本，我心裡有一種說不出的酸楚與困惑。因為一個現象令我非常吃驚：在汶川大地震中，死亡的學生多數都是平時課本抱得最緊、作業完成最好、最聽老師的話、最遵守課堂紀律的好學生！這些好學生一年四季從不遲到早退，天天背著書包按時到達校門，上課下課準時進出教室，家中有事不請假，生病發燒不耽誤，甚至有的女生來了例假也不缺課。為了學「知識」，為了得高分，為了考大學，他們不僅星期天捨不得玩，下課捨不得耍，甚至寧肯少喝一口水，少上一趟廁所，也要「釘」在教室抓緊時間多做幾道作業題，多背幾篇課文。但誰能想到，就是這些好學生，幾乎都死在了教室裡，死在了座位上。因為地震來臨那一刻，他們正在用功啃課本，埋頭做作業！

例如，洛水中學高三有個學生，地震時正在教室埋頭復習政治。那天本來他拉肚子，可以請假在家休息，但高考在即，他還是堅持去了。他的教室在三樓，一聽有人喊地震了，他打開窗户就往外爬，結果他被倒塌下的房樑壓在腰上，懸掛在半空中——雙腿在窗户裡面，腦袋在窗户外邊，手上還緊緊抓住一本《政治復習提綱》！幾天後，不少家長都在廢墟上扒拉自己孩子的課本或作業本，這個學生的家長卻堅決不要，一本不要，甚至有家長幫他找到了寫有他孩子名字的課本，他也一把撕得粉碎，說，這些課本都是擦屁股的廢紙！我的孩子哪怕知道一點地震小常識，就不會爬窗户了，也就不會死了！

還有，北川中學高一有個學生，地震時正在教室背誦一篇文言文。他的教室在最高的五層，地震來臨那一刻，他極度恐慌，根本搞不清是怎麼回事，於是慌亂中選擇了跳樓——從五樓跳下去！結果死了，死得很慘！後來這個學生的家長說，他的孩子一心就是考大學，心裡只有分數，没有別的，這麼多年來，他除了從早到晚背課本，從來不看一本課外書！

相反，另一類既不玩命死啃課本，也不死心塌地做作業，還不遵守學校紀律的學生，卻成了汶川大地震中的幸運兒！為什麼？因為地震來臨那一刻，他們根本就不在教室裡；即便有的人在教室裡，也不是老老實實坐在座位上，而是趴在窗前觀望風景，或在走廊玩耍打鬧，所以地震發生時，比誰都跑得快。

例如，紅白中學有個學生，「5 · 12」頭天下午放學前，他没有完成老師佈置的作業，老師專門把他叫到跟前，一臉嚴肅地嚇唬他說，如果明天你再不完成作業，就別進學校的門了！結果，第二天，即「5 · 12」這天，他還是没有完成作業，從來不好好聽老師話的他，這天偏偏第一次聽了老師的話——他没進學校的門，而進了一家遊戲廳！他從早上七點開始打遊戲，一直打到下午兩點二十分。這時，他餓了，出去買燒餅，一出門，就地震了！他想起嚇唬他的那位老師，慌忙跑到學校，可學校已經垮了，不少同學已經死了，嚇唬他的那位老師也被埋在了預製板下。他急忙扒開預製板一看，老師的腦袋已經碎了，身後是一攤血！

例如，北川中學初三（5）班有個學生，叫張聖，十四歲。張聖不是一個成天趴在課桌上死啃書本、埋頭做作業的孩子，他的最大特點就是喜歡看課外書籍，喜歡上網溜達，什麼都有點好奇。地震時他正坐在教室聽課，教室剛一開始搖晃，他就知道是地震了。當不少人驚慌失措不知所云時，他卻不慌不忙，從容地貼著牆邊從五樓平安地跑到了操場；當不少同學還驚魂未定時，他想起有十元錢還在樓上的一個小箱裡，於是第一次餘震剛過，他又衝到搖搖欲墜的樓上，打開箱子，拿出裡面的錢包和四包方便麵，再跑回操場。張聖之所以如此從容，是因為初一的時候，有一天他聽兩個同學在唱自己瞎編的一首兒歌，叫〈唐山大地震〉，歌詞大意是：唐山大地震，震死很多人，有男人，有女人，還有兒童和老人……他聽後覺得奇怪：地上震動一下，怎麼就會死人？當天晚上他就到網吧去查，這一查，他不僅知道了什麼叫地震，還知道了唐山大地震死了二十四萬人；同時也知道了許多有關地震的小常識。比如大地震過後會有餘震，但餘震不會連續發生，上次餘震與下次餘震之間會有一定的間隔時間等等。所以他敢第二次衝上樓去，拿回了他的十元錢！

同為學生，同在一個學校，同樣遭遇一場地震，結果卻是生死兩種命運。這說明了什麼？於是我不得不想，這些課本與生命、與死亡、與生存、與毀滅、與愛情、與理想、與歡樂、與悲傷，到底應該是一種什麼關係？在突發而至的大災難面前，這些課本和作業本的價值與意義究竟何在？在孩子們的思想觀念中，是知識高於生命，還是生命高於知識？是知識決定命運，還是命運決定知識？知識與生命，到底誰是老大？

5月22日中午，我來到平通中學。這天太陽很毒，毒得我全身冒汗。剛一走進廢墟，一股強烈的異味便撲鼻而來，我急忙戴上口罩。我很快發現，這所學校廢墟上的作業本比其他學校更多，有的地方甚至成堆成片。這是為什麼呢？我先從廢墟堆表層撿起一些作業本，而後找來一根樹棍，扒開廢墟的表層，再掏裡面的作業本。越往下掏，作業本越多，氣味也越難聞。面對掏出來的作業本，是打開，還是不打開，我有些猶豫。因為這些作業本十天來天天和屍體躺在一起，上面不僅有淚水，有血跡，還有屍味！但我卻分明看見，每一本作業本的封面上，都還清晰地留著孩子們一個個鮮活的名字！於是我撿起作業本，一頁一頁地翻開，這一翻不要緊，我看見作業本的每一頁上，幾乎都打滿了一道道的紅勾和一個個的一百分！而每一篇作業的旁邊，還有老師特批的一個紅色大字——「優」！

那一刻，望著作業本上一道道的紅勾，一個個的一百分，一個個的「優」字，我的眼淚再也無法控制了……因為這些作業本足以證明，他們都是最優秀的孩子啊！他們完成了最「優」的作業，卻要結束最寶貴的生命——一向高呼正義博愛的人間啊，怎麼還有這種邏輯？望著這些寫著稚嫩名字以及打滿一百分的作業本，我實在捨不得讓它們拋之廢墟棄之荒野，便從包裡掏出消毒藥水，將其消毒，再用紙袋裝好，悄悄放進了包裡。（後來我又悄悄帶上飛機，帶回北京，悄悄放在了我的書架裡。）

我很快找到一個學生，問他這兒為什麼會有這麼多的作業本，這個學生告訴我說，「5·12」地震前十分鐘，他不在教室，而在操場上打籃球。地震降臨時，籃球首先從他手中滾落，他看見籃球滾落的樣子與往常不同，往常是貼著地面往前滾動，那天卻是蹦跳著往前滾動；接著他發現籃球架在搖晃；再接著他感到自己的身體也像跳舞似的晃動起來。地震了！他很快就意識到。於是他堅持搖搖晃晃地跑到教學樓跟前，對著教室的方向大聲呼喊：地震啦，快出來！地震啦，快出來！可他的同學們當時一個個正坐在教室裡，聚精會神、專心致志、埋頭做作業，根本沒人在意他的呼喊，沒人理會他的存在，因而也就沒有一個人出來！接著他又喊了第二遍，這才看見有三四個同學搖搖晃晃地走出了教室。就在他準備喊第三遍的時候，他看見教學樓突然劇烈抖動起來，接著聽見轟隆一聲，便眼睜睜地看見整個教學樓全部倒塌在了他的面前！前後大概不過十幾秒鐘，幾百個學生和十幾個老師全被埋在了裡面。等他們被挖出來後，有六個老師和一百二十個學生已全部遇難！那一刻，驟然而起的滾滾塵煙，遮擋了一切，他對著天空狼一般狂叫一聲，便什麼也看不見什麼也不知道了……

聽完這個故事，我腦子嗡嗡作響，好似天方夜譚。轉而一想，又覺合情合理，實在正常。想想吧，山裡的孩子自從跨進校門的第一天起，無論走進教室還是走出教室，聽從的就是牆上的鈴聲、校長的校訓、老師的聲音，也習慣了牆上的鈴聲、校長的校訓、老師的聲音。因為牆上的鈴聲、校長的校訓、老師的聲音，代表的就是某種權力，甚至就是某種命令！何況地震來臨那一刻，上課的鈴聲已經鳴響，老師已經走上講臺，學校的大門已經關上；而這個大聲呼喊的學生既不是鈴聲，也不是老師，更不是校長，甚至連一個班長也不是，同學們憑什麼聽他的？於是早就習慣了服從鈴聲、服從校長、服從老師的「乖孩子」們，即便在生死關頭，在大難降臨之際，下意識的深處，依然是寧肯順從權力，也決不服從真理！

接著，我去了鎣華中學。鎣華中學位於什邡的一座古鎮——鎣華鎮。因竹溪河、湔底河、石亭江均匯合於此，故鎣華鎮又稱三河場。鎣華鎮是一座「佛鎮」，自明朝起，這兒便有了信佛的歷史。數百年來，跪拜的人們絡繹不絕，祭佛的香火縈繞不斷。然而，如此一個參透佛法的「佛鎮」，依然難逃厄運！而且，承受苦難最重的，居然是衆多兩小無猜的娃娃和純潔無瑕的學生！

我來到垮塌的教學樓跟前，四層教學樓，已經垮得一塌糊塗！我一抬頭，突然發現，在垮塌的斷壁殘牆上，像是懸掛著一樣東西，我急忙舉起相機，果然看見搖搖欲墜的斷壁殘牆上，高高懸掛著一本作業本！風一吹，發出嘩嘩的響，聽起來像是有人在哭喊，有人在呼救，又像是有人用手在不停地拍打著教室的門窗。我忽然有一種心跳加快的感覺。此前我看到的作業本，都是在廢墟上，這個作業本，怎麼會高高懸掛在斷壁殘牆上？莫非在地震那一刻，有學生抓住作業本破窗一躍？或是上蒼故意要把這個作業本高掛空中，讓活著的人們投以關注的目光？

我重新舉起相機，變換角度，試圖看清作業本主人的姓名。可作業本懸掛太高，加上連日雨水沖刷，太陽曝曬，無論我怎麼調整焦距，依然無法看清這個學生究竟是誰。但我敢肯定，這個匆匆離去的學生，一定是個最愛學習、最聽老師的話、最遵守課堂紀律、每天準時坐在課堂、每次認真完成作業的好學生！因為他或她即便在離開這個世界的一剎那，也沒忘記拿起自己的作業本。我也不知道這個作業本是政治還是語文，是數學還是英語。但我敢肯定，這個作業本裡一定留下了當天還沒來得及做完的作業。因為汶川大地震發生的時間是下午 2 點 28 分，學生上交作業的時間是下午 5 點 30 分，否則這個作業本就在老師的抽屜裡，而不該高高懸掛在這堵斷壁殘牆上！

總之，可以肯定的是，這是一個學生留下的作業本，也是一個死者留給活人的作業本；這個作業本裡不光有老師留給學生的作業，還有一個學生留給我們的作業——至少有一道是留給我們的，不然，這個死去的孩子，為何要將作業本高掛空中，告示天下活著的人們？

這個學生留下的這道作業是什麼呢？

我想，這道作業應該就是：「5．12」那一刻，為什麼垮塌最多的是學校？死亡最多的是學生？

誰來完成這道作業？誰又來為這個答案打分？

鏡頭三　守望紅領巾的狗

一到成都，我便聽說，都江堰聚源中學埋了七百多個學生。這些學生挖出來後，活下來的不多，大概死了四五百個！這個數字讓我非常吃驚，於是我第一個趕去的學校，便是聚源中學。

聚源中學位於鼎鼎大名的都江堰。在三進災區的日子裡，我曾三次走進都江堰，三次走進聚源中學。第一次走進聚源中學，是5月20日下午。一踏上廢墟，便看見一片白茫茫的石灰、一個個花花綠綠的花圈、一炷炷裊裊縈繞的香火以及幾十個淚流滿面的學生家長，接著便聞到了一股濃濃的屍味與消毒水味混雜一起的氣味，然後便聽到了一聲緊似一聲的淒婉的哀樂聲。哀樂聲發自廢墟，聽起來卻像是來自地獄，撕心裂肺，如泣如訴。這是我一生中聽到的最哀惋淒涼、最動人心的音樂，聽著聽著，眼淚便流出來了。

離廢墟幾十米外的一個地方，是學校的操場。此時的操場顯得格外的孤獨，有點像血腥廝殺後的一種沉靜，一種一去不歸的安寧。一個家長告訴我說，十天前，七百多個孩子挖出來後，就擺放在這裡；還有十幾個老師，也擺放在這裡，整個操場都擺滿了！每天傍晚，上百個家長都會聚在廢墟和操場上，點燃一炷香，打開錄音機，放上一曲哀樂，然後守著廢墟，沒完沒了地哭訴，沒完沒了地流淚。

……

離開聚源中學，已是傍晚時分。走出校門不遠，我忽然覺得身邊像有什麼動靜，或者一種暗示，一扭頭，發現在一間垮塌的民房前，趴著一隻小黃狗。小黃狗瘦骨嶙峋，有氣無力，過往行人，腳步匆匆，它卻蜷縮在那裡，一聲不吭，一動不動。狗的面前，放著一個臉盆，臉盆空空如也，沒有一點食物。看樣子，小黃狗已經餓極了，大概好長時間沒吃東西了！

突然，我發現小黃狗的眼睛一直看著臉盆上空的方向，目不轉睛，一動不動，像一個哨兵，在守望著什麼。

我順著狗眼的方向看去，一個情景令我大吃一驚：小黃狗的前面，居然懸掛著一條紅領巾，一條非常鮮艷的紅領巾！儘管四周都是廢墟，都是黑乎乎的煤炭、髒兮兮的垃圾，但紅領巾獨自飄掛空中，看上去竟像一面小小的旗！

紅領巾是國旗的一角。這一「角」，曾是中國千千萬萬個孩子童年的第一個夢想，也是我的童年的第一個夢想。這個夢想是紅色的，它像血液一樣鮮紅，似花朵一般燦爛。我至今還清楚地記得，當紅領巾第一次掛在我的脖子、飄在我的胸前時，我眼前的天空突然像改變了顏色，周圍的同學像改變了模樣。在我的心中，紅領巾就是一面飄揚的國旗，就是一束最美的花朵！然而，此時此刻，我心中的「國旗」不是飄揚在天安門城樓上，而是靜靜地掛在廢墟上；我心中最美的「花朵」不是綻放在春風裡，而是搖擺在充滿血腥氣息的狗窩裡。

這是怎麼回事呢？

走訪附近幾個災民後，我終於得知事情的真相。原來，地震前這兒住著一家三口打工族，狗的小主人是個小女孩，今年十三歲，前不久剛到聚源中學上學。地震這天，小女孩的爸爸媽媽死了，小女孩也埋在了學校，全家就剩下了這條狗。一個姓羅的災民告訴我說，他和這家人的關係不錯，時常有來往。這家人為了讓孩子好好念書，專門在聚源中學附近租了這間小房子。小女孩念書很用功，成績不錯，但家裡很窮，為了給家裡省點電費，有時候晚上還在路燈下看書。地震的頭一天，是這個小女孩的生日，小女孩長到十三歲，從來沒有吃過蛋糕，她爸爸媽媽就給她買了一塊小蛋糕。小女孩見了蛋糕，非常高興，剛用手指頭挖了一小塊放進嘴裡，就對她媽媽說，媽媽，蛋糕真好吃，這是我十三年來吃的第一塊蛋糕，等我長大後，上了大學，參加了工作，我第一件事，就是給你和爸爸買一塊大蛋糕！可第二天下午，就地震了！小女孩被一張課桌壓在腰上，救出來時，開始還有點動靜，後來就不行了，聽說死的時候，還在不停地叫著爸爸媽媽和她的小黃狗呢！但她爸爸媽媽全死了，沒有一個親人在身邊，只有這條小黃狗。小黃狗後來跑到了聚源中學，但聚源中學當時人很多，很亂，都在忙著救人，廢墟四周，都有警衛，都有解放軍，見了狗，就往外趕。小黃狗過不去，只有躲在學校的操場邊上，遠遠地望著躺在地上的小主人悄悄流淚。後來，小女孩的屍體被汽車拉走了，小黃狗就一直跟在汽車後面追……

兒時，我曾養過一條狗，也是像這樣的一條小黃狗。有一天，父親說，殺了吧，燉來吃！我問父親，怎麼殺？父親說，用繩子拴住它的脖子，然後把它吊起來，不鬆手，一會兒就完了。我照父親的意思，先將繩子套在狗的脖子上，再把狗吊上房樑，然後死死抓住繩子，不鬆手。很快，我就看見懸吊在半空中的狗，伸出舌頭，滿含淚水，乞求似的望著我。那一刻，我忘了父親的話，不知不覺，一鬆手，狗便落在了地上，然後一撒腿，跑了！但我萬萬沒想到，一週後，狗居然又回來了！至今我還清楚地記得，當我第一眼看見戰戰兢兢地站在我家門口的小黃狗時，我哭了。這一年，我七歲。十年後，我當兵了。離家那天，小黃狗一直跟在我的身後，把我送了很遠很遠，而且我第一次看到了狗的眼淚。從此，我愛上了狗，不管在什麼地方，只要見到狗，總會駐足停步，聊上一會兒，然後便想，狗對主人，為何如此死心塌地，絕對忠誠？

在災區走訪的日子裡，我也聽說過不少關於狗的故事。平武縣有一隻狗，地震前夕，突然咬主人的小腿，主人開始不理它，狗又咬，主人生氣了，就打狗，狗往外跑，主人便追，剛一追出門，就地震了！結果，人狗兩全，有驚無險。彭州縣有兩隻被和尚收養的狗，地震時寺廟倒塌，主人遇難，但狗不下山。後見一村婦被壓在廢墟裡，兩隻狗就守在村婦的身邊，左右不離。村婦口渴了，没水喝，就仰起脖子用嘴去接雨水喝。後來老天不下雨了，村婦乾渴難忍，兩隻狗就用自己的舌頭去舔村婦的臉和嘴。村婦靠著兩隻守在身邊的狗，堅持了一百九十六個小時，後來獲救。

當然，狗類如同人類，地球大了，什麼樣的狗都有。我在災區便見到過另外一些狗：有的四處流浪，一路乞求，有奶便是娘，見人便跟著走；有的神志恍惚，到處遊蕩，不知道主人在哪裡，也不知道主人在何方；有的從早到晚，呼呼大睡，對主人的死活不管不問。甚至我還聽説過這樣一個故事：青川有一村民，愛狗如命。他養了一條狗，平時手頭只要有錢，第一件事就是給狗買好吃的，有時没錢了，借錢也要買；好東西自己都捨不得吃，也要留給狗吃。地震那天，他在床上呼呼大睡，狗也在沙發上呼呼大睡。地震時，狗搶先跑了一步，他卻跑晚了一步。結果，狗毫髮無損，他卻被砸破了頭。第二天，因為心裡惦記著狗，他頭上還纏著紗布，便從醫院匆匆趕回垮塌的家，第一件事就是找狗！可他圍著垮塌的家找了好幾遍，也不見狗的影子。後來，他在離家很遠的地方終於找見了他的狗——正躲在一棵樹下，一邊乘涼，一邊捧著一瓶礦泉水細細慢飲呢！他一看，氣急敗壞，撿起一根棍子就撲了過去，而狗則拔腿便跑。他一邊追，一邊罵：狗日的狗東西，太不負責任了，太不負責任了！

然而，聚源中學門前的這條小黃狗，姓羅的災民告訴我說，主人死了後，它從早到晚，就趴在那裡，一直沒走。而且每天都趴在那兒，守著那條紅領巾，眼淚汪汪的，像守著一個寶貝似的。如果有人走到跟前，它馬上就會站起來，用眼睛盯著你；要是有人碰一下紅領巾，它就會大聲狂叫，急了，還會撲過來咬人！地震後，大家都很忙，人都顧不上，哪顧得上狗！所以這條狗沒吃沒喝，沒人管。今天已經是第九天了，但它還一直待在這裡，守著那條紅領巾，哪兒也不去……

聽了村民的話，我想起紅領巾的主人——聚源中學那位小女生。小女孩的紅領巾為什麼會遺失在這裡？是當天上學過於匆忙，忘記戴了，還是剛剛洗淨，準備迎接「六一」的到來？小黃狗為什麼不走？是怕有人弄丟了紅領巾，還是在等著小主人的歸來？我蹲下去，恭恭敬敬地舉起了手中的相機，望著鏡頭中守望著紅領巾的小黃狗和小黃狗守望著的紅領巾，那一刻，我的眼睛潮濕了……

十天後，即 6 月 1 日下午，我第二次來到聚源中學。一到學校門口，我就開始尋找那條小黃狗。可小黃狗不見了。我找遍四周，依然不見蹤影。後來，一位災民告訴我說，小黃狗已經被打狗隊打死了！

我大吃一驚，問，為什麼要打死這隻狗啊？

災民說，聽說狗可能會傳染什麼瘟疫。

我很氣憤，甚至有點失去理智，說，可能傳染？可能傳染並不等於一定傳染，更不等於已經傳染！如果防範措施得當，怎麼可能傳染呢？狗可能傳染就要打死，人可能傳染難道也要槍斃？災區的人可以消毒，災區的狗為什麼就不能消毒？

災民說，我也不知道，反正說得很凶。但我看見好幾隻逃脫的狗，一點沒事。

後來，我在採訪中瞭解到，災區打狗的事的確存在。一是地方組織「打狗隊」，用棍打，用刀殺；二是當地有關部門讓軍人去打狗，用 95 式自動步槍去打，而且專門挑選槍法好的戰士即所謂「神槍手」去打，主要怕子彈打飛了，傷了人。一個參加過打狗的「神槍手」告訴我說，我在災區幹了一件最不願幹、最對不起自己良心的事，就是打狗！有一次我們接到任務，說某地發現了一隻狗，我去後一看，是一隻母狗，我舉槍瞄準時，手都在發抖。結果第一槍沒打中，又打了第二槍，這是我第一次打槍脫靶。不僅打狗，還打藏獒，在歡樂谷，還打死了動物園的一隻老虎。當然這是經過當地有關部門正式批准的，因為地震震壞了老虎籠子，擔心老虎餓了跑出來吃人。

再後來，我還看到一則新聞，說美國奧巴馬當選總統後，對外公開宣稱，他將收養一條狗，作為白宮「第一寵物」；同時我在電視和報紙上還看到一個故事：成都柑梓鄉一個小鎮上，有一村民自籌資金，在一塊剛剛被地震震過的田壩上，為流浪狗專門搭建了一個小動物救助中心，取名為「愛之家」，收養了一千多隻無人看管的流浪狗。其中，有一百多隻狗，就是想法躲過槍殺的子彈後，從災區的廢墟上撿來的。但沒有一隻狗，發生過「瘟疫」！

此刻，望著眼前空空蕩蕩的狗窩，望著依然飄蕩在狗窩上的紅領巾，我的心有一種說不出來的痛。汶川大地震沒有震死這隻狗，但這隻狗最終卻死在了人的手裡，這是為什麼？連魔鬼都能放過的狗，人怎麼還不放過？大地震導致的災難，憑什麼要讓狗來承擔？到底是天殘忍，還是人絕情？如果狗的小主人——聚源中學那位小女生——知道有人宰殺了她的狗，九泉之下的她，能閉目嗎？「聰明」絕頂的人類可以輕而易舉在奶粉中給孩子添加三聚氰胺，為什麼對待大地震中好不容易倖存下來的狗，除了宰殺，就沒有別的辦法可想了呢？

親愛的人類喲，你何時才能放下屠刀，立地成佛？

鏡頭四　廢墟上的兒童節

6 月 1 日，兒童節。

沒想到，兒童節的由來，竟與歷史上一場血腥的屠殺有關。1942 年 6 月 1 日，德國法西斯槍殺了捷克利迪策村的全部嬰兒以及一百四十個十六歲以上的男性公民，並將全村婦女和九十名兒童關進了集中營。七年後，為悼念利迪策村和全世界所有在法西斯侵略戰爭中死難的兒童，國際民主婦女聯合會在莫斯科舉行理事會議，將每年的6月1日定為國際兒童節。此後，世界各國紛紛廢除了自己原有的兒童節，統一將兒童節定為6月1日。中國也不例外。1949年，新中國成立後，很快也廢除了原有的「四・四」兒童節，而將6月1日，正式定為兒童節。

由此可見，人類是多麼地珍愛兒童啊！

然而，2008年的兒童節這一天，當全國乃至全世界的孩子都和自己的爸爸媽媽高高興興地歡聚一起時，在四川災區的都江堰新建小學，卻有三百二十六名在地震中遇難的小學生，是在陰陽兩隔的廢墟下聽著爸爸媽媽、爺爺奶奶那撕心裂肺、悲痛欲絕的哭泣聲度過的。

這一天，我也在新建小學的廢墟上。本來，在這個屬於孩子的節日裡，我有很多話要對新建小學的孩子們說，但我卻連最想說的一句話——「孩子，祝你們節日快樂！」——也不能說，無法說！

6月1日上午九時整，我專程趕到都江堰。當我來到新建小學的校門口時，八百多名學生家長和無數善良的人群，已將學校裡三層外三層地圍了個水泄不通。所有學生家長的身上，都統一穿著一件白色短袖汗衫，白色短袖汗衫的前胸，統一印著一行字：堅決為遇難學生討回公道！白色短袖汗衫的後背，則赫然印著一行醒目的大字：嚴懲「豆腐渣」

工程的腐敗分子！

這是我第二次來到新建小學。我第一次走進新建小學是十天前的一個傍晚。倒塌的教室，零亂的廢墟以及廢墟中的書包、課本、衣帽、鞋子，曾令我潸然淚下，悲憤不已；而走訪中獲得的資訊，更讓我靈魂震顫，欲哭無淚。

新建小學是一所公立學校，位於都江堰市繁華地帶的建設路中段。新建小學的校門很窄——準確地說，不是校門，而是一個門洞！我對這個門洞反覆做過目測，幾個學生家長也對這個門洞親自做過測量，他們告訴我說，門洞寬僅有二點九米，高僅有三點一二米。由於門洞太矮，地震發生那天下午，消防官兵接到命令趕來後，卻無法將消防車駛進校門！消防官兵急得團團轉，學生家長氣得捶胸頓足。後來，只好調來大型挖掘機，先在門洞的下方挖下去十多公分，再在門洞上方撤掉一塊水泥板，一輛消防車——僅一輛消防車——才勉強擠了進去！不少家長都說，如果消防車當時能順利開進學校，肯定會少死一些孩子！

新建小學的校園也很小，由兩排平房、一幢四層教學樓和一個小小的籃球場組成。教學樓的左側，是都江堰市機關幼兒園；教學樓的右側，是都江堰賓館。無論是幼兒園還是賓館，都和學校的教學樓緊靠一起，甚至幼兒園和教學樓還緊緊相連。我不知道新建小學的教學樓為什麼會倒，我也不清楚新建小學的教學樓到底是不是「豆腐渣」工程，但我先後兩次走進這所小學，親眼看到的事實是：四層教學樓全部倒塌；而左側的都江堰市機關幼兒園和右側的都江堰賓館不但沒有倒塌，而且完好無損。

新建小學有教學樓四層，每層三個班，共有班級十二個，學生六百八十七人。地震那天，在校學生六百八十人：一年級和學前班的孩子在平房學習；高年級兩個班的孩子在教室外上體育課和練習跳舞；其餘二到六年級的學生全在四層教學樓上課。災難降臨時，四層教學樓瞬間轟然倒塌，五百三十多名師生全被壓在下面。十幾秒鐘前還書聲琅琅的校園，頓時化為一片廢墟；十幾秒鐘前還活蹦亂跳的生命，瞬間變成一團肉餅！搶救結束，初步結果是：十個班級中，二百多個孩子傷殘，三百二十六個孩子喪生！

孩子不能死而復生，家長卻欲死不能。從 5 月 12 日到 5 月 31 日，整整二十個日日夜夜，上千名家長都是靠淚水熬過來的。在這二十天時間裡，他們流盡了一生的淚水，哭夠了一生的哭泣。他們冰涼的淚水，打濕了前胸，打濕了後背，打濕了孩子留下的書包，打濕了孩子沒有讀完的課本，打濕了孩子來不及做完的作業，而後滲進岷江，伴著岷江之水，滔滔滾滾，一瀉千里！

但他們知道，悲傷不能解決問題，憤怒換不來公道，淚水無法讓幾百個孩子的亡靈得到安息。

於是，他們選擇了「六一」兒童節！

他們要在這個本該屬於孩子天真活潑的節日裡，在這片灑滿血水與淚水的廢墟上，向孩子表示哀悼與歉疚，向公衆宣洩他們的悲傷與痛苦，向社會表達他們的憤怒與訴求；同時以哭訴與跪拜的方式，和三百二十六個不該離去卻偏偏離去的孩子一起，「痛痛快快」地度過最後一個原本應該快樂的兒童節！

而且，將用一個悲壯的祭奠儀式，告慰三百二十六個孩子孤獨的亡靈！

9時30分，八百多名家長陸續走進校門。他們中，有年輕的爸爸媽媽，有老邁的爺爺奶奶，還有外公外婆，或者哥哥姐姐弟弟妹妹。

校門的左邊，掛著一塊醒目的白布，每位家長進門後，都在白布上寫下自家遇難孩子的名字；校門的右邊，拉著一根長長的鐵絲，上面懸掛著一幅幅淒美動人的挽聯；一撥一撥的家長到來後，便在挽聯上寫下一句對孩子的最後留言。

這八百多名家長，都是普通的百姓。他們中，除了下崗工人，就是打工仔；不是家庭婦女，就是「三無人員」（無職業、無工資、無單位）。他們一無官，二無權，甚至數百名學生家長中，連一個小小的科級幹部都沒有。他們唯一的權力，就是哀悼，就是訴說，就是哭泣。

這八百多名家長，都是底層的窮人。他們沒有錢，沒有房，沒有車，沒有地。他們很想把孩子的最後一個節日辦得隆重一點、風光一點、體面一點。然而一夜間，地震埋葬了他們所有的家當，讓他們失去了原本就窮困的一切，從一個穿著體面外衣的窮光蛋，變成了另一個徹底赤裸的窮光蛋！

為了能和孩子一起過節，每個家長都做了一個鑲嵌自己孩子遺像的鏡框。然而有誰知道，這些為孩子做遺像鏡框的錢，全是幾百個家長想方設法湊起來的！

這八百多名家長，都是共和國再好不過的公民。即便他們的孩子已經變成肉餅，化作塵土，埋進廢墟，但他們也要講良心、講公德，也要死死壓住自己岩漿樣的悲憤、大火般的怒氣，依然秉持「顧大局，不添亂」的原則，小心翼翼地履行著他們要做的一切：他們不僅向都江堰市委報告了他們要為孩子過一個兒童節的願望，還向都江堰市委請示了要為全體遇難師生舉行哀悼祭奠儀式的計畫；他們不僅向都江堰市公安局提交了他們致都江堰市委的公開信，甚至用淚水和血水寫給孩子的悼詞，也要親手交到公安局審查。直至正式同意、批准，他們才走進昔日的校園，今日的廢墟。

很快，廢墟前一塊籃球場大的空地上，擠滿了上千個人。人群中除了八百多名家長，還有數十名記者和不少善良的人們。其餘圍觀者，一律被隔擋在了校門之外。

一位家長指著裝有女兒遺像的鏡框對我說，我女兒生前就盼著過兒童節，可惜還差二十天，沒過上，就走了。所以這個兒童節，我無論如何，也要給女兒補上！

一位母親一直捧著孩子的遺像，站在那裡，一直痛哭不止。她的兒子剛滿八歲，地震前兩天，全家才給兒子過了生日。誰知生日後僅兩天，災難發生了。由於神志恍惚，母親漸漸有些站立不穩，裝有兒子遺像的鏡框突然從手中滑落下來，摔在了廢墟上。母親慌忙一看，鏡框上的玻璃竟出現了一道裂痕！母親驚恐萬分，慌忙跪倒地上，口中喃喃自語：兒子，對不起，媽媽摔痛你了！說著，竟不顧一切地用手去擦拭沾在玻璃上的泥土。誰知一不小心，手指又被玻璃劃破，一滴一滴的鮮血沿著鏡框的邊緣汨汨流了出來，滴在廢墟上，滲進母親的心裡。

一位父親一直弓著腰，在地上默默地擺放著兒子獲得的各種獎狀以及兒子創作的美術作品。兒子叫黃宇智，今年九歲，三年級學生。父親對我說，我沒有文化，只讀了六年書，但喜歡攝影，所以兒子才三歲，我就教他學攝影了。我就是希望兒子長大後有文化，成為一個對社會有貢獻的人。兒子從小學畫畫，從小就想當畫家，還沒上學，就開始畫畫了。五歲時我送他一臺電腦，他在電腦裡給我畫了一幅畫，畫得相當好。兒子很有畫畫天賦，他的漫畫作品七歲就得了全國少年兒童漫畫大賽優秀獎。12 號下午，我是在屍體堆裡找到兒子的。我給他擦洗身體的時候，沒有看到任何傷痕，身上只有二點五公分的一個小口子，嘴巴裡都是乾乾淨淨的。兒子完全是在裡面給憋死的。這個學校其實早就打過報告，是危房。但沒人管，消防工作也沒人管。我們現在唯一的要求，就是要追查豆腐渣工程的責任，為這幾百個孩子討回一個公道！

一位父親拉著我，希望我給他和鏡框中的兒子照個合影相。我爽快答應了。父親對我說，他兒子叫劉星宇，是五年級一班的學生，今年十一歲，但個子已經長到了一米五。兒子最喜歡的是打籃球，最喜歡的明星是喬丹，前不久還參加過成都市的籃球比賽。本來，再過一段時間就要放暑假了，兒子已經接到通知，一放暑假，就去成都參加籃球比賽。沒想到，兒子就這樣走了，留給我的，只有我從廢墟堆裡撿到的一隻球鞋！

還有兩對年輕的父母，雙手摟著孩子遺像的鏡框，在操場的邊上哭得死去活來。其中一對父母，有兩個孩子，都是男孩，而且是雙胞胎！一個叫李灝宸，另一個叫李懿宸。兩個孩子，相濡以沫，感情極深，十分可愛。父母一路艱辛，好不容易養到了十二歲。然而一場災難，天不容人，骨肉兄弟，雙雙夭折！而另一對年輕的父母，則是一對龍鳳胎。兒子叫唐博宇，女兒叫唐欣宇，都是十二歲，同在五年級一班。兒子從小喜歡畫畫，女兒從小喜歡彈琴；兒子數學挺好，女兒英語特棒。兄妹倆天天一起上學，天天坐在一張課桌，天天一起玩耍，天天一起回家。然而，自 5 月 12 日早上兄妹倆背著書包告別媽媽，手牽著手走進學校，就再也沒有回到家門。

一位家長哭著對我說，有的孩子死了，爸爸媽媽有幸見著了屍體，孩子埋掉前，還為孩子畫了妝，並對著孩子的屍體說了話；但有的父母連孩子的屍體都沒看到一眼，至今都不知道孩子到底在哪！

一位家長哭著對我說，地震以來，新建小學的廢墟上，每天都有家長尋找孩子的屍體，尋找孩子的課本，尋找孩子的衣物，尋找孩子的鞋襪。甚至，哪怕是一支鉛筆、一本作業、一本相册、一個髮卡，他們也會細心尋找。結果，每天都有急救車從這裡拉走暈倒的家長。

一位家長還告訴我說，地震第二天，溫家寶總理就來過新建小學。那天下午，天上下著小雨，路很滑，但溫家寶總理來了，一臉焦慮不安的樣子，說話聲音很小。他見兩個孩子壓在下面，就蹲下去，流著眼淚，對孩子說，孩子，聽爺爺的話，一定要挺住，我們一定會想法救你們出來的！這兩個孩子，一個叫趙其松，一個叫王佳淇。後來，溫總理又到醫院看望了這兩個孩子。後來又聽說，溫總理還問王佳淇，孩子，你想和爺爺說什麼話嗎？王佳淇說，我代表新建小學的小朋友，感謝溫家寶爺爺！溫家寶就說，等你好了以後，也代我向還活著的新建小學的小朋友們問好！所以，在這段時間裡，我們非常想念溫家寶總理。可惜，溫家寶總理太忙，災區還有好多遇難的孩子，還有好多遇難的老百姓。但我們會等的，我們會一直等下去的，我們相信溫家寶總理一定會再回來的！

10 點整，儀式開始。

低沉的哀樂，緩緩響起；淒慘的旋律，如泣如訴。陽光下，八百多名家長個個臂纏黑紗，手托遺像，按班級順序，依次列隊站在廢墟前的一塊空地上。

儀式第一項，一位年輕女性，代表全體學生家長，在哀樂聲中向廢墟下三百二十六個孩子哭訴衷腸：

親愛的孩子，我們來了！多少年來，你們總是企盼，企盼著爺爺奶奶、爸爸媽媽陪伴你們過一個快樂的「六一」兒童節。然而我們總是說自己太忙，未能讓你們如願以償。今天，我們終於來了，都來陪伴你們過一個兒童節。但我們再也看不到你們活潑的身影，聽不見你們歡快的歌聲。在這片滿目瘡痍的廢墟上，留給我們的是無盡的傷痛與悲吟！

親愛的孩子，我們怎能忘記，教室裡那勤奮學習的你，一雙明亮的眼睛裝滿了對知識的渴求，對世界的好奇。你用稚嫩的小手，描繪出一個個彩色的夢，夢裡有蔚藍的天空，有飛翔的小鳥，有快樂的孩子。你說：「媽媽，我真希望自己是一隻小鳥，等我長大了，就可以飛到很遠很遠的地方，帶回好多好多漂亮的禮物送給你；我還要給爸爸做一頂結實的帽子，在上班的路上，他就再也不怕火熱的太陽，調皮的小雨；對了，我還要為爺爺奶奶準備一雙溫暖的手套，在寒冷的冬天，攙扶我上學時，就再也不會凍壞雙手了。

親愛的孩子，我的小天使，我們怎能忘記，那天清晨，你背著最心愛的書包，蹦蹦跳跳地走到我們面前說：「爸爸，媽媽，我上學去了，再見！」這聲再見，卻是永遠的別離，永遠的傷痛，我們永遠也見不到你了！但我們發誓，來世我們一定做你的好爸爸、好媽媽。親愛的孩子，我們的容顏請你一定要深深銘記！

親愛的孩子，昔日書聲琅琅的校園，如今成為一片廢墟，讓人震撼，讓人觸目驚心！你說過，要一輩子和爸爸媽媽在一起，可你的人生才剛剛開了一個頭，你就要這麼匆忙地離開嗎？你是否看見爺爺奶奶哭紅的雙眼，爸爸媽媽過早斑白的雙鬢，還有哥哥緊握的憤怒的拳頭？

是的，我們不能原諒，那使你們頃刻間葬身廢墟的罪魁禍首！地震不可抗拒，人禍無法容忍！孩子，因為有了你，爺爺奶奶的白髮少了；因為有了你，爸爸媽媽變得年輕了。但今天，站在這片廢墟上，我們痛苦，我們失望！

孩子，你們放心走吧，相信你們的爸爸媽媽一定會堅強地活下去的；孩子，你們一路走好，爸爸媽媽一定會陪伴你們的；孩子，你們一路走好，讓你們去一個沒有紛爭，沒有煩惱的地方，爸爸媽媽會永遠、永遠記住你們的！

儀式第二項，一位滿頭白髮的老奶奶，代表全體家長，宣讀致都江堰市委、市政府的一封公開信：

中共都江堰市委、市政府：

「5・12」地震那一刻，新建小學十個班四層教學樓在頃刻間整體坍塌，五百三十多名師生被埋在一片瓦礫中，造成重大師生傷亡，給無數家庭帶來巨大的傷痛和震驚，給社會帶來重大損失與責任。

事發後，黨中央、國務院，省委、省政府高度重視，成都市委、市政府，都江堰市委、市政府在整個抗震搶險中，做了大量積極的工作，我們為之感動和欣慰，中國人民解放軍、武警官兵、人民警察戰鬥在抗震搶險的第一線，用生命捍衛人民群眾的生命財產安全，表現了聽黨指揮、作風優良、軍事過硬、保障有力的崇高氣節。在此，我們新建小學遇難學生全體家長向參加抗震搶險的解放軍、武警官兵、人民警察說一聲辛苦了，並致以崇高的敬意！向關心支持災區的社會團體，社會各界人士表示衷心的感謝！

新建小學是一所平民學校，其就讀的孩子絕大部分都來自下崗工人、「三無農民」、打工族家庭。孩子是無辜的，在同一座城市接受一種不平等的教育，我們為孩子難過！孩子是被動的，在指定的豆腐渣教學樓內接受教育，我們為孩子而傷心。滿目瘡痍的廢墟和新建小學尚未垮塌的辦公樓仍在佐證，吞噬孩子們生命的罪魁禍首是誰？孩子們是可愛的，這片廢墟留給我們的記憶卻是血腥的！

天災人力無可抗拒，人禍難以容忍。因此，我們新建小學遇難學生全體家長秉持「顧大局不添亂，不討回公道不罷休」的原則，懇請都江堰市委、市政府以鮮明的態度，為我們這個特殊的弱勢群體主持公道，請省級以上的專家組，公開透明地對新建小學的整體坍塌的教學樓樓房做出公正的鑒定，並依照黨紀、國法從嚴查處有關責任人員，還孩子一個公道，平息遇難學生家長心中的「餘震」，維護黨紀、國法的嚴肅性，維護社會的和諧與穩定。

新建小學遇難學生全體家長

2008 年 6 月 1 日

儀式第三項，向全體遇難的師生默哀。哀樂聲中，八百多名家長，面對廢墟，一起低下頭顱，默哀三分鐘。

儀式第四項，各班派出代表，為遇難的師生敬獻花圈……

儀式一結束，哀樂聲驟然鳴響，廢墟似乎也被感動劇烈顫抖起來。此時此刻，悲痛欲絕的八百多名家長再也無法抑制自己的感情，他們抬著各自孩子的遺像和花圈，走著，哭著，說著，喊著，一起擁向早被淚水打濕的廢墟。他們或跪在廢墟前，或匍匐在水泥地上，一邊不停地給孩子磕頭，一邊為孩子點著一炷一炷的香火，一邊為孩子燒著一張又一張的紙錢，一邊還叫著自己兒子或女兒的名字，而後抓扯著自己的頭髮，呼天搶地，號啕大哭！

所有在場的人們，無不為之淚流滿面，心酸動容。

一位父親跪在廢墟上，用頭不停地磕著磚頭，反覆不停地說，孩子，我對不起你啊！

一位母親跪在廢墟上，哭叫著說，我的兒子喲，你死得好慘啊！

一位奶奶跪在廢墟上，哭喊著說，我的孫女喲，你死得冤枉喲！

一個母親當場哭暈倒過去；很快，一位母親又倒在了丈夫的懷裡；接著，另一位老奶奶也倒在了地上……醫生們一個個趕來，志願者一個個迎上。一時間，校園變成了悲傷的祭壇，廢墟變成了淚水的海洋。

在這哭泣的人群中，我從鏡頭中發現了一個男孩，他蹲在地上，一雙稚嫩的小手不停地在廢墟堆裡扒來扒去。孩子的媽媽叫杜蘭蘭。她告訴我說，孩子叫文偉，文化的文，偉大的偉，剛滿四歲。他的姐姐叫文青，十二歲，已經走了。他姐姐非常善良，從小就喜歡畫畫，還在北京的一次畫畫比賽中獲得過二等獎！她姐姐平常在上學的路上，只要見了窮人，比如一些要飯的、收破爛的，還有街頭一些賣藝的瞎子老人，她就把自己中午的飯錢省下來，給他們，自己卻餓著肚子回來。12號以後，兒子再也沒有見著他姐姐，再也聽不見他說話了，十九天了，他只反覆說了一個字：怕！他最怕的是聲音，只要聽見有聲音，就大聲喊媽媽，我怕我怕！過去，他是非常活潑的，常常和姐姐打鬧，有時姐姐在做作業，不跟他耍，他就咬姐姐的屁股。他姐姐脾氣好，一點不生氣，還吻著他的臉說，弟弟，別鬧，等姐姐做完了作業，再陪你玩，好嗎？但自姐姐離開他後，他好像就變了，只要一想姐姐，就發脾氣，很狂躁；或者不說話，誰也不理；晚上還做夢，夢中常常驚叫，醒來後就叫姐姐，然後就滿頭大汗，渾身發抖！我每天都到學校來找女兒的作業、衣物，他也要跟著來，不讓他來，他就哭，就發脾氣。今天是兒童節，本來不想讓他來的，但他一定要來，就來了。

這個叫文偉的孩子一直蹲在廢墟裡，我的鏡頭一直跟著他。他的眼睛這兒看一看，那兒瞧一瞧；手這兒摳一摳，那兒刨一刨。孩子手中沒有鋼釺，沒有鐵鎬，也沒解放軍叔叔的力氣和消防隊員的水平，但孩子對姐姐的情感，卻力壓千軍——當他媽媽伸手去拉他起來的時候，孩子終於說了一句話：媽媽，我要拔出姐姐！

……

此刻，午時早已過去。然而廢墟中，數百名家長依然悲痛不已，長跪不起。他們痛哭著對我說，一定要陪伴孩子過完最後一個兒童節！他們淒婉的哭泣聲，反覆回蕩在廢墟的上空，聲聲悲涼，久久不息……我望著像框裡一個個活潑可愛的孩子，看著家長們痛不欲生的慘狀，淚如泉湧，心在滴血……本來不該死去的孩子，為何偏偏死去？本來不該破碎的家庭，為何偏偏破碎？三百二十六個純真可愛的孩子喲，你們為何走得如此淒慘，如此匆忙？

有人說，汶川大地震和唐山大地震的最大區別，就是唐山大地震留下了一大批失去父母的孤兒，汶川大地震留下了一大批失去孩子的父母。是的，這些永遠失去孩子的可憐的父親母親們，這些在廢墟上長跪不起的孩子家長們，你們將如何度過自己的劫後餘生呢？你們將怎樣平息心中的悲傷與怨恨呢？你們除了哀悼，除了悲傷，除了訴說，除了哭泣，還有別的選擇嗎？

温家寶總理——孩子們的好爺爺，這廢墟上泣血的哭泣聲，您一定聽見了，對嗎？

鏡頭五　大山裡的小背簍

汶川大地震，不僅震垮了災區百姓的房子，也震壞了災區百姓的勞動生活工具，比如鐵鏟、鋤頭、扁擔、糞桶、鐮刀、風車、蓑衣、斗笠等等。但多數災民家的背簍，卻倖存下來。

背簍，就是南方人用竹子編的一個筐。這個「筐」在我的故鄉四川十分流行，尤其在山區，家家必備，户户都有，無論男女老少，只要出門趕集，或者上山勞動，總要背在肩上。背簍在我故鄉父老鄉親的肩上，一代又一代，我想至少背了三千年！

背簍能倖存下來，是因為平時都被主人隨便扔在院子裡，或者順手放在屋簷下，所以地震時不太容易壓著；即使壓著了，背簍是竹子編的，有彈性，折不斷，壓不爛，撿起來用手擠一擠，再用膝蓋頂一頂，又是老樣子了。所以隨著時間的推移，當大卡車、大鏟車、挖掘機、推土機等大型現代化機械先後撤離災區後，背簍——這一古老的原始工具，又成為災區山民生活中不可或缺的主角，每天從清晨到黃昏，在淡淡的紅霞與淺淺的霧靄中，一個又一個的背簍又開始晃動在彎彎曲曲的山路上。用災民自己的話來說，自己的日子還得自己過，自己的背簍還得自己背。

於是在災區，我又見到了一個個我兒時熟悉的小背簍。

在紅白鎮的木瓜坪村，我看見，一個婦女背著背簍，背簍裡裝的全是廢紙箱，廢紙箱壓在她的背上，走起路來，像一個移動的廢品站。這位婦女告訴我說，她家的房子全垮了，愛人和孩子也沒有了，但背簍還在。她每天淩晨四點就起床，背著背簍下山，到很遠的小鎮上，去撿這些被扔掉的廢紙箱。她說夏天就要過去，冬天就要來了，用這些廢紙箱把垮掉的家支起來，就可以擋擋風遮遮雨了，等冬天一到，就不冷了。我說，現在山下有簡易木板房，你為什麼不去住？她說，我去了，住過兩天，又回來了。我問，為什麼？她說，我家祖祖輩輩都住在山上，早就習慣了，現在一下子幾百人住在一起，就像大家都蹲在一個茅坑拉屎，很不舒服。再說了，我的愛人和孩子的魂還在家裡，我晚上陪他們睡在一起，心裡安穩一些。我說，你現在一個人，以後的日子怎麼過？她指了指她肩上的背簍，說，再苦的日子都過來了，沒得啥子的，我自己會種玉米、土豆，還可以去撿廢紙箱，背到鎮上去賣，一個廢紙箱，可以賣兩毛錢呢！

在紅白鎮的柿子村，我看見，一個男人背著背簍，背簍裡裝的全是磚頭。這個男人告訴我說，他家的房子全垮了，傢俱也全砸壞了，幸好愛人還在，女兒還在，背簍也還在。我問他撿這些磚頭幹什麼？他說，撿磚頭來自己蓋房子啊！地震了，什麼都沒有了，一分錢也沒有了，撿回這些磚頭，可以節約好大一筆錢呢！這些磚頭扔在地上，很可惜的，我和我愛人，還有女兒，都出來撿。我一看，他的身後果然有一個婦女和女孩在地上撿磚頭，母女倆一副很知足的樣子。我問男人，你一個大男人，怎麼也背這個背簍？男人笑了，笑得很幽默，說，沒得法呀，愛人腰給砸傷了，女兒又小，這個「家」只有我來「背」了！

在紅白鎮空降兵一三三團的帳篷前，我還看見，三位大媽背著背簍，守在那裡撿礦泉水瓶。三位大媽起得早，像戰士一樣，每天早上五點，就準時「上崗」，一旦發現「情況」，爭先恐後，蜂擁而上。三位大媽都是寡婦：一位滿頭白髮；一位身穿紅衣；一位右眼失明。

滿頭白髮的大媽叫鄭令英，六十三歲，丈夫六年前去世後，背簍就一刻也沒離開過她的肩膀。這次大地震，兒媳重傷，孫女遇難。孫女已經十五歲了，從小喜歡讀書，還說要考北京大學，北京考不上，就考成都，反正不種地，要讀書。鄭大媽家還養了十一頭豬，這次震死了三頭，三頭都是大肥豬，已經長到了一百六十多斤！鄭大媽說餵一頭豬不容易，她每天都要上山背豬草，背滿滿一背篼，還要煮一大鍋豬飼料。沒想到豬剛養大，卻死了！鄭大媽說這事都怪兒子，地震那天兒子只顧去村裡救人，不在家幫她救豬，結果死了三頭豬，一頭豬能值一千多塊呢！鄭大媽還說地震後村裡就發給她三百一十元錢，再也沒見著一分。全國支援了災區很多好東西，她什麼也沒得到，得到的都是些方便麵、舊衣服什麼的，好的都被當官的先挑了。總之，鄭大媽心裡好像不平衡，有情緒，很心酸，說到後來，竟大把大把地抹開了眼淚。

身穿紅衣的大媽叫張成秀，七十一歲，個子又瘦又小，卻非常精幹。張大媽不愛說話，不願接受所謂的「記者採訪」，看上去像是經過風雨、看破紅塵的人。我與她談話，基本上是我問一句，她答一句；有時乾脆避而不答，轉身用背簍對著我。我總感到她心裡有什麼事，後來一打聽，原來六年前張大媽丈夫患癌症去世後，她背背簍的時間多了，話就少了。這次地震，兒媳死了，家裡房子全垮了，沒有經濟來源，她只有天天背著背簍出來撿礦泉水瓶。可當我問張大媽有什麼困難時，張大媽卻把肩上的背簍一晃，做出一副不肯認輸的樣子，說，沒啥子的，我還能勞動，餓不死的！

右眼失明的大媽叫徐世蓉，七十八歲，身體很好，就是右眼看不見了，連她自己都不知道是咋回事。徐大媽的丈夫是個礦工，二十六年前就死了，死因不詳。她只知道丈夫天天咳嗽，夜夜咳嗽，有天晚上咳著咳著，就死了。我問她是不是因為礦上有污染？她說不知道。徐大媽說，她們三人中，她背背簍的時間最長。她從小就喜歡背簍，常常背著背簍上山撿柴火，掰包穀，摘野果。丈夫死後，她的背簍更是什麼都背，而且越背越重，從來沒放下過。徐大媽豁達開朗，無憂無慮，好像什麼苦都能吃。別看她只有一隻眼睛，好像比城裡有兩隻眼睛的人還要高興；看事也看得清楚、看得明白！可「狗日的地震」把她的腿還有腰給震傷了，現在背起背簍來很吃力。另外，「狗日的地震」把她孫女也給震死了！她說孫女都十四歲了，如果不死，再過幾年就上高中考大學了，讀了大學就可以掙錢養活她了。我問她以後的日子怎麼過，她說沒想那麼多，想那麼多幹啥？想得再多，地震來了，還不是什麼都完了！說著，她兩眼一閉，開懷一笑，一副知足常樂什麼都無所謂的樣子。

但三位大媽靠撿礦泉水瓶為生並不容易。一斤礦泉水瓶只能賣一點五元，厚皮的礦泉水瓶二十四個才有一斤，薄片的礦泉水瓶二十五個才有一斤。就是一天撿上一百個，也才四斤，而四斤才賣六塊錢。好在汶川大地震像山裡的一根草繩，把三位大媽捆在了一個背簍上。每當沒有礦泉水瓶可撿時，三個背簍便常常緊靠一起，然後三位大媽圍在背簍的四周，一起聊天。聊死人，聊活人，聊志願者，聊空降兵，有時還打打鬧鬧，嘻嘻哈哈。背著背簍晃來晃去的日子，倒也過得自在悠閒，十分飽滿。背簍好像就是她們活著的見證，就是她們生活的全部，就是她們繼續活下去的理由。不管日子多麼不易，她們只要背起背簍，就能裝下全部的酸苦；無論生活多麼艱辛，她們只要背起背簍，就能扛起所有的沉重！

但最令我感動、最令我震驚的，還是另一個有關背簍的故事。這個故事的主人公是位老奶奶。如果說上述三位大媽用背簍背起的，是一筐生活的艱難，那麼這位老奶奶用背簍背起的，則是一座人格的大山！

老奶奶姓王，八十歲，家住洛水一座偏遠的大山裡。一位山民告訴我說，老奶奶從小喜歡山，喜歡樹，喜歡花，喜歡草，尤其喜歡小背簍，每次出門，背簍總要背在肩上。老奶奶一輩子都生活在大山裡，她用背簍背過柴火，背過南瓜，背過化肥，背過糧種，傳說 1935 年紅軍長征路過川北時，還為紅軍背過雞湯。後來老奶奶長大了，再後來結婚了。老奶奶的丈夫是個外鄉人，常到山裡挖藥材，在彎彎的山道上，兩人相遇了，相愛了。婚後的日子很幸福，丈夫每日進山挖藥材，老奶奶每天背著背簍上山拾柴火，晚上兩人點燃一堆篝火，一邊烤土豆，一邊唱山歌，小倆口的小日子像山裡的野葡萄，過得有滋有味。

可婚後第三年，有一天丈夫進山挖藥材，不幸跌下山崖，再也沒有回來，為老奶奶留下的唯一「遺產」，是一個只有六個月的兒子。從此，老奶奶再也沒有走出過大山。她用背簍把六個月的兒子背到六歲；等六歲的兒子長大後有了孫子，她又用背簍背孫子。這時候，山裡人的日子，像地裡的莊稼，一天天好了起來，房頂的炊煙漸漸有了生氣，山上的野果漸漸有了味道，而老奶奶的臉上，也開始有了笑容。老奶奶的背簍背起的，不再是柴火、南瓜、化肥、糧種，還有豬肉、大米、香煙、烈酒。尤其是每當背起孫子的時候，她瘦弱的肩膀，更是多了一份快活與力氣。老奶奶用背簍把孫子背到上學的年齡，又用背簍把孫子第一次背進了學校。

但是，5 月 12 日這天，大地震從天而降，老奶奶的家垮了，兒媳砸死了，兒子也失蹤了！山民告訴我說，老奶奶的兒子在金河磷礦，金河磷礦在一個叫「歡樂谷」的地方，這個地方很遠很遠，他們從來没敢進去過。金河磷礦有礦工二百多個，除了有幾個人跑出來，其餘全被大山埋在了下面！而老奶奶的孫子——唯一的一個孫子，這天在洛水中心小學上學。地震後，山上的老奶奶最先想到的就是孫子，於是她背起背簍就往山下跑。但地震後，原來下山的路没有了，老奶奶只好冒著餘震的危險，不顧山上滾落的飛石，繞道走了一天一夜，才從山上走到了山下，走到了學校。

老奶奶來到洛水中心小學時，一下就被驚呆了！她看見，學校倒塌的牆壁上，到處掛著孩子的胳膊和大腿；學校的操場上，遍地擺放著孩子的屍體；亂七八糟的廢墟上，到處是搶救的士兵；廢墟的四周，到處是哭泣的家長。老奶奶急忙停住腳步，捂住胸口，悄悄退到了廢墟的邊上……

這天在洛水中心小學參加搶救孩子的，是空降兵一三三團。該團的一個班長告訴我說，5 月 14 日那天下午，他們班在洛水鎮洛水中心小學搶救學生，救出的孩子如果活著，就交給醫生護士處理；救出的孩子如果死了，就把孩子的屍體簡單包裹一下，轉運到旁邊的操場上，讓戰士看護好，等家長們來認領。轉運孩子屍體，是一件非常麻煩的事情，因為當時還沒有屍袋（一種專門用於裝屍體的黃色袋子），只能就地找一塊塑膠布，或者一張破席子，把屍體裹一裹，卷一卷，再找來一塊門板，把屍體放在上面，由幾個戰士抬走。在包裹和轉運孩子屍體的過程中，戰士們必須非常小心，動作不能快，因為不能碰壞了孩子的屍體，所以很耽誤時間。當時學生家長很多，不少家長又哭又叫，現場非常亂，所以搞得戰士們非常緊張。

班長說，他大概是在搬運第三具孩子屍體的時候，看到廢墟邊上坐著一個老奶奶的。他說老奶奶大概有七八十歲，頭髮全白了！老奶奶的眼睛盯著廢墟，一聲不吭，一動不動，她的身邊放著一個背簍，背簍上還插著一朵花，像是山菊花。因為他的家鄉在湖北農村，村裡也有這種背簍，所以看見背簍很親切，對老奶奶印象很深。他們救出的第四個孩子，是個男孩，大概六七歲，孩子的胳膊斷了，頭也裂了，但孩子手裡還死死攥著一個紫紅色的書包。經醫生檢查，孩子已經死了，他們就趕緊忙著找塑膠布，打算先把孩子的屍體包裹起來，再轉運走。但找了兩個地方都沒找著。就在這時，他聽見有人叫了一聲「娃」！一回頭，是那位坐在廢墟邊上的老奶奶。

班長問，老奶奶，這是您家的孩子嗎？

老奶奶說，是，是我的孫子，我一眼就認出來了，他手上的書包還是早上我給背上的呢！

班長說，老奶奶，你對孩子的安放有什麼要求，儘管提出來，我們照您說的做。

老奶奶卻一把攔住班長說，人死了，就不能再活了，這孩子，你們就別管了！

班長說，老奶奶，不行呀，我們是軍人，不光要搶救活人，對去世的孩子也要負責。您放心吧，我們一定會把你的孫子安葬好的！

老奶奶說，娃呀，現在活人都救不過來，哪還顧得上死人啊！我這孫子，有我在，你們就別管了。趕緊去救那些還活著的孩子吧，快！耽誤不得呀！

說著，老奶奶使勁推了班長一把。然後，放下肩上的小背簍，解下腰上的白圍裙，撲通一下跪在了孫子面前。

班長說，我看見老奶奶把孫子抱在懷裡，先用耳朵貼在孫子的胸口聽了聽，又用手指擦了擦孫子臉上的灰塵，再翻開孩子的眼睛看了看，然後輕輕歎了口氣，在孩子的額頭親了一下，自言自語地說，孫子，聽話，奶奶帶你回家！說著，用圍裙把孩子一裹，抱起孩子，一下放在背簍裡，像放下一個剛剛睡著的嬰兒，又像擱下一捆剛剛撿回的柴火。老奶奶的動作乾淨、俐落，又很輕柔，看得出，老奶奶對孫子非常疼愛。但老奶奶除了輕輕歎了一口氣，始終沒有喊叫，沒有痛哭，甚至眼裡連一滴眼淚也沒有！老奶奶背起背簍，沒說一句話，只感激地向我們點了點頭，就邁著小腳，向著深山一步一步地走了。留給我們的，只有一個又瘦又小的背影。當時，望著老奶奶的背影，我們全班戰士都哭了！我們一下就想起了自己的媽媽和外婆，還有自己的奶奶，心裡特別地難受！於是我們一起舉起手來，面對老奶奶的背影，恭恭敬敬地敬了一個軍禮！

聽完老奶奶的故事，我淚流滿面。兒時，背簍在我的記憶中，就是一個筐，筐裡有玉米、紅薯、山花、野果，還有頑皮與夢想、死亡與悲傷；但今天，背簍在我眼裡，卻是一座山！這座「山」除了生長玉米、紅薯、山花、野果，還埋藏著柔情與俠骨、善真與天良！於是那一刻，我感到老奶奶肩上背起的，哪裡是災區百姓的不幸與心酸啊，而是一個民族五千年的沉重與苦難、頑強與堅忍！

那一刻，我想起了我的母親。我母親 2006 年去世，終年八十二歲。母親一生生下十個兒女，卻只養活了七個，這是母親的驕傲，也是母親的不幸。我們七個有幸活下來的姊妹，都是靠母親用背簍一個個背大的。而我第一次背起背簍，才六歲。當時我和母親生活在四川一個山清水秀的小鎮，這年冬天的一個晚上，我一歲多的弟弟突然生病，母親就用背簍把弟弟背到了十二里路遠的一家醫院。回來的路上，母親實在背不動了，背簍就壓在了我的肩上。天黑，路窄，加上我年幼力小，沒走多遠，腳底一滑，一下便摔在了路邊的水田裡。等母親把我從田裡撈起來，我和弟弟全身濕透了，背簍也打濕了，母親只好重新把背簍背在自己的肩上。回家後，弟弟高燒不退，母親只有守著弟弟落淚。快到清晨，我就眼睜睜地看著弟弟閉上了眼睛。這是我人生第一次用背簍背負生命的重量，也是我第一次親眼目睹生命的死亡。從此，故鄉的背簍在我心中落下了深深的血印，也刻下了永久的悔恨！

没想到，近半個世紀過去了，故鄉的背簍又復現眼前。於是我當即暗下決心，一定要找到這位老奶奶！非常遺憾的是，儘管我曾兩次走進什邡洛水鎮，爬上幾座大山，走訪過幾個村落，尋問過不少山民，卻都與老奶奶無緣相見。老奶奶的故事如同山裡的雲彩，飄掛雲空，令人迷戀，卻難以觸摸。直至 2008 年 7 月 28 日傍晚，當我爬上一座大山，偶遇一位姓王的山民，才得知老奶奶後來的一些情況。

山民告訴我說，老奶奶把孫子背回「家」後，太陽已經快要落山了。老奶奶先用泉水，給孫子擦洗了一遍身體，再脫下自己的衣服，把孫子的屍體重新包裹了一遍，然後用背簍把孫子背到後山，為孫子選了一塊向陽的坡地，用鋤頭刨了一個坑，自己親手掩埋了孫子。老奶奶同時掩埋的，還有孫子的書包，書包裡，塞滿了孩子留下的所有作業和課本。這些作業和課本，老奶奶一本都看不懂，卻放得非常整齊，非常規矩。本來，按山裡人的風俗，家裡死了人是忌諱親人下葬的，當時有個村民要去幫老奶奶掩埋。但老奶奶謝絕了，說，都這個時候了，大家逃命都忙不過來，還講什麼風俗喲！你家的妹子還沒找著呢，趕緊去找人吧！第二天一早，老奶奶背著背簍又要進山。當時幾位村民都攔住老奶奶，說山裡的人都在往外逃，你怎麼還往裡去？老奶奶說，我要進山找兒子。村民勸她說，別去了，裡面死了很多人，你兒子如果還活著，早就跑出來了！老奶奶說，我兒子就是死了，我也要見到他的骨頭，我也要把他背回來！說完，老奶奶背起背簍，頭也不回地走了。但一天過去了，兩天過去了，一個月過去了，兩個月過去了，也沒見老奶奶回來……

聽完山民的講述，我久久無語。什麼是中國百姓？什麼是民族精神？那一刻，望著眼前巍峨的大山，我像一個背著老奶奶留下的背簍的孩子，剛剛走進災區的校門。

鏡頭六　精神病人

汶川大地震中，無數災民因失去家園而捶胸頓足痛心疾首；無數災民因失去親人而悲痛欲絕生不如死。面對如此沉重的打擊，多數人咬著牙抹著淚挺過來了；但另有一部分災民，卻實在承受不了如此沉重的打擊，失去家園失去親人後，又失去了一個正常人原有的正常精神！這部分災民，被稱為「精神病人」。

精神病人，不等於神經病人。中國人最多，精神病人也最多。北京大學心理學專家楊甫德告訴我說，中國的精神病患者大約有八千三百多萬人！嚴重患者，就有一千六百多萬人！而汶川大地震，又將無數原本精神正常的人，震成了精神不正常的精神病人！那麼在四百八十多萬災民中，又有多少被汶川大地震震出的精神病人呢？

成都精神病醫院副院長文榮康告訴我說，四川大約共有二十餘家精神病醫院。這些醫院在地震後到底收了多少精神病人，根本無法統計。我幾經努力，試圖將這二十家精神病醫院的精神病人作一準確的統計，最終卻失敗了。但是，僅成都精神病醫院即成都精神衛生中心，便收治了一百一十多位精神病人，卻是我親眼目睹的事實。

在災區走訪的日子裡，我曾先後五次進入成都精神病醫院。這些精神病人中，有的地震前病情已經好轉，地震後又加重了病情；有的地震前已經準備出院，地震後又舊病復發；有的地震前還不算精神病人，地震後便成了名副其實的精神病人；而有的地震前完全是一個健康的正常人，地震後一下就變成了一個完全不正常的精神病人！

文榮康副院長告訴我說，地震發生後，他們醫院在第一時間將六百名精神病人進行了緊急轉移，而後又將都江堰精神病院的八十多個和災區的三十多個精神病人轉到了醫院。精神病區的譚樨醫生告訴我說，這些病人從災區剛來到成都時，心裡都很恐慌。開始，醫院把他們安排在三樓，稍有風吹草動，他們就非常緊張；如果有餘震，就更是恐慌。於是又把他們調換到一樓大廳，睡在地鋪上，醫務人員則坐在邊上，不睡覺，陪著他們，還給她們洗臉、梳頭、泡腳、洗澡，幫著聯繫親屬。這些病人病情有輕有重，時好時壞，有的情緒狂躁，充滿敵意；有的對地震非常敏感，一有餘震，便跑出病房；有的稍有一點動靜，就神色慌張，到處打聽情況；有的不與任何人説話，不和任何人溝通，整天坐在病房裡，望著窗外，獨自發呆，默默流淚……但不管他們病情輕重，表現如何，都有一個共同的特點，就是心裡始終想著自己的家鄉，想著自己的親人！

遺憾的是，截至我進入醫院，這些病人與他們的親屬幾乎没有什麼聯繫，有十三個病人根本無人認領，其中有一個還是癡呆；甚至有的人到底姓甚名誰，醫院根本搞不清楚，他説他叫張三，事實上你並不知道他是不是叫張三，説不定他叫李四。有什麼辦法？他是精神病人。而之所以如此，原因在於，地震剛過，災區情況非常特殊、非常複雜，到處亂得一團糟，單位與單位、個人與個人，信息幾乎中斷；而這些病人大多數家在山區，家裡一無固定電話，二無手機；加上他們的親屬死的死，傷的傷，即便没死没傷，天天餘震不斷，自己都泥菩薩過河自身難保，又怎麼可能顧及他們？儘管醫院也想過不少辦法，卻收效甚微。因此，這些病人雖然每天思念家鄉思念親人，但地震當前，依然無家可歸！

當然，有一部分精神病人見不著親人，或者説親人不來見他們，是另有隱情的。因為精神病患者的治療，每月住院費約三千元，生活費約三百元，加上其他一些小費用，一月近四千元。這筆費用對絕大多數農村患者來說，是根本無法承受的。汶川大地震後，這些精神病人被國家無條件收治，親屬自然就不願再露面了——一旦露面，萬一以後醫院要醫藥費，豈不自找麻煩。所以，能避就避，能躲就躲，就是不去醫院。但這些精神病人多數和正常人並無太大的區別，他們同樣想念自己的親人，同樣跳動著一顆肉長的心！

一天上午，我正在精神科病區與幾位病人聊天，一位中年男子突然來到我的身邊，很有禮貌地對我說，同志，能不能借用一下你的手機，我想給家裡打個電話？中年男子個子較高，一米八左右，大眼睛，高鼻樑，若不是一身病號服套在身上，你很難判斷他是一位精神病人。我說當然可以，便把手機遞給了他。他接過手機，一轉身，發現他身邊一位胖胖的病友正用比他還著急的眼睛望著他。他好像一下就看穿了對方的心思，忙把手機遞給這位病友，讓他先打。這位病友撥通電話後，他又貼過去，專心聽著電話的回音，好像這個電話不是打到病友的家，而是打到他的家——一個精神病人，居然對病友表現出如此的關心，這是怎樣一種情懷啊！

可惜，手機裡傳回來的是忙音。病友又打了一次，還是不通。中年男子這才接過電話，開始給自己的家打電話。也許他怕遭到同樣的命運，撥完號碼後，拿著手機躲到牆腳邊上，獨自傾聽去了。可惜，手機沒有撥通。他有些不好意思地看了我一眼，又撥了一次，還是不通。他的手臂慢慢垂了下來，卻沒有轉身。我走過去，這才發現，他的眼角掛著淚痕。我想安慰他幾句，他卻突然轉過身來，把手機遞到我的手上，然後一個立正，向我敬了一個禮——一個軍禮！我很奇怪，也很感動，想不到當今中國社會少有的人間真情，居然會在一個精神病人的身上得到如此完美的體現！這個世界，到底是正常人不正常，還是「不正常人」正常？也許，「不正常」的人永遠不知道正常人的內心秘密，而正常的人也永遠不清楚「不正常」的人的情感世界。

還有一位女病人，叫何鳳英，三十三歲。精神科病區主任段明君告訴我說，何鳳英送到他們醫院後，被診斷為急性應激反應，病情比較嚴重，其主要表現特徵是，發呆，發愣，神志恍惚，眼神麻木，時而笑，時而哭，不吃飯，不睡覺，不說話，甚至有時半夜三更爬起來，衝出病房，要回家找女兒！何鳳英有兩個女兒，小女兒三歲，大女兒十五歲。地震那天，大女兒死了，她的公公也死了，她每天就坐在廢墟上，望著天空發呆，不停地叫著女兒的名字。像何鳳英這種病人，除了藥物治療，心理治療很重要，就是要讓她多回憶，多談，然後再糾正她的一些想法，她的心裡就會好得多。

在段主任的安排下，我與何鳳英見面了。見到何鳳英的第一眼，直覺告訴我，這是一個善良、聰明的年輕母親，而且有想說話的願望。但一開始我便注意到，她說的話，不是四川話，而是非常糟糕的普通話。我提醒她我是四川人，能聽懂四川話，但她還是堅持要說普通話。她說，你是北京來的客人，我就應該說普通話，不然就不禮貌了，對不對嘛？其實她並不知道我來自北京，但她就是堅持要說普通話。後來我才知道，除了穿白大褂的醫生和護士，不管是誰和她談話，她都認為是北京來的，一定要說普通話。她說北京是首都，首都來的人，就要尊敬嘛！

我問她，家住什麼地方？家裡人怎麼樣？有沒有聯繫？

她說，我的家在都江堰向閣鄉。家裡媽媽對我好，妹妹、侄兒、大姐、二姐對我好，老公對我好。我的老公要去打工，我說好。有一次我罵他，他心情不好，但他不罵我，我的心情好。我現在就擔心我的婆婆、媽媽，還有老公，他們活得怎麼樣了？只要他們好，我就好，幫我打聽一下，好不好嘛？我記不得老公的電話了。他在外面打工掙錢，很辛苦。他要在家裡把玉米、穀子曬一曬，要不然明年吃啥子嘛？老公姓羅，我到羅家去看他，我就看上他了，只要人好，對我好，就行，對不對嘛？

我問她，什麼時候結的婚？

她說，十八歲，但沒有辦結婚證，我們去辦過，沒辦成，後來大家一起吃了頓飯，就結婚了，誰也不知道。我還受過傷，被火燒了，在我媽媽家，我在洗碗，才十二歲，點火，不懂事。當時誰也不知道，只有我媽知道。過去的人要老實些，對不對？火燒了，都不知道，現在地震了，全國都知道，全國都跑來了，是不是嘛？

我問她，家裡這幾年生活好不好？

她說，這幾年生活好一些，我們是農村人，家住在山上，交通不方便……（她開始使勁回憶）我們家以前是木頭做的房子，木頭房子很好，金窩銀窩，不如狗窩，對不對嘛？但現在都垮了！我們那兒過去有很多木頭，我們砍樹去賣，還砍竹子，賣了再買肥料，買種子。現在木頭很少了。我們那兒的山很高，但空氣好，山上不冷不熱，有花，有草，有樹，成都很熱。我們種的菜，很好吃，我沒說你們城裡的菜不好吃啊。好多外地人，都來我們山上避暑，都說山上的菜好吃，都說山上很涼快。但我不喜歡，我喜歡我們家裡人團團圓圓，只要團團圓圓就好，對不對嘛？

何鳳英在與我的談話中，應該說思維基本還算正常，儘管表述有些混亂，語句也不連貫，時而普通話，時而四川話，而且說話像快板，每說一句，好像都在故意講究押韻；每遇到一個問題，總要反問一句「對不對嘛？」但意思我都能聽懂。我注意到，每當談到她的家人和家鄉，她便一臉喜色，心裡像有一隻小兔子。看得出，這是一個非常愛家、戀家的女人。

我問她，地震的情況還能想起來嗎？

她說，想不起來了，好怕呀！我從來沒有聽說過地震，我才讀了四年書，我大女兒也不知道地震，要知道，就跑出來了。我和小女兒跑出來了，但大女兒沒有跑出來，被學校的樓房給砸死了！學校三層樓，全垮了。地震的時候，我去了，但我没有見到我大女兒，我看見好多孩子都死了，死了幾百個，很悲慘。我不說假話，都是真的。我帶著我的小女兒，坐在那裡，坐了一晚上。第二天回家了，下雨了，我又去看大女兒，我看見大女兒被人抬上山了，雨把大女兒全身都淋濕了，頭髮也淋濕了，我很傷心。我大女兒在都江堰向閣鄉中學上學，叫羅麗，美麗的麗。她很乖，已經上初二了，學習成績好。女兒對我很好，說媽媽你不要幹重活，要做輕巧的活，只要一家人團團圓圓，坐在一起吃稀飯也好。可我的女兒還没滿十五歲啊，為什麼就地震了呢？

我問她，你女兒平時最喜歡什麼？

她說，我女兒最喜歡花。我們那兒的山上有好多好多的花，桂花、蘭草花、玫瑰花、雞冠花，還有好多花，我記不得了。反正桂花很香，9月份的時候，山上到處都是，很漂亮，比你們城裡的塑膠花好看。我是說你們城裡的花只能看，不能吃，我們那兒的花可以吃，吃起來香得很！女兒什麼花都喜歡，做了作業，星期天，就跑到山上，摘一大把桂花回來，放在我們家的院子裡，坐在凳子上，畫一天。我女兒最喜歡畫畫，没找老師學過，她看見同學畫，就會了。但她不讓我看，我偷偷翻她的書包，就看見了，真的畫得很好，跟山上長的花一模一樣。我昨天下午看見醫院的花了，就想起女兒了。我没錢給女兒買紙，買筆，都怪我。女兒每天背著書包到很遠的地方去上學，十二里多路，每天坐車，去一元錢，回來一元錢。有時没坐上車，就走路，山路，下雨，路滑，女兒沒有鞋，鞋子穿爛了，就打著光腳板走。我們那兒的路稀巴爛，沒人幫著修一下。女兒很苦，但她說，她要讀書，她要讀大學。我對女兒說，媽媽沒有錢，女娃娃讀個高中就可以了，不要讀大學了。我女兒就跑到山坡上哭了，不回來吃飯，都是我的錯啊！地震那天我要去叫老天爺就好了，老天爺來了，女兒就不會死了！

何鳳英說到這裡，突然哽咽了。隨後，我便聽到了她非常壓抑的哭泣聲。她用手捂住臉，不想讓我看見她的眼淚，像面對一桌客人吃飯，突然被一根魚刺卡住了喉嚨，很想吐出來卻又不願讓人看見一樣。後來，她的情緒有所好轉，又止不住地說開了。她說，我的女兒天天向上，從來沒有逃過學。女兒說，她要讀書，讀書才有文化，打工也要有文化。她想當個老師，教孩子畫畫。但我們家條件很差，交不起學費。我在家種點菜，還要帶小女兒。她爸爸去打工，掙點錢，交學費。老師說，我女兒成績好，從來沒有逃過學，下雨也上學，打雷也上學，要讓她好好讀書，還給女兒免了學費，還讓她住校。可今年剛剛住校，學校就垮了！都怪我，都是我的錯啊！

說著說著，何鳳英又哭起來了。這一次，我怎麼勸也勸不住了。段主任說，讓她哭吧，她哭出來，心裡就好受一點了。後來，我對她說，你有什麼要求，都說出來好嗎？何鳳英說，我小女兒在我婆婆家裡，我們娘家還有四個人，請幫我打聽一下，我沒有老公的電話，我希望他們活下來。大女兒沒有了，但我希望大女兒去讀書，讀大學。還有，她畫了好多花，我想給她送去。女兒說過，她要當一個老師，教孩子畫畫，可我不知道女兒在哪兒？……何鳳英說著說著，又趴在桌子上放聲痛哭起來，再也說不下去了。

臨別時，我掏出六百元錢，想塞進何鳳英的衣兜裡，可她非常敏感，雙手捂住衣兜，堅決不要！她說，我不要你的錢，我們那兒的人從來不要別人的東西，不要別人的錢。你幫我家裡聯繫一下，我就謝謝你了。還有女兒的畫，怎麼送給她？她現在在哪裡？在哪裡？

本來，我什麼也不想說了，但我還是說了一句欺騙她的話，我說，你女兒在天堂，你一定要好好保重身體，你身體好，你女兒在天堂看見你，就高興了。

她眼睛突然一亮，說，真的有天堂嗎？

……

上述兩位精神病人，只是汶川大地震中的個案。事實上，在地震中精神受到損傷的，遠不止成都精神病醫院這些。據說，災區還有不少這樣的精神病人，他們流落荒郊野外，或者街頭路邊，生活很難自理。而在災區走訪的日子裡，我也親眼見過不少這樣的災民：有的坐在災棚前，發愣，發呆，一坐就是一天，第二天接著再坐；有的反覆向你表述地震時的恐怖情景，反覆向你哭訴遇難孩子生前的乖巧與聰明，反覆向你懺悔各種過錯；有的對身邊的一切不再關心，不再有任何興趣，誰也不願搭理，整天不吃不睡，圍著廢墟反覆轉悠，唉聲歎氣……每當望著這些災民，我心裡便有一種說不出來的難受。地震已經讓他們失去了家園失去了親人，失去了作為一個人最基本的一切，上蒼為何還要讓他們失去一個人最起碼的正常的精神？這個世界，到底還有沒有天地良心？有，在何方？在哪裡？一個精神正常的人生活在這個世上都如此艱難，這些精神不正常的人要繼續生存下去，又該是何等的不易！而且，昂貴的醫療費用，誰來承擔？漫長的日常生活，誰來護理？心靈的創傷，誰來醫治？雖有志願者，但志願者不是親人；雖有心理專家，但心理專家不能包治百病；雖有醫院的人道主義關懷，但長此下去，哪個醫院又能關懷得起？精神病患者的治療是持久戰，不僅需要物資、金錢、實力、條件，還需要社會的支援、大眾的理解、親情的關懷、人心的溫暖。那麼親情的關懷人心的溫暖，從何而來？這些人原本平靜的日子，何日才能恢復平靜？他們原本正常的精神，何時才能重新正常？

我想起發生在歐洲的一個典型病例：一場災難後，有一個病人一直尿不出來尿，醫生問他你為什麼不尿尿？病人說我不敢尿尿。醫生問他為什麼不敢尿尿？病人說我一尿尿，怕把城市給淹沒了！醫生說，那你趕緊尿吧，我們的城市有大火正在熊熊燃燒，你只要尿了，熊熊燃燒的大火馬上就會滅了！

病人一下就尿出來了。

那麼，面對汶川大地震中的精神病人，我們是不是也要對他們大聲說一聲：災區的大火正在熊熊燃燒，你尿吧，只要你尿了，熊熊燃燒的大火馬上就會滅了？

2008 年 5 月 19 日-29 日第一次赴災區採訪
2008 年 6 月 1 日-6 月 10 日第二次赴災區採訪
2008 年 7 月 16 日-7 月 31 日第三次赴災區採訪
2008 年 8 月 1 日-11 月 30 日急就於北京

張雅文

張雅文小傳

張雅文，1944 年生於遼寧開原，一級速滑運動員，國家一級作家，黑龍江作協副主席，中國作家協會會員，中國報告文學學會理事，中國首屆百佳電視工作者，黑龍江有突出貢獻的中青年專家，國家政府津貼享受者。出版作品《趟過男人河的女人》、《玩命俄羅斯》、《韓國總統的中國御醫》等十餘部；編劇電視劇《趟過男人河的女人》、《蓋世太保槍口下的中國女人》、《不共戴天》等一百二十餘集；編劇兒童電影《冰上小虎隊》。

《生命的吶喊》獲第五屆魯迅文學獎、第三屆徐遲杯獎、第三屆女性文學獎；《四萬：四百萬的牽扯》獲第三屆傳記文學獎；《趟》劇獲「飛天獎」；《冰上小虎隊》獲華表獎；《韓國總統的中國御醫》等作品多次獲黑龍江省政府文藝大獎。

評委會評語

《生命的吶喊》以個人生活的豐富性、具體性和感染力，開闢一條普通人與大時代連接的生命通道。張雅文從山村女兒到運動員、到女作家的奮鬥經歷，結合推動她前行的歷史潮流，證明了紀實文學也能形成一種不限於宏大敘事和具有強烈個性色彩的文學概括力。

生命的吶喊

張雅文

第一章　「絕筆」採訪——《四萬：四百萬的牽掛》

一

我的命運不濟，所以一輩子都與該死的命運苦苦地抗爭著。

2003 年 11 月 6 日，我的人生幾乎到了絕境。

我家鄉的老領導王文祿先生來找我，邀我寫一篇著名心外科專家天津泰達國際心血管病醫院院長劉曉程的報告文學。我並不願寫這種遵命文學，而且我的身體很糟，經常發生心絞痛，一發生心絞痛就冒冷汗。王文祿先生是我的老領導，只好跟著他一起來到天津泰達國際心血管病醫院。

劉曉程院長第一句話卻說：「雅文大姐，我一般不接受採訪，你是家鄉人，我不好拒絕。我問你，你準備用什麼來寫我？」

我想他絕非問我用什麼書寫工具，而是問我如何寫他，就說了一句：「我會用心去寫你。」

聽到這話，這位精明、幹練、才華橫溢的院長意味深長地笑了。

於是，兩個素昧平生的家鄉人第一次見面就談得很深、很透，没有任何冠冕堂皇的客套和粉飾。採訪結束前，我順便將前不久做心臟造影的 CD 片請劉曉程看看。他隨後說出的一番話，卻像炸雷一樣一下子把我炸蒙了。

「雅文大姐，你的心臟除了支架部位還有六處病變，最嚴重的部位已經堵塞百分之九十，隨時可能發生心梗。我建議你儘快做搭橋手術，而且要搭五至六個橋！」

我頓時覺得手腳冰涼，渾身直冒冷汗，心臟又開始劇烈地疼痛起來。

不久前，我剛剛在家鄉一家醫院做過心臟支架。可我仍然經常發生心絞痛，連洗澡都很困難，每次洗澡都像得大病似的，躺在沙發上半天都爬不起來。

聽到劉曉程的這番話，我的心情可想而知。

一個拳頭大的心臟除了一個支架，居然還有六處堵塞！這哪還是什麼心臟，分明是一隻破篩子啊！這樣一臺破碎的發動機，還能帶動起我強大的生命嗎？

我覺得老天對我太殘酷、太不公了。我無法接受這種落差極大的殘酷現實。可我只能強忍著淚水，強裝笑臉，對劉曉程說：「曉程院長，我才五十九歲，正是創作的黃金時代。我不要多，再給我十五年就行。我太愛創作了。」

他說：「把你這顆破碎的心交給我吧。十五年太保守了，你準備再創作二十年吧！爭取儘快手術，以免發生不測！」我知道他在安慰我。

二

斷送一生憔悴，只消幾個黃昏。

我懷著滿腔的痛苦踏上了歸途，坐在列車上，望著車窗外滿眼枯黃的秋色，我不由得回溯起自己的一生……

我一直苦苦地追求理想，追求高尚，把文學當成生命，不惜一切代價地為之奮鬥。遇到再大的困難，我都從不絕望，從不氣餒。我總是用孟子的話激勵自己：「故天將降大任於斯人也，必先苦其心志，勞其筋骨，餓其體膚，空乏其身，行拂亂其所為，所以動心忍性，曾益其所不能。」我深信天道酬勤，深信「但得有心能自奮，何愁他日不雄飛」。

可是追求到最後，心已「破碎」卻從未有過什麼雄飛，一輩子都快走完了也從沒見老天降什麼大任於我，本以為《蓋世太保槍口下的中國女人》是老天降給我的大任，結果弄得身心交瘁，傷心欲絕，不得不打三起官司，而且得了嚴重的心臟病。現在，法院那邊三起官司在等待我去開庭，這邊又面臨著生死未卜的心臟大手術。

我的父母都沒有心臟病，都是七八十歲才過世。我是運動員出身，一直堅持出操、跑步、游泳，身體一直很棒。三年前，我每天晚間都去游泳池游一千米。三年後的今天，卻變成了一個亟待拯救、急需搭五六個橋的心臟病重患。

令我無法接受的並非是死亡，死亡是自然規律，上帝召誰去誰都無法抗拒，而是我一顆好端端的心臟為什麼會壞到今天這種地步？我的心臟是從哪一天開始變壞的？其中的原因才是我最痛苦、最無法接受的。

第二章　此生不虛的素材——一個中國女人與納粹將軍的故事

一

1999 年 5 月的一天上午。

作家朋友李占恆打來電話，說有一個好素材不知我感不感興趣。二戰期間，一個叫錢秀玲的中國女人通過一位納粹將軍，拯救了許多要被蓋世太保處死的比利時人，因此被比利時政府授予國家英雄勳章。二戰結束後，她又全力拯救被審判的納粹將軍。

五十五歲的我，已到了老眼昏花寵辱不驚的年齡，本應在家裡安度晚年，或是寫點小文慰藉一下不甘寂寞的心靈，不該再有什麼激情與理想了。可我一聽這個素材，卻在電話裡大呼小叫地喊起來：「哇！這個素材太棒了！我決心不惜一切代價拿下它！」

可是，出國簽證卻遇到了麻煩，費盡周折，直到 1999 年 10 月 26 日才拿到簽證。

10 月 28 日上午，我懷著無比興奮的心情，帶著茅台、工藝品、中華煙、我的著作等因超重而被罰的旅行包，踏上了波音 747 飛往法蘭克福的 721 次航班。我給先生打電話說：「親愛的，我能拿到這個素材此生不虛了。祝我成功吧！」

九個小時之後，當地時間下午三點四十五分，飛機晚點兩個多小時，降落在世界著名的德國法蘭克福機場。此刻，距離我換乘的四點起飛的 4452 次航班，只剩十五分鐘了。十五分鐘，從這架飛機跑到另一架飛機，中間還要辦理簽證，換乘手續，尋找登機口……

機艙門一打開，我就像百米衝刺似的第一個衝出艙門，不顧一切地向機場大廳跑去。可我看不懂指示標誌，不知簽證處在哪裡，不知登機口在何處？手掐機票和護照，背著相機和錄影機，像瞎虻似的東一頭西一頭地亂闖，見到機場工作人員就將護照和機票舉給人家，嘰裡呱啦地說些什麼我根本聽不懂，只能按照人家的手勢拼命往前跑，到了登機口，一名工作人員急忙把我送上空無一人的大巴，大巴拉著我一個人向遠處的一架小型客機駛去。

我登上客機不到一分鐘就起飛了，隨機的行李都沒來得及送上來，第二天才送到。

二

說來慚愧，一個窮作家傾其家中全部，滿懷信心地跑到歐洲來採訪，在國內的那點自尊及成就感，在這裡卻被囊中羞澀這個最現實的生存問題剝得精光，就像一個剝了皮的雞蛋光溜溜地躺在餐盤裡。那縫在內褲裡很怕被小偷偷去的幾千美金，在這根本算不上錢，連住旅館、吃幾頓像樣正餐都不夠。

頭幾天，我住在張紹唐會長在新魯汶開的餐館裡，順便採訪了張會長夫婦及上海聯誼會的僑領，寫了一篇專訪。但新魯汶距離錢秀玲居住的布魯塞爾市區六十多公里，為了採訪，我決定搬到布魯塞爾市裡。

可是，跑了幾家旅館都太貴，最便宜的一天也要一千六百比利時法郎，折合人民幣四百多元。後來總算找到一位老態龍鍾的華僑女人臨時出租的房間，每天四百比利時法郎。房間在四樓，沒暖氣，連褥子、被、枕頭都沒有，只有一張光板鐵床，一扇窗户沒有玻璃，釘著一張紙板，冷風一吹啪啪直響。男主人把他自己的被子拿給我，讓我既當褥子又當被。

沒錢，不會外語，雇不起翻譯，住不起正規旅館，吃不起像樣的正餐，只能用麵包和帶去的方便麵填飽肚子，兜裡總是揣著一把中英、中法文對照的字條，去哪都得掏出事先準備好的字條給人家看……但這些困難對我來說並不算什麼，因為從小在苦難中長大，又在滑冰場上拼搏了那麼多年，再說與闖俄羅斯相比，這裡畢竟沒有生命危險。最令我憂心的是來布魯塞爾七八天了，卻一直沒見到錢秀玲老人。

布魯塞爾的 11 月，正是秋色褪盡、寒氣襲人、冷風瑟瑟的初冬時節。這裡的海拔低，多雨，很少見到陽光，一連數天都是陰雨連綿，使我這個外鄉人更有一種「古道西風瘦馬，斷腸人在天涯」的淒涼感。夜裡，風聲、雨聲透過沒有釘嚴的紙板縫隙鑽進來，敲打著我蜷縮的身軀，也敲打著這顆長夜難眠的心。

1999 年 11 月 8 日下午三點。

在陸惟華先生的帶領下，終於按響了布魯塞爾A大街三十號公寓的門鈴。

激動，興奮，緊張，憂慮，真是難以形容當時的心情！不知錢秀玲老人到底是什麼樣子，是癡呆、木訥、神志不清，還是……

門開了，一位滿頭銀髮、精神矍鑠的老人，笑眯眯地出現在我面前。

噢，我的上帝！

我從未見過如此美麗、如此可愛的耄耋老人，身著一套紅色套裙，化著淡妝，笑容可掬的臉上洋溢著一種仁慈的寬厚與善良，言談舉止，無不流露出一種大家閨秀及受過西方教育的優雅。我深感奇怪，這樣一位慈眉善目的老人居然在慘絕人寰的二戰中，從納粹槍口下救出過那麼多條生命！

精誠所至，金石為開。我不由得張開雙臂熱烈地擁抱她，激動地說了一句：「錢媽媽，見到您我太高興了！」

我對老人進行了二十多天的採訪，老人年事已高，患有健忘症，好多事情都忘了，靠我一點點啟發，多方引導，她那沉睡半個多世紀的記憶才慢慢地蘇醒過來……

我覺得錢秀玲老人的故事太棒了，既有跌宕起伏的故事，又有深邃而曠達的人性展示，要比電影《辛德勒的名單》的原型更完美、更豐富。對於一個視文學藝術為生命的作家來說，能得到這樣一個素材，絕不亞於淘金者發現了一座金礦。我決心以錢秀玲老人與納粹將軍的故事為原型，創作一部二十集電視劇本，將這位偉大的中國女性推向中國，推向世界！

三

回家以後，我一個人關在書齋裡一邊查資料，觀看二戰 VCD 影片，翻閱《歐洲史》、《第三帝國的興亡》、《辛德勒的名單》等作品，一邊苦思冥想地創作。

2000 年 3 月 2 日，我帶著嘔心瀝血創作的二十集電視劇《蓋世太保槍口下的中國女人》文學劇本初稿，來北京為「女人」尋找婆家。

3 月 18 日清晨，我忽然覺得渾身軟綿綿的，晃晃悠悠地差點從樓梯上滾下來，去醫院一檢查，急性肝炎，只好當天就返回哈爾濱住進了醫院。

不久，身體康復之後，先生陪著我又來到北京尋找投資方。

2000 年 6 月中旬一天上午，我接到瀟湘電影製片廠藝術策劃中心周主任的電話，他說看過我的二十集電視劇本《生死較量》，覺得很好，問我劇本出沒出手。我說北京電視臺已快開拍了，全國播放時改為《不共戴天》。他感到很惋惜，問我手裡還有沒有其他劇本。我說到《蓋》劇，他聽了很感興趣，邀我立刻見面談談。

我和周先生談得很好，我的心也隨之燃起了希望，這份希望很快化作一份具有法律效力的合同。周先生帶人來北京看完《蓋》劇本，又帶著兩位製片人來北京與我正式簽約。

2000 年 7 月 6 日上午，我先生陪著我來到周先生下榻的北京奧斯凱賓館，我和周先生正式簽訂了〈二十集電視劇文學劇本《蓋世太保槍口下的中國女人》拍攝權轉讓合同〉，周先生蓋上帶去的瀟湘電影製片廠藝術策劃中心的公章，並向我支付了第一筆稿費。

此刻，我們的臉是笑的，心是誠的，握到一起的手是熱的。

之後，我懷著欣悅之情回到哈爾濱，按照周先生提出的修改意見，潛下心來修改劇本。9 月，我如約向瀟湘廠交付了修改後的第一稿劇本。

10 月 8 日，瀟湘廠、中國婦女發展基金會及後加盟的中央電視臺影視部，在中國婦聯會議室舉行《蓋》劇本論證會。我很擔心，倒不是擔心劇本，劇本不理想可以修改，而是擔心題材被槍斃，因為劇本中寫到納粹將軍善良人性的一面，這在當時中國文學及影視作品中從未有過。如果題材被槍斃那可就慘了。

没想到，與會專家對《蓋》劇題材大加讚賞，都說是一個難得的好題材，但對劇本卻提出了許多否定性意見。

會後，周先生同我協商，按著合同約定讓我在 12 月底前交付第二次修改稿。第二天我乘車回到哈爾濱。

我覺得專家的意見提得很對，讓我脱離原型，大膽地構思，剪斷真實故事對我的束縛。我決定推翻原劇本，重新構思創作一部二十集的劇本！可是，要在短短兩個月時間內重新創作一部二戰時期的二十集大戲，談何容易！

12 月 19 日，周先生派瀟湘電影製片廠的責任編輯潘宇凡來哈爾濱跟我交流劇本的修改意見，住在我家裡，我先生負責我們的一日三餐。小潘也是編劇，人很隨和，也很正派，我們充分交流了下一稿的意見。

三天後，小潘離去。我把自己關在書齋裡一關就是兩個月。

歌德説：「人的潛能就像一種強大的動力，有時候它爆發出來的能量，會讓所有的人大吃一驚。」

兩個月來，我如醉如癡地沉浸在我的世界裡，跟我的主人公一起流淚，一起焦急，一起歡呼勝利！

2000 年 12 月 24 日，我按照合同及雙方約定，用特快專遞給周先生寄去了第二稿劇本。12 月 30 日，我滿懷信心從哈爾濱跑到北京來聽取製片方對劇本的意見。我幾次給周先生和央視影視部的A先生打電話，問他們對劇本的意見，他們卻説：「你不要著急，等黃健中導演介入後一起談意見！」聽到黃健中導演接手這部片子，我很高興，覺得這樣的大導演一定能推出一部力作。

從 2000 年 12 月 24 日交稿後，每天我都抱著熱火盆似的心情期待著導演的介入，期待著製片方對劇本的意見，從元旦盼到春節，從隆冬盼到春暖花開，苦苦盼了三個多月，一直盼到 2001 年 3 月 29 日……

第三章　「黑色星期五」把我推到生死邊緣

一

2001 年 3 月 29 日——一個令我終生難忘的黑色星期五。

四天前，我把修改後的又一稿劇本交給周先生以後，跟先生一起來到南戴河放鬆幾天。

下午四點三十分，忽然接到製片人小 C 打來的電話，說有重要事情要立刻見我。我問他明天行不行，他說不行，今天必須見我。沒有火車，我只好乘最後一趟大巴連夜趕往北京，到北京已經是深夜十一點了。

此刻，我的心就像長安街的燈火一樣，一片燦爛的明亮。我想一定是劇本有了結果，也許明天要討論劇本，也許要我再修改一下。

總之，我懷著滿腔熱情走進了曾簽約的奧斯凱賓館 207 房間。可是，小 C 的第一句話卻像當頭一棒：「雅文姐，央視影視部說你的劇本不行，必須另請他人修改，否則央視影視部就不立項！」

我頓時傻了！沒想到會出現這種結果，因為製片人一再告訴我，讓我不要著急，讓我等待導演介入一起談意見，可現在……

我問小 C：「為什麼製片人一連三個月不提一條修改意

見，而是以等導演介入一起談意見來欺騙我？為什麼現在突然提出我要不同意他人加盟央視影視部就不立項？這到底是怎麼回事？」

小C說：「雅文姐，我也不知道為什麼，我只是傳達劇組的決定。你要不同意他人修改，央視影視部就不立項，這部電視劇就要泡湯了！」

我無法接受這個要挾性的條件。再說，他們可以不考慮我的感受，可總不能不考慮雙方簽訂的法律合同吧！

我和瀟湘電影製片廠簽訂的劇本轉讓合同明確約定：我是獨立編劇。沒有他人加盟修改的條款，更不存在央視立不立項的問題。

即使劇本需要修改，也應該告知我。這是法律賦予雙方的權利和義務，也是影視創作的慣例。如果他們早提出修改意見，這三個多月我早把劇本改完了。他們為什麼不這麼做？為什麼要以導演介入欺騙我，最後又以央視影視部不立項來要挾我交出修改權？我覺得我的權益和人格受到了極大傷害！

我說：「我是跟瀟湘電影製片廠簽約，我只應該對瀟湘電影製片廠負責。央視影視部立不立項跟我們的合同沒有關係！」

小C說：「雅文姐，人家央視影視部投資，就得聽人家的嘛！你就同意了吧，反正你還是編劇，加盟的只是改編。」

「那我跟加盟的編劇一起修改劇本可以吧？」這樣有利於劇本的修改。

「不行！」

「為什麼不行？這是我的劇本，為什麼我跟加盟者一起修改都不行？」

「我不知道為什麼，我只是傳達劇組的決定……」

「你們準備請哪個編劇來修改劇本？」

「我不知道，這事由央視影視部說了算。」

他在撒謊。其實就在 3 月 29 日找我談話的這天上午，小 C 代表瀟湘電影製片廠和劇組跟趙女士已經簽訂了修改《蓋》劇本的合同，上面有小C的簽名。兩年後我在法庭上見到了合同。這也是小 C 當天必須見我的原因。

我跟小C談了五個多小時，直到淩晨四點，仍然毫無結果。小C提議先回房間休息。我經歷了有生以來最痛苦、最難熬的一夜……

一個出身貧寒、從底層衝出來的小人物，闖到今天不容易，闖出來一個機會就更不容易了。所以簽約以來，我非常珍惜這來之不易的機會，認真地修改劇本，跟大家合作得很愉快。周先生和小潘去哈爾濱吃住在我家裡。我和先生熱情地招待他們，臨走還給他們帶一堆好吃的。周先生說要開新聞發佈會，讓我把三十多張錢秀玲的照片底片寄給他。他們卻弄丟了五張最珍貴的底片，給我造成了巨大損失。小 C 說，準備由我帶製片人和導演去比利時選外景，讓我跟錢家人聯繫。我則多次給錢憲人先生打國際長途、發傳真，幫製片人牽線搭橋。

我找不出問題的癥結到底出在哪裡，卻想起朋友多次提醒我的話：「雅文，你可要當心，千萬別再發生兒童電影那種事……」

幾年前，我編寫了一部滑冰題材的兒童電影劇本，電影局通過並下發了准拍證。我所在單位的領導和省電視臺臺長在北京一起找我談話，說中央某影視部門同意投資這部兒童電影，但提出一個條件，有人要掛名編劇。在我二十多年的創作生涯中，從沒遇到過這種事，為了單位的利益，只好違心地同意了。可是，他們三折騰兩折騰，居然把我的編劇署名弄沒了，變成了一個素不相識的人。明明是他們求我來搭我的車，最後搭車者卻把我一腳踹下車去，簡直不可思議！後來，黑龍江省委宣傳部領導出面干涉，製片方才不得不把我署為第二編劇。省委宣傳部領導說：「明明是我們黑龍江作家創作的作品，為什麼要讓一個外省作家署名？」我只好調離了這個單位。

我對影視圈涉足不深，不知影視圈的水深水淺，更不知在「嘻嘻哈哈」的背後，誰跟誰是哥們兒，誰跟誰是老鐵。我無法斷定這件事對我後來的影視創作會帶來什麼樣的影響。

總算熬到了天亮。七點鐘，我撥通了央視製片人A先生的電話……

我和A先生本來是朋友，彼此說過好多心裡話。出國採訪前，我曾以朋友的身份請他幫我論證《蓋》劇題材的可行性。他也曾找過投資方但沒有成功。我跟A先生談過兒童電影受委屈的事，並希望他從中斡旋，不要因為這件事給我帶來不必要的影響，他滿口答應。現在卻發生了這種事。

他說：「張大姐，這事不是我定的。上邊不認同你，我也沒辦法。」

我說：「作為朋友，你總該告訴我一聲。」

他說：「這事已經定了。我勸你還是想開點，就當分給他人一杯羹吧。」

我說：「這是我的作品，憑什麼要分給他人一杯羹？」

他說：「你這麼說，我也沒辦法⋯⋯」

我問他準備請誰來修改。他說請山東電視臺的趙女士。我第一次聽到趙女士的名字。我問他誰請的，他說是他請的。我問他：「她看過我的劇本嗎？」

他說看過。

隨後我又撥通了我先生的電話。先生說：「他們一連三個月不對你的劇本提出意見，卻以等導演介入來欺騙你，現在突然以央視影視部不立項來要挾你，說明他們是早有預謀的。他們的做法剝奪了你對劇本的知情權與修改權。按照法律，你的合同是跟瀟湘電影製片廠簽的，你只應該對瀟湘電影製片廠負責，央視影視部立不立項跟你沒有關係。你已經認真、全面地履行了合同。而瀟湘電影製片廠卻在履行合同中，由於他人的加盟而變更了審定主體，這顯然是違約行為！但事情到了這步，你說什麼都沒用了。現在，你不能光哭，光生氣，你應該考慮如何保護自身的權益。你可以向他們提出一些條件，這在法律上叫做有條件授權。你同意我的條件，我才同意授權。而且，你一定要跟他們簽訂一份補充協議！」先生是搞法律的，比我有經驗。

3 月 30 日上午十一點，我向小 C 提出四項條款：第一條，我獨立署名編劇，不得另加他人；第二條，修改後的劇本須經我審閱，我有權參加修改本的研討會；第三條，按合同全額支付我的稿費；第四條，我有權參加製片方召開的新聞發佈會，製片方在《蓋》劇宣傳方面應公正對待我的付出。

「好好，我完全同意你提出的條款！你還有什麼條件儘管提出來，然後我們簽一份補充協議！」小C滿口答應，立刻操起電話，向 A 先生報告我的態度。

小C讓我到賓館外面的打字社，按照四項條款打出一式兩份〈補充協議〉，讓我在協議書上簽字。這是我活到五十七歲做得最痛苦、最違心的一件事，捧著這份不情願的〈補充協議〉就像捧著一張賣身契，握著筆遲遲不肯落下，心在哆嗦，手在抖，眼淚嘩嘩地流下來。可我毫無辦法，為了這部劇，只能委曲求全了。萬萬沒想到，我委曲求全換來的不是什麼「全」，而是變本加厲的傷害和侵權。

看到我傷心的樣子，小C說了一句心裡話：「雅文姐，看到你痛心的樣子，我心裡真的很難過。這就像要強姦你還得要你說同意一樣！」

為了這句話，我一直很原諒小C。我覺得他是一個善良人。

可是，小C卻没有簽字。我簽完字，他急忙將補充協議收起來，說要拿回瀟湘電影製片廠蓋完公章再寄給我。

「你可千萬要寄給我！」我一再叮囑他。

「雅文姐放心好了，回去我馬上就寄給你！」他一再向我承諾。

之後，我多次向小 C 催要這份補充協議，開始他說：「雅文姐你放心，我蓋完公章馬上寄給你！」但遲遲不見他寄來。我再催要，他說不知把協議放在哪裡了。再後來他說了實話，協定扔在賓館裡根本就没拿回去。

其實，這份補充協議只是他們精心設計的，迫使我「同意」他人加盟的一個圈套。因為小C當天上午已經跟趙女士簽完合同了。

面對這種情況，我問身為法院院長的先生，他們這是什麼行為，我該怎麼辦？他說：「你跟瀟湘電影製片廠簽的合同規定，你是《蓋》劇的獨立編劇，即著作權人。按照法律規定，不經著作權人的明確授權，瀟湘電影製片廠無權將你的劇本交給他人修改或改編。現在，他們卻在你毫不知情的情況下，採取先斬後奏的方式要挾你同意之後，又單方撕毀補充協議。這既是違約行為，又是侵權行為。按照法律規定，這只能說明你們雙方後來的承諾都是無效的！」

後來在法庭上，周先生拒不承認簽過這份補充協議，還不承認小C是3月29日找我談的，兩次讓小C篡改證詞。因為承認3月29日，就等於承認了違約與侵權成立。

我找過小C，提出重新補簽一份協議。他卻說：「雅文姐，希望你理解我的難處，你知道我不是瀟湘電影製片廠的，是周主任拉我來搞這部劇的。如果我向著你說話，我就慘了。你知道，我為劇組借的二百萬到現在一分錢都沒還呢。」

我理解他。人不為己，天誅地滅。他也是為了生存。

小C所說的二百萬借款，是《蓋》劇開拍不久資金斷了要停機，小C和周先生以劇組名義向中央某單位借的，當時承諾，資金一到立刻償還。可是直到2007年8月這本書下稿，《蓋》劇播出五個年頭了，二百萬借款一分未還。同意借款的那位領導氣憤地對我說：「雅文，我本來是出於好心，沒想到最後是這樣一個結果，更沒想到他們這麼不守信用！這二百萬借款給我造成了極壞的影響……」她想盡一切辦法想還上這筆借款，否則她無法退休，也無法向組織交代，可她一直沒能還上。但她問心無愧，因為她一分錢也沒往自己的腰包裡揣。

二

從3月29日開始，我就像跌進了一個無法掙脫的深淵。

4月5日，與小C簽完補充協議後的第五天，我請從未見過面的黃健中導演在北影附近一家餐館共進午餐，意在拜託他要把好劇本關。我深知劇本的好壞將決定這部電視劇的命運。母親把孩子交到她人手裡總有些不放心，總怕別人把孩子帶壞了，帶跑了。事實證明，我的擔心並非多餘。

黃健中導演說這個題材太好了，拍不好無法向國人交代，並承諾一定會把好劇本關。他說明天中午將隨製片人及趙女士一起飛往布魯塞爾。我這才恍然大悟，原來人家早就開始行動了。我卻一直蒙在鼓裡呢！不然，小C找我談話才五天，不可能這麼快就辦好趙女士的出國簽證和機票。

人非草木，孰能無心？

小C早就跟我說好，由我帶他們去比利時選外景，我是編劇，是我給他們牽線搭橋與錢憲人聯繫的。可現在，一切準備好了，取代我的卻是另一個人……我忽然有一種被拋棄、被欺騙、被耍弄的感覺，心裡酸酸的想哭。

人，所以成為人，是因為有自尊，有人格，她需要別人的尊重。

第二天，製片人 A 先生、周先生帶著導演和趙女士等人，憑藉我給他們牽線搭橋的關係飛往布魯塞爾了，而我卻揣著一顆破碎的心回到了哈爾濱。

我先生一再勸我：「想開點，不管怎麼說你是編劇。你應該安下心來把劇本改好，然後準備出書。」

我把自己從痛苦中扶起來，繼續修改我的劇本。

無論在外面遇到天大的痛苦和委屈，只要一拿起筆，只要一坐到電腦前，眼淚還沒等擦乾，我就能把一切煩惱和痛苦像轟蒼蠅似的轟到窗外，立刻進入一種忘我的狀態。

三

5月15日，我給周先生打電話，向他催要稿費及那份補充協議。他說他剛從歐洲回來，要我再容他一段時間。他說：「張大姐，趙女士提出要獨立編劇，因為她也去比利時採訪了。」

我一聽就來氣了：「你們明明說好是修改我的劇本，雙方都簽訂了補充協議。現在她跟你們去了一趟比利時，回來就要求獨立編劇，怎麼能這麼幹呢？」

「張大姐，你不同意就算了嘛！」他說。

6月末，製片方在京召開趙女士的劇本研討會，並沒有通知我。在我一再要求下，7月15日，我才收到小潘寄來的修改後的劇本。

打開劇本，發現裡面夾著一張字條，小潘寫的：「張大姐，遵囑寄上劇本，周主任指示我附上兩句話：將來您寫書請務必避開趙的劇本中的情節和細節……」這張字條至今保存在我的資料中。

我大為不解，她明明是修改我的劇本，不但不跟我溝通，反而提出要獨立編劇，現在又給我下達這種通牒！更加不可思議的是，劇本封面上寫著「二十集電視連續劇《蓋世太保槍口下的中國女人》，編劇張雅文，改編趙××」，內文片名卻是《愛如大地》，十六集！

看到這一切，我忽然有一種預感，急忙連夜看劇本，越看越坐不住，越看心越抖，最後是躺在床上把它看完的。卻發現，改編本中隱藏著一種潛在的、不可理喻的東西。雖然從故事結構、時間、地點、人物等許多情節都沿用了原劇本內容，但卻給人一種處處沒用原劇本的感覺。這不能不使我想到周先生提出趙女士要獨立編劇的問題。

我怕感情妨礙我對劇本的判斷，急忙讓先生再看一遍。之後，又請一位曾看過我原劇本的編輯朋友幫我再看一遍。結果，我們三人的看法完全一致，改編者不是在原劇本的基礎上進行修改或改編，而是採取一種排斥原著、與原著相悖的思維方式——對原劇本中的許多情節和細節，一律不直接使用，而是千方百計地改變它。原劇本寫金玲丟船票，改編者則改成金玲退船票；原劇本寫金玲巧遇維克多，改編者則改成西蒙介紹金玲去找維克多……這樣的情節在劇本中比比皆是。改編者把我劇本中一些好的情節全部刪掉，把霍夫曼妻子改成一個與原劇本完全相反的人物。她不僅鼓勵兒子上戰場，而且向希特勒告密，出賣自己的丈夫。得知兒子戰死，她居然興高采烈地喊道：「他死了，他是為元首獻身的，我真高興，我高興極了！」改編者砍掉了原劇本中比利時人民反抗法西斯這條主線，加上大量叛徒、婊子、強姦犯等媚俗的戲，把金玲寫成了「高大全」式的人物。

我也曾多次審視自己的內心，是不是狹隘心理在作祟？不，我是編劇，劇本的好壞不僅牽扯到我的名譽和責任，而且關係到這部劇的成敗問題！

「她修改你的劇本，應該尊重你的原著。她好像處處在跟你唱反調，她為什麼要這麼做？她究竟要達到什麼目的？」幫我看稿的編輯朋友問我。

我與趙女士素昧平生，連面都沒見過，本來就像兩顆毫不相干的沙粒，各自按照各自的人生軌跡走著自己的人生道路，只因為這部電視劇才「走」到一起。按理說，她被央視請來，兩位同行應該齊心協力推出一個好劇本，可現在，不管我們承不承認，不管我們委不委屈，兩個文人的良心與道德都將在這種名利場上經受一場無法回避的考驗——這場考驗最後不得不在法庭上相見。

兩年後，在長沙中院的法庭上，我見到趙女士與瀟湘電影製片廠簽訂的兩份合同，而且還見到了某製片方向法院出示的一份證據，這才使我恍然大悟。

趙女士與劇組簽訂第一份合同的時間，是 2001 年 3 月 29 日，也就是小 C 找我談話的當天上午（傳真件標明是上午十點三十分）。這份合同明確約定趙女士是修改《蓋》劇本，主要條款是：

> 「第一條，根據甲方（瀟湘電影製片廠）所提供的二十集電視劇《蓋世太保槍口下的中國女人》文學劇本之基本內容，甲方約乙方（趙女士）負責劇本的修改和創作。」
>
> 「第三，乙方享有該電視劇改編署名權，排名為

原作者（應是張雅文）：編劇；乙方：改編。」

第二份〈補充協議〉的簽訂時間是 2001 年 7 月 16 日，主要條款是：

「甲方同意採用乙方創作的文學劇本《愛如大地》為投拍劇本。

「一、甲方同意乙方在電視劇中署名為編劇。

「二、乙方同意劇本名改為《蓋世太保槍口下的中國女人》，劇中主要人物姓名，按甲方要求改變。」

《蓋世太保槍口下的中國女人》片名，是彭佩雲題的字，不可能改變了。

第一份合同趙女士是「改編」，第二份〈補充協議〉卻變成了「編劇」。而我這位著作權人對這份〈合同〉及〈補充協議〉卻一無所知。製片方之一的中國婦女發展基金會都不知道。

我的律師在法庭上指出：「這份合同及〈補充協議〉是瀟湘電影製片廠與趙女士共同侵犯張雅文著作權的確鑿證據。第二份〈補充協議〉比第一份合同更進一步侵權！」

趙女士與瀟湘電影製片廠在 2001 年 3 月 29 日、7 月 16 日分別簽訂了兩份合同，某製片方居然在 2002 年 11 月 13 日向法院出示「證明」公開說假話：「趙女士對署名、稿酬隻字未提。創作時趙女士不願看張雅文的原稿，在我部某編輯的堅持下，才勉強閱讀……（趙女士的劇本）與張雅文的原稿相比已面目全非，除劇中部分人物名字與張雅文原稿相同外，其他方面沒有一點保留痕跡。」

我的律師指出：

> 這份被一審法院採信的證據，從內容到形式都是不合法的。首先，某製片方是本案的利害關係人，不是國家的審稿機構，不具備出示該證明的資格。再者，根據《最高法院關於適用民事訴訟法若干問題的意見》第七十七條之規定：依照民事訴訟法第六十五條由有關單位向人民法院提出的證明文書，應由單位負責人簽字或蓋章，並加蓋單位印章。這份證明只有單位公章，沒有負責人簽字。其內容有十幾處虛假之多，瀟湘電影製片廠與趙女士早已簽訂兩份合同，而該證明卻不尊重起碼的事實，稱『趙女士對署名、稿酬隻字未提』。趙女士是修改張雅文的劇本，可證明卻稱『趙女士不願看張雅文的原稿』，『與張雅文的原稿相比已面目全非，除劇中部分人物名字與張雅文原稿相同外，其他方面沒有一點保留痕跡』。這一切都證明趙女士從一開始就存在著侵權的故意。這份他們出示的證明恰恰是他們侵權的證據！

四

此刻，我並不知道有人已經取代了我的編劇。

我急忙給 A 先生和周先生打電話，打不通，又給小潘打，小潘說：「張大姐，對劇本的意見你不要再找我了，找我已經沒用了。你找央視影視部吧！」後來得知，小潘因為對改編本提出質疑而遭到批評，最後連編輯署名都被拿掉了。

無奈，我只好對改編本存在的諸多問題提出十幾條書面意見，就改編者對我劇本的態度，正式向製片方提出書面質疑：「改編者採取全盤否定原著，甚至採取與原著相悖表現形式的做法，既不符合道義，又不符合法律，更不利於劇本的修改……」

7 月 20 日，我將對改編本的意見特快寄給瀟湘電影製片廠廠長康健民先生。當天晚上，帶著我修改後的劇本連夜趕往北京。第二天上午，下了火車直奔中央電視臺，A 先生不在，只好邀見央視影視部一位主任，中午在央視餐廳見面。

面對飯菜，我一口沒動，儘管我連早飯都沒吃。

這位主任說劇本已經交給導演了。你對劇本有什麼意見，可以跟導演直接談，並且撥通了導演的電話。

我握著話筒，就像握著最後一線希望：「導演，我覺得劇本有些問題……」

「什麼問題？」

「首先，我覺得立意有點淺……」我的話沒等說完卻被對方打斷了。

「張雅文，你這麼說我很不高興！我非常不高興！我告訴你，我是很尊重你的，我希望你要看到別人的長處！如果你這種態度，我可以向央視打報告，我不接這部戲了！」

我頓時呆了。我不明白一個編劇難道連對自己的劇本提意見的權利都沒有嗎？更不明白，我剛說一句話，導演為什麼衝我發這麼大的火？後來得知，在研討會上，第一個高度讚揚趙女士劇本的正是這位導演。我不知這位資深導演是看不出劇本存在的問題，還是其他原因影響著他的藝術判斷力？

最後一線希望破滅了，就在衆目睽睽的餐廳裡，我再也止不住淚水。

主任說：「你哭什麼你？有話你就說嘛！」

「我希望你們能認真地看看我這稿劇本……」並將我的劇本及對改編本的意見都留給了他。

走出餐廳，外面電閃雷鳴，下著瓢潑大雨。我卻淚雨交加地走在長安街上。

其實在改編本研討會上，有關專家早就提出《蓋》劇是一部嚴肅的正劇，不應該有大量表現強姦、叛徒等媚俗的戲，應大力表現比利時人民反抗德國法西斯的一面，不應過多展示比利時民衆低劣的人性。一位領導甚至說：「你們不要排斥張雅文，一定要把她劇本中好的部分拿過來！」

我不理解，我是編劇，為什麼要排斥我？為什麼專家的意見都不能引起改編者的重視？為什麼就沒人聽聽我這編劇的呼聲？就連錢秀玲的侄子錢憲人、錢為強先生，也對改編本提出了看法：「我們認為這部作品沒有寫出個性鮮明的人物，沒有震撼觀衆心靈的人和事。很多事物、人物的行動和語言，是以中國現代社會的思維來表現的，甚至有不少『文革』時期人物行動語言的影子……」

我找到導演助理跟她苦口婆心地談了一上午，並通過她給導演捎去一封長信，懇請導演一定要把好劇本關。我在信中說：「我們的名字都不重要，重要的是向觀衆推出一部好作品。否則，我們有愧於這個題材，也有愧於錢秀玲老人……」

我並不知道，趙女士與製片方已簽訂了第二份〈補充協議〉，我已經不是編劇了，我還在這不自量力地自作多情呢。

五

2001 年 8 月 25 日晚十點，我接到一個神秘的電話，是一個男的打來的。

他說：「張雅文，在《蓋》劇新聞發佈會上，你應該以編劇的身份出現在媒體面前。否則，你的編劇署名肯定保不住了。」

「不可能，我跟瀟湘電影製片廠簽有合同！」我急忙問了一句，「請問你是誰？」

「你太天真了。他們已經簽了合同……」

「什麼合同？你說誰簽了合同？」

他猶豫了片刻，說一句「你自己考慮吧」！就把電話掛了。

這人到底是誰？為什麼給我打這個電話？是想挑撥我和

製片人的關係，還是他知道什麼內幕？我急忙打電話跟先生商量怎麼辦。

先生說：「這人肯定知道內幕，你應該按照他說的辦……」

第二天，我向製片人提出我以編劇身份向來參加《蓋》劇新聞發佈會的艾克興市市長杜特裡約先生贈送鮮花和禮品，他們同意了。在新聞發佈會上，卻發現整個新聞稿沒提到一句編劇。而且，當我獻完鮮花記者找我採訪時，某位製片人竟然出面制止。

9月7日晚十一點，我接到朋友范導演打來電話，問我：「張大姐怎麼回事？《蓋》劇編劇怎麼不是你？你快看央視一套！」

我急忙打開電視，央視正播「電視你我他」的節目，趙女士正以《蓋》劇編劇身份侃侃而談呢。字幕打出趙女士是《蓋》劇編劇，而我連個影兒都沒有。

李占恆也打來電話，問我怎麼回事，為什麼編劇不是我，而是那個姓趙的。他說：「會不會又發生上一部兒童電影的事？」

「……」我一時無法回答。

他說：「雅文，對這種侵權的事，你決不能任其發展，否則……」他談到他們瀋陽軍區專業作家、著名電影《黑三角》的編劇李英傑的一部電視劇，因被他人暗中置換編劇，又討不回公道，氣得鬱悶成疾，突發腦溢血從此癱瘓在床。

我的心抖成了一團，手腳冰涼，渾身一點力氣都沒有。我急忙給哈爾濱的先生打電話。

先生說：「看來他們是有預謀的。覺得這個題材好，有人就一心想取代你的編劇。他們從劇本、合同、媒體宣傳等幾個方面來否定你，等到電視劇播出後，造成既定事實，你再有理也沒用了！所以，你必須採取強有力的措施……」

於是，就在這天夜裡，我做出了一個大膽而強硬的決定！這一夜，也因此成了我人生的轉折點。我無法斷定這個決定是對是錯，更無法斷定它對我的人生會有什麼樣的影響？我只知道我的忍耐已經到了極限。我的個性不允許我眼睜睜地看著自己苦苦孕育三年的孩子，活活地被他人奪走。

寧為玉碎，不為瓦全！

我喝了點水，潤了潤冒火般的嗓子，然後坐到了電腦前……

第二天早晨七點，我拿著打印好的五封信，走出家門。五封特快，分別寄給中央電視臺臺長趙化勇、副臺長胡恩、瀟湘電影製片廠廠長康健民以及另外兩位製片方的領導，向他們發出「以死以法抗爭我編劇的權利」的吶喊！我在信中闡述了兩次被侵權的經過，希望能給我起碼的公道，否則我將召開中外記者招待會！

在此之前，儘管我心裡憋屈得要死，我仍然強裝笑臉怕得罪人家。現在已經被逼到了絕路，我這個屢經坎坷、屢遭不公的小人物，為了維護自己的權利豁出去了。

三天后，A先生打來電話，說要跟我談談，我把電話摔了。有生以來第一次這樣無禮地對待他人。

拉伯雷說：「人與人之間，最可痛心的事，莫過於在你認為理應獲得善意和友誼的地方，卻遭受了煩擾和損害。」

不一會兒，我先生從哈爾濱打來電話，說A先生給他去電話談了很長時間，A先生說趙化勇臺長找他了，讓他處理好這件事，還說好多事情並不是他的主意，是上邊定的……中國婦聯領導也打來電話，讓我跟A先生見面談談。

9月18日下午三點，在中國婦聯秘書長的主持下，我和A先生見面了。

A先生說：「編劇還是你，『電視你我他』的節目搞錯了。我也不知道是誰搞的。其實我也很難辦，趙女士是我請來的，你又是我的朋友，我得一手托兩家。你覺得委屈，趙女士還覺得委屈呢。她被我請來四十天拿出劇本，近視眼都快累瞎了。可她只能署名改編，而你卻以編劇的名義上臺去給市長獻花，她手都氣得冰涼……」

是啊，趙女士是你們請來的編劇，你們應該體諒她的感受。可是，你們考慮過我的感受嗎？《蓋》劇是我自費跑到歐洲、歷盡千辛萬苦挖掘的素材，又嘔心瀝血創作出的劇本，你們卻在我毫不知情的情況下，帶著趙女士踏著我給你們牽線搭橋的關係飛往布魯塞爾……之後，你們又背著我簽訂兩份合同，讓趙女士取代我的編劇。你們卻沒一個人坦坦蕩蕩、光明磊落地告知我，而是一直在欺騙我。我這把年紀了，沒門沒窗沒背景，不被人看重也就罷了，可你們總不能像糊弄小孩子一樣耍弄我吧？別說是一個老作家，就是三歲孩子，也受不了這種人格的輕視和權益的傷害呀！我更不理解，你們為什麼不能讓我和趙女士共同努力搞好劇本，而非得要貶低一個，抬高一個，捧一個，排斥一個？

在中國婦聯領導面前，我第一次道出內心的委屈，說到傷心處，不禁老淚縱橫，聽得婦聯秘書長幾次紅了眼圈。

我說：「我從沒有傷害過趙女士，可她卻傷害了我。她不應該在劇本上處處排斥我，她應該本著對《蓋》劇負責的態度來對待劇本。在對待劇本的問題上，其實你們內部的意見並不統一……」

聽到這話，A先生頓時一愣，問我：「你怎麼什麼都知道？誰告訴你的？」見我不回答，他氣憤地說，「我一定要找出這個人，找出來我決不饒他！」

是的，我也想找出這個人。我想好好地謝謝這位有良知、有正義感、有同情心的朋友，可惜一直沒有找到。

不久，《蓋》劇劇組赴比利時開機了。臨行前，我在一家不錯的餐廳請周先生共進晚餐，再次談到我的稿酬問題。他說等資金到位就付給我。

之後，像上次離去時一樣，我帶著破碎的心，踏上北去的列車，不知下一步還會發生什麼。

六

我開始嚴重失眠，整夜在床上輾轉反側。睡著了就做噩夢，總是夢見一幫人來搶我的孩子。我拼命爭搶也搶不過他們，我拼命地大喊：「還我孩子——還我孩子——」過去我從不說夢話，從那時開始，我經常半夜三更大喊大叫，直到今天仍然如此。幾天前，小孫女放假來我家住幾天，半夜被我的哭喊聲嚇醒了，哭著說：「奶奶，你說夢話太嚇人了！我好害怕，我要回家……」我急忙安慰孩子別哭，奶奶不喊了。

我開始不願見任何人，整天坐電腦前，瘋狂地創作《蓋世太保槍口下的中國女人》的長篇小說。四個月完成了四十五萬字的長篇。

我本來是一個開朗、豁達、能自我化解矛盾的人，但這次，我那屢經磨難、一向自以為無比堅強而充滿陽光的心靈，第一次變得扭曲了。一向活潑、開朗的我，一向與歌聲和笑聲相伴的我，竟然連笑都不會笑了。我不知我得了抑鬱症，還是精神分裂症。總之，我患了嚴重的心理疾病。尤其再次接到那個神秘電話之後，我的心變得更加陰暗、更加可怕了。

我明白了一個深刻的人生道理，一個人可以承受無邊的苦難和巨大的付出，但卻承受不了太大的不公和輕蔑。因為人格、尊嚴和權利是一個人的立足之本！

這天晚間，我又接到了那個神秘電話，他開口就問我：「張雅文，你是不是沒有學過編劇？」

「你為什麼問這個？」我敏感地反問了一句。

「你是不是只讀了小學？」

「不，我小學沒有畢業！我一生沒有一張畢業證，連小學畢業證都沒有！」我一聽就來氣了，不由自主地衝他發起火來，「就因為我沒學過編劇，就因為我是小學生，所以他們就瞧不起我，就不相信我的創作實力？我告訴你，這純屬是藉口！」

電話那頭突然沒了聲音，好像被我這番話給嚇住了，好一會兒才問了一句：「你得罪過誰嗎？」

「不！我從沒有得罪過任何人，而是他們欺人太甚了！」接著，我講起那部兒童電影的事……

聽完之後，他猶豫了片刻，才說：「我考慮還是應該告訴你，劇組上報的編劇署名不是你……」

聽到這句話，我的心臟突然劇烈地疼痛起來！

電話掛了，我一頭仰在沙發上，額頭全是冷汗，先生急忙把我扶到床上躺下。

我心裡憤憤不平，小學生怎麼了？小學生就沒有創作實力嗎？當一個人把三十年乃至半生的生命全部抵押在一項事業上，不是投入，而是抵押，我相信這項事業即使是鐵打鋼鑄的，也會因這種巨大的生命投入，融化而變成一尊高潔的聖杯！世界上有多少「小學生」成了著名作家？高爾基、奧斯特洛夫斯基、歐·亨利、馬克·吐溫、盧梭、傑克·倫敦……這只不過是某些人為自己的行為尋找藉口罷了。

在這裡，我不能不借用評論家的筆，為我這個「小學生」説幾句話了。

2002年，黑龍江人民出版社出版了黑龍江省十一位作家評傳。由哈爾濱師範大學吳井泉、王秀臣教授撰寫的《以生命做抵押——張雅文論》寫道：

> 她無論是在小說、報告文學的創作上，還是在影視領域裡都有佳作問世，精品迭出，這不能不令人驚奇。更讓人刮目相看的是，這位在東北廣袤的黑土地上成長起來的作家，卻是迄今中國女作家中，第一位運動員出身，第一位自費到國外採訪，第一位寫出長達四十餘集電視連續劇的女作家。這『三個第一』只是客觀存在，還不能說明她的文學成就和內在的精魂。而她最令人感動、最令人難以忘懷、給我們教益和啟迪最深的是，她僅受過小學五年半的正式教育。就是這樣一位具有小學文化的女作家，竟有如此非凡的傑出創造，不能不讓人感慨萬千、思維如潮……
>
> 命運多舛的人生閱歷，使她的作品充滿了剛健蒼涼的理性之光；敏感多思的個性氣質，使她的作品充滿了憂患而智能的理性之光；自強不息的拼搏精神，構築了她的作品崇高美的風骨；凝重執著的美學追求，使她的作品流淌著昂揚不屈的精神血脈；外傾心態的情感噴射，使她的作品洋溢著汪洋恣肆大氣磅礴的審美氣息……

兩位教授在完成這部評傳時，我在北京，他們連我本人都没見過。

我為自己再多説幾句，權當是自我標榜、自我吹噓吧。本人是國家一級作家、黑龍江省作協副主席、省級有突出貢獻的中青年專家、省裡兩屆黨代會代表、兩屆省級「三八」紅旗手、全國自學成材優秀人物……這是社會對我的承認，而不像有人背後詆毀的那樣，她是一個没水平、没創作能力的「小學生」。是的，我不是命運的寵兒，没有任何背景，從没有得到過上帝的青睞。我的文學成就是靠自己的根根白髮、縷縷皺紋鋪出來的，是靠自己「以生命做抵押」搏出來的。我用自己的作品和人格贏得了社會的承認！

寫到這裡，我想到了鄧亞萍。

她因個子矮小而被所有的教練判過「死刑」。唯有鄭州市隊教練從她眼睛裡看到一種不服輸的勁頭，才收留了她。從此，「卧薪嚐膽」四個字，在小小鄧亞萍心靈深處生了根，發了芽，長成了比她高出幾十倍、幾百倍的參天大樹。可她打得再好，卻遲遲進不了國家隊，進了國家隊也没有教練要她，最後只好由幾次力薦她的張燮林教練親自帶她。1988年，鄧亞萍第一次參加亞錦賽，最後決賽與李惠芬爭奪冠亞軍。李惠芬最後一個球是擦邊，裁判没看清，問鄧亞萍看没看見，她説没看清。鄧亞萍獲得了冠軍。賽後，張燮林問鄧亞萍：「最後一個球到底是不是擦邊？」

鄧亞萍低下了頭。

張燮林發火了：「你為什麼不承認擦邊？」

「這個球對我來說太重要了。我進國家隊太難了，大家都瞧不起我……」

可是，無論鄧亞萍的理由多麼充分，張燮林都絲毫沒有原諒，而是狠狠地批評了她，讓她向李惠芬道歉，向隊裡寫檢查：「你要記住，你不僅要贏球，還要贏對方的心，你要讓對方心裡服氣！輸贏只是技術問題，而你這種做法卻是品德問題。它是任何金牌都換不來的！你要記住，你代表的不是你個人，而是一個國家。你個人的品德將代表著中國人的品德形象！」

我佩服張燮林教練，他不僅教鄧亞萍高超的球技，更教她如何做人。打球只是技術，而做人卻是品德，任何一個行業都是如此。人們佩服在公平競爭中的勝利者，而鄙視那些靠「黑哨」、「黑裁判」獲取獎牌的人。

特殊的職業，造就了特殊的個性。特殊的個性，又造就了特殊的人生。我是運動員出身，我渴望陽光下的競爭，從不會搞陰謀詭計。

文藝作品卻不同於體育，它是仁者見仁，智者見智。凡爾納的《海底兩萬里》曾被十五家出版社退稿。凡．高的作品，在他活著的時候一幅沒賣出去，後來卻賣到了天價。中國的獲獎小說也多有被編輯退稿的情況。影視作品就更難說了，人為的因素更大。

第二天，我撥通了中國婦聯秘書長的電話，問她編劇署名是怎麼回事。

秘書長感到很吃驚：「雅文，你怎麼知道的？聽誰說的？既然你知道了，我就告訴你吧。你是編劇這是早就定的。我們婦聯肯定會堅持我們的意見。如果他們堅持他們的意見，再想辦法……」

A先生在中國婦聯秘書長面前承認我是編劇，但在劇組上報《蓋》劇主創人員名單時，卻將趙女士署為「編劇」，而將我署為「原著」，被中國婦女發展基金會領導一眼發現了，她立刻以製片方（之一）的名義向瀟湘電影製片廠廠長及央視領導打電話闡明了觀點：「張雅文是編劇這是早就定的，不能再改變了！」

這事之後，我的失眠更嚴重了，而且出現了心慌、心悸、心絞痛，脈搏忽高忽低。我經常在夜深人靜時，像個幽靈似的在房間裡走來走去。有一次，先生被我驚醒了，苦苦地哀求我：「雅文，你快把那些破事看淡點吧！要不你就完蛋了。咱還是先要命吧。有命才有一切呀！」

我趴在他肩頭嗚嗚大哭，「他們為什麼這樣對待我？為什麼左一次右一次地欺騙我？你說我到底有什麼錯？」

「雅文，你没有錯，是他們欺人太甚了！我求你千萬想開點吧，要不咱這個家就完了！」

七

我身體壞到了極點，每天只能靠安眠藥睡覺，隨時都發生心絞痛。而且，牙床潰爛，牙齦出血，口腔没有一點唾液，鼻子上一個接一個地長癤子，一連長了五個，弄得鼻子又紅又腫。天天感冒，在屋裡穿著毛衣毛褲披著棉大衣還冷，鼻涕一把接一把。我越來越自閉，不願見任何人。即使這樣，我每天仍然按照人民文學出版社及中國青年出版社編輯的要求，玩命地修改著《蓋》劇本和小說，把兩部四十五萬字的作品分別壓到三十五萬字，就連參加全國作代會期間都在改稿。

2002年除夕，午夜，全家都在電視機前看央視的春節聯歡晚會，活潑可愛的外孫女滿屋追趕著姥爺給買的一隻紅色心形氣球，追著追著，只聽砰的一聲，小傢伙立刻喊起來：「哎呀！我的心碎了！我的心碎了！」

孩子的這句戲言卻說中了我。

電話響，我端著餃子來接電話，一位朋友來電話拜年，末了說了一句：「雅文，我看到《中國電視報》上打出的《蓋》劇廣告，編劇署名好像不是你……」

「是誰？」我急忙問了一句。

「好像是……」

我撂下電話，急忙問先生：「賀玉，我讓你買的電視報呢？」我知道《蓋》劇播出前肯定會打廣告，今天下午讓他去買電視報，他回來卻說電視報賣光了。

「雅文，我本想讓你過個好年……」先生只好走進臥室拿出一沓《中國電視報》遞給我，「雅文，你千萬看淡點吧，咱不要那個編劇署名算了。」

他的話音沒等落地，我手中的盤子和餃子卻一下子掉到了地上。

女兒急忙勸我，「媽，她不就是要那個編劇名嗎？咱不要了，給她算了！」

我不敢相信自己的眼睛，一連四期《中國電視報》，半版篇幅都打著《蓋》劇廣告，編劇位置上醒目地打著一個人的名字：趙女士。根本沒有張雅文的事！全家人都看到了廣告，就是不敢告訴我。

此刻，我的心就像地板上那幾片皺皺巴巴的氣球碎片一樣，不是碎了，而是爆炸了。我相信，一個人的心要被擠壓到一定程度也會爆炸。不過，心要爆炸不會像氣球那樣變成幾塊殘破的碎片，而是要流出鮮血。因為人畢竟是有血有肉、有良知的動物。可我找不到人的良知，腦海裡只有四個字：欺人太甚！

我感到一種從未有過的絕望——一種對人性的絕望！

我先生急忙取來幾粒救心丸塞到我嘴裡。

我想到那位編劇同行以及那些決策者，一定過得很愉快、很開心吧！而我在這個除夕之夜，卻體會到人為什麼會崩潰，為什麼會發瘋，為什麼會自殺或殺人……我相信任何人的承受力都是有限的。

我不求得到他人的青睞，我既不年輕，又不漂亮，既沒錢，又沒背景，只求他人能公平待我，可連這點要求都達不到。我不知這到底是我的錯，還是別人的錯？我不由得想起小C說的那句話：「雅文姐，這真像要強姦你還得要你同意一樣！」

不！強姦只是被人強暴一次身體，現在強暴的是一個人的生命！對一個視文學為生命的作家或藝術家來說，其作品就是她的生命！

第二天是大年初一，一夜未合眼的我，上午十點，撥通了 A 先生的電話，問他這又是怎麼回事？

他說：「這不是我搞的，更不是我的責任。我已經向廣告部提出抗議了，他們下一期就改過來！」

我不知又是誰搞的，更不知由誰來承擔這份責任。我只知道我卻承受著一次次心碎的後果。

大年初一，我揣著這顆破碎的心，又改了一天稿子。晚間六點一刻，兩部書稿終於畫上最後一個句號。之後，我給《中國電視報》廣告部發出一封抗議信……

八

也許，我就像海明威筆下那位老漁夫桑提亞哥一樣，寧肯拖回一副大馬林魚的骨架，也要與鯊魚搏鬥下去。

之後，我把除夕夜帶來的氣憤、不平、痛苦，統統地嚼碎了，咽進肚裡，第二次飛往布魯塞爾。

全家人沒一個贊成我去，怕我把小命丟在歐洲。可我必須要去。因為製片方弄丟了五張錢秀玲老人最珍貴的照片底片，再說我出書要使用老人的照片，需要取得老人的授權。先生見我去意堅決，只好給我帶上心臟藥，買了「一路平安」的條幅讓我帶著。

2002年2月14日大年初三下午一點，登機前，先生雙手搭在我的肩膀上，語重心長地說：「無論遇到什麼情況都要挺住。記住，不管能不能成功，我和孩子都盼望著你能早日歸來。」

我衝先生意味深長地點點頭，轉身向海關走去。

過了海關，我回頭瞅一眼站在遠處向我招手的先生和孩子，心頭掠過一絲蒼涼，甚至有一種視死如歸的悲壯，兩眼模糊了。

昨天晚上，我給人民文學出版社的編輯胡玉萍打電話說：「玉萍，如果我真的飛不回來，這本書就是我的絕筆，你一定要出好……」

「雅文，你胡說什麼呀你？別胡說八道！」胡玉萍嗔怪我。

我的身體和精神都壞到了極點。我不知能否經得住十幾個小時的飛行，更不知錢秀玲老人的監護人能不能同意授權，不知我還能不能飛回來。

但是，個性決定我的行為，也決定著我的命運。

十個小時後，飛機到達法蘭克福機場。我在法蘭克福機場等了六個多小時。坐在空曠的候機大廳裡，不由得想起上次在法蘭克福「撵」飛機的情景，想起見到錢秀玲老人的激動心情……那時，我懷著美好而宏大的願望，什麼苦啊、難啊，全不放在眼裡。可今天，我卻變得身心交瘁，傷痕累累，連署不署自己編劇名字都不知道，更不知劇本改成了什麼樣子。

我乘坐的 4226 次航班在當地時間零點一刻，到達了布魯塞爾機場。

這次來比利時，中國駐比利時大使館文化處派白光明先生陪了我五天。白先生把我送到我事先聯繫好的瀋陽駐布魯塞爾高建武夫婦開的招待所。

中午，白先生陪我來到陸嘉興先生的餐館，看到錢秀玲老人比兩年前老多了，仍然一副笑容可掬的慈祥模樣。

「錢媽媽，您還認識我嗎？」我問她。

「認識。」

「記得我是誰嗎？」

老人卻搖了搖頭。我拿出為他們每人準備的禮物，送給老人一條花格羊絨大披肩，送給米加夫婦一套中國工藝品及一塊絲綢⋯⋯

米加夫婦開口就質問我，我聽不懂他們說什麼，但從表情上看出他們好像很生氣。

白先生翻譯說：「他們問你，為什麼後來換成了另一名編劇，而不是你？劇組到來之後，為什麼一點不尊重他們，連聲招呼都不打，就向媒體大肆宣傳他們的母親？」白先生低聲對我說了一句，「我們必須化解他們的不滿情緒。」

原來，劇組與錢家人搞僵了，雙方都動用了律師。米加夫婦提出，不許劇組在《蓋》劇中使用錢秀玲老人的肖像，不許在宣傳中提到錢秀玲的名字。後來，錢秀玲老人的孫女來中國拍攝她祖母的紀錄片，給我打電話，我請人民文學出版社給她發的邀請函。

我越發擔心授權問題，只好賠著笑臉向他們道歉：「對不起，劇組換成另一名編劇，是為了充實編劇的力量。劇組沒有向您打招呼，是他們年輕考慮事情不周，我向您道歉，請原諒，希望這件事情不要影響了我們之間的關係。」

白先生悄聲說：「張大姐，該道歉的不應該是你……」

米加醫生連連擺手：「No！No！請你放心，這些事情不會影響我們之間的關係！」

我這才客氣地提出了肖像授權問題。白先生翻譯時，我聽到了自己的心跳，像擂鼓似的。我知道，成敗在此一舉。如果不同意，我將白跑了一趟。只見米加醫生衝我點了點頭，拿出紙和筆，在餐桌上匆匆地寫起授權書……

懸了多少天的心，一下子落地了。

接下來的五天，白先生開車陪著我，馬不停蹄地跑了好多地方，來到艾克興市，市長杜特裡約先生熱情地接待了我，給我重新翻拍了弄丟的九十多名人質的照片。我給市長帶去了珍貴禮品——陪他遊覽長城時給他拍的六個膠卷的影集。白先生又帶我來到納粹德國在比利時的軍政總督府塞納弗城堡；又驅車前往一百六十公里外的海爾伯蒙小鎮，找到錢秀玲老人的舊居；又帶我跑到兵器資料館，找到二十多幅納粹將軍法根豪森的照片。資料館的照片要價很高。白先生問我：「張大姐，他們要五十美金一張，你能買嗎？」

「買！多少錢都買！如果我帶的美金不夠，就從你們大使館借點兒。」

白先生跟他們講了半天價，二十多幅照片全部被我買下來。

回國前一天晚上，中國駐比利時大使館關呈遠大使及張文民參贊，在一家歐式餐廳為我舉行小型招待會。大使高度讚揚我做了一件了不起的事情，促進了中比文化的交流。我感謝大使館文化處給我提供了極大幫助。

第二天，我該起程回國了。此刻，我已拿到錢秀玲老人的肖像使用授權書，買到了法根豪森將軍的照片，已經圓滿成功了。但我卻沒有拿到法根豪森受審判的照片。第二天早晨，猶豫再三，我向高夫人開口說，能否帶我再去一趟資料館，還有一張最重要的照片沒有弄到。

我倆頂著大雨打車來到兵器資料館，問他們有沒有法根豪森受審判的照片，工作人員搖搖頭，讓我們去另一家史料館問問。打聽了好多人才找到史料館。

已經是十一點了。十二點二十分，白先生來接我去機場了。我和高夫人急忙跑上樓，遇到一位個子不高、頭髮花白的老人，高夫人問他哪裡能找到納粹將軍法根豪森的照片，老人手一擺，讓我們跟他進屋。

老人從一隻落滿灰塵的盒子裡，拿出四張法根豪森在法庭上受審判的照片，還說：「全比利時只有這四張法根豪森受審判的照片。」

哇，真是天助我也！我情不自禁地張開雙臂，上前擁抱這位陌生的比利時老人。

2 月 21 日中午，先生和孩子在北京機場見到我，一句話沒說，只是緊緊地握著我的手……

是的，我終於勝利歸來了。

我們直接來到中國照相館。晚上五點鐘，我把當天沖洗出來的兩套一百多幅珍貴照片，分別交給了等待下稿的人民文學出版社及中國青年出版社的兩位編輯。在我的《蓋》劇本和小說裡所用的上百幅珍貴照片，就是這樣得來的。

九

2002 年 3 月 28 日，《蓋》劇終於在央視一套黃金時間播出了，張雅文的名字總算打在編劇的位置上，我卻絲毫不興奮，心裡酸楚得想哭。

我的同名長篇小說和劇本，也分別由人民文學出版社和中國青年出版社出版，首發十幾萬冊。外文出版社將小說翻譯成英文出版，並參加了在法蘭克福舉行的世界書展。3 月 27 日，比利時大使特邀我參加了比利時首相伏思達先生舉行的招待會。招待會上，我把《蓋》書贈給了首相，並與他合影留念。

這天，我走進中國婦聯大樓，來向中國婦女發展基金會兩位領導表示謝意。如果沒有她們的一再堅持，我的編劇地位早就被人擠掉了。她們公開講：「你們如何改劇本我不管，但張雅文是編劇這是不可改變的。因為沒有張雅文就沒有這部劇！」

婦聯領導堅持的不僅是一個編劇署名問題，而是一份正義，一份起碼的公道，一份對人格和著作權的捍衛！

婦聯領導說：「雅文，兩年來，我一直也在觀察你。我知道你為了這部劇受了太多的委屈，可你為了顧全大局，一直默默地忍受著。我很佩服你的執著精神，也很欣賞你的人格。我們婦聯本身就是維護婦女權益的，不可能看著不公平的事情在我們身邊發生而不說句公道話。關於你的編劇問題，從一開始就是定下來的，本來就不應該發生那些事……」

一年多來，第一次聽到這樣的話，我十分感動。

婦聯領導還談到一個不錯的婦女題材，問我感不感興趣搞一部電視劇。她說有人曾向她推薦另一個人當編劇，她沒同意。她說她欣賞我的為人及執著精神，所以準備讓我來搞。我告訴她，我剛接手另一個題材。她說：「那太遺憾了。不過沒關係，你什麼時候有時間就來找我，我們等著你。」

在那種遭人貶斥、屢屢被人排擠的情況下，中國婦聯領導居然能拒絕他人的推薦，而選擇我，這不僅是對我創作水平的首肯，更是對我人格的首肯。

在此，我向中國婦女的娘家——中國婦聯、中國婦女發展基金會表示衷心的感謝，感謝她們在我求告無門、欲哭無淚的時候，能站出來為我說句公道話！

《蓋》劇播出後，我還想到一個人——一個給了我莫大幫助、卻不知是誰的人。我想謝謝這位朋友，想送給他一本書。可惜一直找不到他。但我要告訴他，我對那個沉穩持重而帶有磁性的聲音，對他那顆正義而善良的心，將永遠心存感激。謝謝你，我的朋友！

十

《蓋》劇播出後，觀眾一片罵聲。導演不得不就片中的硬傷向觀眾道歉。我去比利時使館送書，女外交官操著生硬的中國話質問我：「請問張女士，你為什麼把我們比利時人民寫得那麼低下？難道你不知道比利時人民在反抗德國法西斯戰鬥中作出了很大貢獻嗎？」我被問得張口結舌。

不少媒體記者極力想撬開我的嘴巴，想讓我談談對《蓋》劇的看法，我一直閉口不談。我覺得《蓋》劇的拍攝不容易，製片方投入了大量資金，演職人員作出了巨大努力。再說，這是國際題材，兩個國家的民眾和領導都很關注這部電視劇，我不能信口雌黃，更不想激化矛盾。

《蓋》劇播完了，噩夢總該結束了，一切恩恩怨怨、爭爭搶搶，都該結束了。我很想逃離這場噩夢，好好療治一下創傷。可是，我善良的願望卻再次被現實擊碎了。

首先向我發難的是導演，公開對媒體貶低我。隨後發現《電影電視文學》第二期雜誌上發表的《蓋》劇劇本，編劇是趙女士，我變成了原著。緊接著，又發現《蓋》劇的VCD、DVD 光碟的編劇署名是 A 先生。

我不明白他們為什麼要這麼幹，難道他們對我的傷害還不夠嗎，還要繼續傷害下去？

我打電話問周先生，什麼時候支付欠我的二十五萬元稿費？他一改以往的態度，拒不承認簽訂過〈補充協議〉，更不同意支付我的稿費。我只好給瀟湘電影製片廠廠長打電話。廠長說：「這件事由周主任個人負責。我跟他談了，他不同意支付，我也沒辦法。你該怎麼做就怎麼做吧。我完全可以理解。」

更可氣的是，某製片人公開對外界講：「我們已經付給張雅文三十萬元稿費了。她還不知足，還要稿費！」

這種詆毀我人格的謊言，給我造成了極壞的影響。我怎麼解釋別人都不相信，只好以我全家人的性命發誓：「我只拿到第一筆稿費十五萬元，否則……」

我不明白，他們為什麼要這樣對待我？一位資深編劇說出的一番話才使我漸漸醒悟：

> 雅文，你要能弄明白，你就不會受窩囊氣了！影視界本來就處於一種無法、無序、無德的狀態。有門有窗的能找個靠山，沒門沒窗的就像孫子似的，只能被人宰割，編劇根本沒有地位！你明明是獨立編劇，等播出來一看，你他媽居然變成小三了！這種事太多了。不把你氣出腦溢血和心臟病就算萬幸了！你有合同有啥用？對某些製片方來說，只是廢紙一張！人家大權在握，不用你當編劇，能給你找出一火車冠冕堂

皇的理由。就說你這部《蓋》劇吧，我說了你可別不高興。我只看了兩集實在看不下去了！太可惜了，這麼好的題材，本應該弄出一部好劇，最後弄成這個樣子，別說你痛心，我都感到痛心！再說編劇，誰都遇到過被製片方請去修改他人劇本的事，如果看到人家的題材好，就變成自己的，那還要著作權法幹啥？做人應該有起碼的道德！我們這些文人真應該先淨化一下自己的靈魂，否則，你爭我奪，目無國法，怎麼可能寫出好作品？又怎麼能淨化社會環境？

後來得知，許多作家和編劇都因被侵權而付出了慘痛代價。有的得腦溢血，有的暈倒在北京天橋上，有的得了嚴重心臟病。

面對一次次明目張膽的侵權，面對所欠的二十五萬元稿費，面對一年多來幾近崩潰的折磨，面對他人的詆毀，我的人格和尊嚴再也不允許我沉默了。

我決定向媒體開口，向法律求助！否則，我無法洗刷他人對我的詆毀，無法保護我起碼的權益！

2002 年 5 月 5 日，我接受了《南方日報》記者的採訪，他們撰寫的〈劇本改編者的權利有多大〉的文章，以半版篇幅發表在《南方日報》上。

我先生堅決反對我打官司：「雅文，我搞了二十多年法律，比你更瞭解法律，也比你更瞭解中國的執法環境。你不要對法律抱有太大希望！法律是死的，法官卻是活的。法官也是人，同樣生活在充滿誘惑的社會裡，同樣受著各種關係的制約……你三起官司同時起訴，就你現在的身體狀況，能受得了嗎？我勸你還是咽下這份委屈吧。」

我一直也想委曲求全，也曾想讓自己的靈魂繼續委屈地跪下去，如果能跪來尊嚴和權利的話。可我卻發現，委曲求來的不是「全」，而是被人一步步地蠶食掉所有的權利。電視劇播完了，侵權還在繼續。我覺得一味地放縱他人的侵權行為，只能使中國文壇的侵權行為更加泛濫，更加肆無忌憚，更加無法無天！

人們說，尊嚴無價，人格無價，權利更無價！

我一直用拙筆為他人吶喊，現在，我要用法律為自己抗爭了。為了我作家的權益和尊嚴，我決定不惜一切代價打這三場官司。

2002 年 6 月，我請北京遠東律師事務所的喬冬生、孫樹理兩位律師擔任我的代理律師，三起官司同時起訴：

> 訴趙女士的侵權案，訴廣東偉佳音像製品有限公司及瀟湘電影製片廠音像公司的 VCD、DVD 侵權案，這兩起案子在北京市第二中級人民法院立案。訴瀟湘電影製片廠著作權轉讓合同糾紛一案，在湖南省長沙市中級人民法院立案。

第四章　在野獸出沒的小興安嶺度過苦難童年

一

我出生在遼寧開原只有一户人家的山溝裡，1954 年夏天，跟隨父母來到伊春南岔一個荒涼的小興安嶺山區。這裡三面環山，周圍是茂密的原始森林，出了山口就是一望無際的大草甸子。山溝裡住著幾户老死不相往來的人家。

我那堅強能幹、從未被苦難壓倒的母親，趴在沒人深的草叢裡放聲大哭。母親哭，我也跟著哭。

父母用柳條拌著稀泥，在山根底下壘起一間不到七平方米的馬架窩棚。窩棚又矮又小，鍋臺連著炕，一上炕腦袋就撞到棚頂，炕腳底下只有半尺高，在炕上直不起腰來，繫褲帶只能下地。窩棚裡只有一扇巴掌大的北窗，夏天熱得要命，滿屋都是黑壓壓的蒼蠅，一到晚間，蚊子、小咬、跳蚤全部出動，咬得我渾身奇癢，撓得胳膊、腿都化膿感染了。冬天屋裡冷得要命，滿牆都是白亮亮的冰霜，水缸都凍裂了。

眼看快到開學的日子了，我問母親：「媽，我上哪去上學呀？」

「唉，」母親長歎一聲，「傻孩子，你看這眼前都是大山，哪有學校哇？」

「不嘛！我要上學！」我哭起來。

「孩子，這山溝裡沒一個孩子上學。人家都不念書，你也別念了。」母親一邊給我擦淚，一邊哄我，「你沒聽一到晚間就聽見狼嚎嗎？你自個跑到山外去上學，萬一讓狼吃了，媽不悔死了？」

我卻哭著央求母親：「媽我不怕。我求你了媽，讓我念書吧！」

母親一臉無奈：「唉，這裡沒有學校……」

「那我自個兒回佳木斯找哥哥去！」我哭喊道。

「你敢！看我不打折你的腿！」兩手沾滿黑泥正往窩棚上抹泥的父親，一臉怒氣地接過話茬兒，「你這敗家的孩子，這邊連飯都吃不上，你他媽的念啥書念書？痛快給我端泥來！」

「你不是說，萬般皆下品，唯有讀書高嗎？」我嘟噥了一句。

「小兔崽子，你他媽的還敢跟我頂嘴？」父親抓起一根柳條棍子就衝我奔過來，母親急忙把我擋在身後讓我快跑。

這天晚上，躺在潮濕、悶熱、一巴掌能打死好幾個蚊子的窩棚裡，父親罵了我半宿，我也哭了半宿。

我在佳木斯只讀了一年級，但對書本、對學校卻產生了濃厚的興趣。我從封閉的大山裡走出來，看到城市裡那種嶄新的、與我家完全不同的生活，我幼小心靈受到極大的觸動。這種觸動就像現在的農村人來到城裡一樣。我渴望像城裡孩子那樣在學校裡唱歌、跳舞、學習，渴望長大以後也像城裡人那樣快樂地工作。

人的命運往往就在自己不成熟、不經意間決定了。

第二天早晨，我正睡著，父親没好氣地喊我：「痛快起來！」

我睜開眼睛疑惑地看著父親，不知他叫我起來幹什麼。正忙著做飯的母親站在鍋臺邊，隔著一尺高的矮牆對我說：「你不是要念書嗎？」

一聽「念書」兩個字，我從炕上騰地跳了起來，腦袋砰一聲撞到棚頂的檩子上，把腦袋撞出了一個大包。

出了家門，父親就大步流星地走在前面，我背著書包緊捯騰著兩條小腿，跟頭把式地跟在他身後。出了山口，來到一眼望不到盡頭的大草甸子。草甸子裡常年積水，長滿了一人多深的蒿草及多年的塌頭墩子。没有道眼，只能在塌頭墩子上蹦來蹦去。我的腳啪嚓一聲掉進泥水裡，兩隻鞋全濕透了。出了大草甸子，順著山根有一條幾十米寬的河，叫永翠河。父親沿著山根向前走。看著父親大步流星的背影我挺生氣，覺得父親不管我的死活。父親就是要讓我知道，從今往後就你一個人走這條山路，什麼泥呀、水呀、蛇呀，你都得受著，受不了就甭想上學！

走了兩個多小時，終於來到一個村子，不記得叫什麼村子了，只記得山坡上有一間孤零零的、東倒西歪的破草房——這就是我的學校。

一名男老師，二十五六歲的樣子，頭髮亂蓬蓬的，穿著一件破棉襖，腰間紮著一根草繩子，光著腳，一股股黑泥從他腳指頭縫兒裡鑽出來，像一條條小泥鰍似的。他笑眯眯地望著我，問我念幾年級了。

我心想：「這哪是老師呀？穿著大破棉襖，連鞋都不穿……」

老師姓羅，學校就他一名教師，一個教室。

從此，我就在這只有一個班級卻有三個年級的學校上學了。

多年以後我才意識到，這次哭著喊著要上學是多麼正確。否則，我像山裡許多孩子一樣糊裡糊塗地成了小文盲，也像我的幾個姐姐一樣成了睜眼瞎子，我這一生該是多悲哀啊！

二

從此，十歲的我每天風雨無阻地走在那條雜草叢生、野獸出沒的山路上，每天要走三四個小時，往返二十多里路，一雙小腳整天泡在濕漉漉的布鞋裡，腳丫子都泡白了。

路上，我扯開嗓門兒大聲唱歌：「來呀，看呀！楊柳條變綠了。來呀，看呀！桃花也開了。大家都歡唱，春天來了！」在學校學會的歌唱沒了，就自己胡編，見到路邊開的石竹花我就唱：「石竹花，你真美麗。我把你折下來，你可別生氣……」

每當看到美麗的朝霞，看到微風吹動望不到盡頭的大草甸子，看到大雨過後五彩繽紛的彩虹……我就想唱歌，就想把心中美好的感受唱出來，可我不會那麼多歌，也沒有那麼多辭彙，只能信口胡編。現在一想，這可能就是大自然賜給我的美感啟蒙吧。每天我都衝著太陽唱，衝著山澗的小溪唱，衝著路邊的石竹花唱，不為別的，只為了給自己壯膽。我想狼要聽見我唱歌就會被嚇跑了。

無論多麼害怕，每天早晨，一個小人兒都會準時出現在沒人深的大草甸子裡，出現在那條彎彎曲曲的山路上。

夏天和秋天還算好過，到了冬天就更難熬了。

冬天天短，雪又大，早晨天沒亮就得動身，晚上沒等放學天就黑了。零下二三十度，我穿著沒有襯衣、襯褲，連褲衩背心都沒有的空心棉襖、棉褲，揣著玉米麵餅子，腳上穿著「長出」厚厚雪釘的棉布鞋，每天跟頭把式地滾爬在風雪交加的山路上，手和腳凍得又紅又腫，耳朵凍得直淌黃水。可我不敢對母親說，怕父親知道該不讓我上學了。一天早晨，母親發現我的腳凍得像饅頭似的，穿不上鞋了，就埋怨我：「瞧你這孩子，手腳凍成這樣咋不告訴媽呢？」

從那以後，母親每天晚間熬茄秧水給我洗凍瘡。

三

這年冬天，我遇到一件可怕的事。

這天夜裡，雪下得很大，早晨一出門大雪就沒了鞋幫。

放學時，雪停了，我趟著很深的積雪往家裡走。山路上沒有道眼兒，只好跑到河套的扒犁道上。走走，忽然聽到身後傳來馬蹄聲，我急忙躲開冰道，一隻馬扒犁從我身邊飛馳而過，只見頭戴狗皮帽子的車老闆回頭瞅瞅我，「吁」一聲拽住了韁繩，喊我：「小丫頭，上來拉你一段！」

我急忙樂顛顛地爬上大板車似的扒犁。隨著狗皮帽子的一聲「駕」，馬扒犁飛快地跑起來，身後卷起一片白茫茫的雪末兒。

狗皮帽子讓我跟他並排坐在扒犁前邊，問我多大了，家住哪？聽說我住在十幾里外的山溝裡，又問我：「你一個小丫頭跑這麼遠的山路，不害怕嗎？」

我說不怕，習慣了。

他又問我冷不冷。我說不冷。

他說：「大冷天，你穿這麼點能不冷嗎？來，俺給你暖和暖和！」說著，解開他的羊皮襖把我摟進懷裡，隨後把一隻冰冷的大手伸進我的棉襖裡，摸著我光溜溜的小胸脯，又摸著我冰冷的肚皮。我連連打著冷戰，渾身起雞皮疙瘩。我不知他要幹什麼，但憑著一個孩子的敏感，覺得這個狗皮帽子不是好人，像拍花的。我多次聽母親說過拍花的，把小孩兒領到沒人地方殺了，然後滿街叫賣肉包子。

我大喊：「快停下！我不坐了！我要下去！快停下！」

「小丫頭你怎麼不知好歹？死冷寒天的下去幹啥？」狗皮帽子忙把手縮了回去，又換作和緩的口氣，「聽話，等一會兒俺給你買糖，買燒餅……駕！」他用力一揮鞭子，馬扒犁跑得更快了。

「不！我不要！你痛快讓我下去！我要回家！」

可我扯破了嗓子拼命哭喊，該死的狗皮帽子就是不肯停下。他一手牽著韁繩，一手死死地抓著我，偶爾用睫毛上掛滿白霜的眼睛狠狠地盯我一眼。我一個螞蚱大的孩子，死活也掙不開那男人的大手。

我哭喊著，盼望能遇到一個人，可是冰道上連個人影都沒有，只有一片白茫茫的絕望。在這死冷寒天的傍晚，北方農村家家都在貓冬，很少有人出門。

我暗下決心，一定要逃跑，決不能讓他把我剁成肉餡。我不再哭喊，悄悄等待著機會。那傢伙看我消停下來，以為我老實了，對我多少有點放鬆。

天暗下來，乘他吆喝牲口的當兒，我猛地掙脫開他的大手，拼命向扒犁後邊爬去。那傢伙伸手來抓我沒抓著，我連滾帶爬從扒犁後邊滾了下去。他猛一抽鞭子，馬扒犁跑得更歡了。我的書包帶卻被扒犁後面拴繩索的木樁給掛住了，我一下子被拽倒了。我像死狗似的被飛快的扒犁拖著，飛起的雪末兒打得我睜不開眼睛，眼前一片模糊。我伸手拼命想摘下書包，可我累得筋疲力盡，卻無論如何也摘不下來。我的棉手套丟了，棉襖被拖起來露出肚皮，開始還能覺出冰碴劃在肚皮上的疼痛和冰冷，漸漸地，我被凍僵了，沒了知覺。我不敢吱聲，怕那傢伙聽見再來抓我，只是眼巴巴地盼著，盼著書包帶快點兒斷。我快要被拖死了。書包帶終於斷了。馬蹄聲一下子遠了，我像死人似的趴在冰道上。好一會兒，我才掙扎著爬起來，拖著散架子似的身子順著冰道往回走，又走進那片沒人深的大草甸子，又在那條白茫茫的小道上留下一串歪歪斜斜的腳印。

到家，聽完我的哭訴，從不發牢騷，從來都是默默忍受一切的母親第一次數落起父親：「都怨你那個爹，非得要來這個鬼地方開荒種地！哼，我看你要真出點事，他不得悔死啊？」邊說邊用雪給我搓著凍僵的手和臉。我的手和臉後來凍掉了一層皮。

睡到半夜，我驚恐地大叫起來：「不——我要下去——快停下——媽媽他要殺我——」

第二天，我仍在高燒，說胡話，母親只好用雪來給我降體温。傍晚，高燒漸漸退了，我醒來覺得很餓，對母親說：「媽，我想吃點疙瘩湯……」

母親帶我去大姨家吃過一次白麵疙瘩湯，那是我第一次吃疙瘩湯，覺得世界上最好吃的就是疙瘩湯了。

母親卻沒吱聲，抬頭瞅了一眼父親。

父親起身向門外走去，卻被我叫住了：「爸，我不想吃了。」

父親猶豫一下，伸手去推門，再次被我叫住了：「爸，我真的不想吃了！」

我知道父親要去鄰居家借白麵，鄰居家也不一定有白麵，那時候家家都很窮。再說借來白麵拿什麼還人家？望著父親站在門口的背影，我知道他一定是落淚了。雖然父親脾氣不好，但他心地善良，愛動感情。好一會兒，父親才說了一句：「我出去劈點柈子。」

不一會兒，門外果然傳來哐哐的劈木頭聲。

母親卻說了一句：「等著，媽給你做疙瘩湯！」

母親在霧氣騰騰的屋裡忙活一陣之後，將一水瓢玉米麵做的疙瘩湯端到我面前，說：「來，嚐嚐媽做的疙瘩湯，可好吃了，比你大姨家的還好吃呢！」

半個多世紀過去了，我在星級飯店吃過多少山珍海味，嚐過多少美味佳餚，可我一次都沒記住，唯獨記住了在馬架窩棚裡，母親用玉米麵給我做的這頓疙瘩湯。我吃了一水瓢，出了一身大汗。

第三天早晨，父親破天荒地送我去上學。路上，他一再叮囑我，從今往後不要隨便搭車，不要隨便跟陌生人搭話，還說人比野獸可怕多了。

從那以後，我再也不敢隨便搭車，隨便跟陌生人說話了。

四

這年春天，又發生了一件更可怕的事。

父親說要開河了，一連三天不讓我去上學。這天早晨，我撅著嘴巴衝著父親嚷嚷：「好幾天你就說要開河了，可到現在咋還沒開呢？人家都急死了！」

「敗家的孩子，一點不懂事！」父親嘟嘟囔囔地罵了一句，到房後去收拾豬圈了。我抓起書包，帶著大黃就跑了。上次遇到壞人不久，父親給我弄來一條黃狗給我做伴，我給它起名大黃。

我和大黃來到河邊，看到河面上仍是一片冰雪，雖然踩上去發出輕微的嘎嘎聲，卻掉不下去。

晚上放學回來，卻發現河面上已經開始跑冰排了。白亮亮的冰排一個挨一個，就像一群擁擠的羊羔兒似的。我傻乎乎的並不覺得害怕，覺得挺好玩，帶著大黃，在一塊塊移動的冰塊上跳來跳去，遇到間隙大的冰塊就使勁一跳，冰塊往下一沉，急忙又跳上另一塊冰排，棉鞋很快就濕透了，腳丫子冰冰涼。大黃很懂事，總是在我前面跳過去，然後蹲在冰排上瞅著我。父親後來把我好頓臭罵，罵我是狗屁不懂的冒失鬼，說我仗著體輕，要不非淹死不可！

没想到，我的這次冒險卻葬送了大黃。

過了河，走進大草甸子，我覺得有點不對勁兒。早春的大草甸子一片枯黃，風一吹，發出一陣刷刷聲。大黃幾次警覺地豎起耳朵，衝著身邊的草棵子發出瘆人的叫聲：「汪汪汪！汪汪汪……」

奇怪的是，大黃一叫草甸子裡的刷刷聲立刻没了。我雖然看不見草棵子藏著什麼，但能覺出那刷刷聲好像不是風吹的，而是什麼東西弄出來的。就在不遠處的草棵子裡，好像有什麼野獸在移動，不是一個兩個，而是一排草棵子都在晃動。

我感到毛骨悚然，頭皮發奓，捂著書包拼命往前跑，一邊跑，一邊盯著刷刷響的草棵子。我發現我跑那刷刷聲也跟著我跑，而且越來越近，越來越近，眼看就要到我跟前了，我突然絕望地大叫一聲：「大黃——」

大黃似乎聽懂了我的絕望，又似乎出於忠誠的天性，突然躬身一躍，猛地向草棵子裡撲去……

一人多高的枯草棵子頓時淹沒了大黃的身影，我看不見草叢裡究竟發生了什麼，只聽到一陣令人心驚肉跳的撕咬聲、大黃的狂吠聲：「汪汪汪！汪汪汪！汪汪汪……」大黃的叫聲越來越小，越來越淒涼，最後再也聽不到它的叫聲了。

「大黃——快回來——大黃——」我拼命呼喊著。

草甸子忽然出現了片刻的寧靜，什麼聲音都沒有了，整個大草甸子只響著我慘烈的哭叫聲：「大黃……大黃……」

我不記得是怎樣跑回家的，只記得進門就哭喊著：「爸，快去救救大黃吧！」

父親終於從我顛三倒四的話語中，弄明白了事情的來由，卻開口就罵我：「敗家的孩子，那些餓狼早把大黃給撕爛了！春天的餓狼最可怕了，算你命大，撿了一條小命，要不是大黃，你早沒命了！」

「爸，求你快去救救大黃吧，也許它沒死呢！」我哭喊著央求父親。

我拽著手拿木棒的父親來到大草甸子，只找到幾根白骨及一堆狗毛。

我不相信大黃會死，拼命哭喊：「大黃——大黃——」總覺得它會突然跑到我跟前，衝著我連蹦帶跳地晃著尾巴，可我的大黃再也不會回來了。

這天夜裡，我躺在被淚水打濕的枕頭上始終無法入睡，想起大黃跟著我風裡來雨裡去，無論冬夏都只喝一口刷鍋水，我遭多少罪，它就遭多少罪。可它從無怨言，一直忠實地陪伴著我，直到它生命的最後一刻。我後悔不該喊它，如果不喊它，它就不會死了。我不敢想像今後沒有了大黃，我該怎樣走過那片荒無人跡的大草甸子，又該怎樣走過那條風雪瀰漫的漫長山路。

三年來，我遇到過狼，遇到過野豬，遇到過狗皮帽子，遇到過無數次的暴風雪……我不知今後還會遇到什麼，更不知在這條十幾里的山路上還要跑多久。可我知道，不管跑多久，不管今後還會遇到什麼，我都會繼續跑下去，任何困難都阻擋不住我要上學的腳步！因我心裡有一個美好的願望，將來回到城裡，我也要像城裡孩子那樣在學校裡唱歌、跳舞、學習！

我發現，我骨子裡有一種與生俱來的特質，那就是只要認準一條道，不管遇到多少艱難、坎坷，我都會堅定不移地走下去，不達目的誓不甘休。說我執著也好，說我固執也罷，總之我天生就是這副個性。

母親的煙袋在黑暗中一晃一晃地閃著光亮，窩棚裡瀰漫著濃烈的煙草味。母親一邊抽煙，一邊小聲磨叨：「要不是大黃，咱老叨咕今天肯定沒命了。往後，你說這孩子一走進大草甸子，多害怕呀！」

父親沉默著，一個勁兒地喘著粗氣。

母親又說：「想想法子吧，不能再讓老叨咕……」

「想啥法子？有啥法子可想？」父親沒好氣地打斷了母親，「就看她自個兒命大命小了！要不就別念了，一個丫頭念不念書能咋的？能有啥出息？」

一聽父親說丫頭沒出息我就來氣。丫頭同樣是人，為啥就不能有出息？在我幼小心靈裡產生一種強烈的逆反心理，我長大一定要有出息！

我突然氣呼呼地冒出一句：「我寧可被狼吃了也要上學！」剛剛經歷了大黃的死，我好像什麼都不怕了，包括我的父親。

我的喊聲把父母嚇了一跳，他們瞪大眼睛驚訝地看著我。黑暗中，只見母親「呼」地坐了起來，把煙袋鍋往炕沿上啪啪猛磕兩下，厲聲道：「我不能看著孩子再遭這份罪了！這哪是人過的日子？你不走，我帶著孩子離開這個鬼地方！」

在我的記憶裡，從來都是父親向母親發火，母親從來都是低眉順眼地忍氣吞聲。母親第一次衝父親發火了。我急忙坐起來靠在母親身邊。我們娘兒倆肩並肩，一齊望著黑暗中的父親……

父親一聲沒吭。

第二天早晨，我早早起來揣個玉米餅子就跑了。母親追出來喊我：「等等，我送你！」

「不用！」

「可你走進那片大草甸子……不害怕嗎？」

「不害怕。」

「媽送你到山口。」

到了山口，我讓母親快回去。母親拍拍我的肩膀，叮囑我：「媽站在這看著你，你自個兒多留點兒心，冰排沒跑完就回來，落下的課程媽教你……早點回來噢！」

我點點頭，轉身跑去的剎那，眼淚就下來了。

一進大草甸子，我立刻就被昨天那種瘮人的恐怖包圍了。我彷彿聽到了大黃的慘叫，彷彿覺得草棵子裡到處都藏著狼，隨時可能衝出來，隨時可能像咬死大黃一樣咬死我，把我吃剩幾塊小骨頭……

我氣喘吁吁地邊跑邊唱歌，不是唱，而是拚命地號，就是為了驅散心中的恐怖：「雄赳赳，氣昂昂，跨過鴨綠江！保和平，衛祖國，就是保家鄉……」

第五章　一生中最正確的選擇

一

1963 年 4 月 1 日，我在運動隊因腿骨折轉業回家了，背著行李，蔫頭耷腦地回到佳木斯最小、最破、最不起眼的茅草屋裡。

父母卻像歡迎凱旋的英雄一樣歡迎我。父親把一個底層人苦苦掙扎的希望，全部寄託在我這個最小的女兒身上，拉煤車、攬大醬、幹瓦工、賣菜……一分一角地為我攢錢，希望我能考大學，將來能出人頭地。父親對他這個小女兒懷著怎樣一番期待與厚愛呀！可我卻毅然決然地跑進體工隊，最後又灰溜溜地敗下陣來了。

1963 年 5 月 10 日，我被分配到佳木斯市人民銀行會計科。

但我卻沉浸在理想破滅後的失落與茫然之中而無法自拔。開會時，我的眼睛總是盯著窗外被風吹得沙沙響的樹葉，覺得那樹葉真好、真自由。我卻像一匹被套上籠頭的野馬，被套住的不僅是我的身體，還有我那顆不安分的靈魂。

父親說：「銀行、郵局、鐵路，三大行業是鐵飯碗，到啥時候都有飯吃。」

父親是現實的，首先考慮的是生存，而我卻是一個理想主義者，總想轟轟烈烈地幹一番事業，總是嚮往有理想、有追求、有激情的生活，而對眼前這種呆板、重複、缺少創意的工作絲毫不感興趣。

我家房後有一條杏林河，下班後，杏林河邊的長堤就是我最好的去處。家太小，想看書就得上炕，想找個安靜的地方都沒有。我在長堤上一直坐到深夜。我無數次地問自己：怎麼辦？就這樣默默無聞地混一輩子，我不認可，可我還能幹什麼？還能有什麼出息？

魯迅說：「人生最痛苦的是夢醒了無路可走。」

正是夢醒時分，可我卻找不到出路，我不知路在何方？

我渴望回學校去讀書，渴望重新選擇人生。可我已經十九歲了，連小學都没畢業，哪個年級還能要我？我望著杏林河的污水裡漂浮的泛著白沫的落葉，常常問自己：你是不是就像那些飄浮的落葉一樣，隨著逝去的年華，很快就被污濁的流水毫無聲息地漂走了，消亡了？

本是花一樣的年華，我卻在這裡過早地傷感人生了。

二

在我最痛苦、最彷徨、最找不到出路的時候，一位朋友走進了我的人生。她叫韓玉華，是滑雪隊運動員轉業下來的，後來考取了哈工大。

那是一個難忘的仲夏之夜，月亮很大，如洗的月光灑滿了杏林河畔。我和她坐在長堤上，仰望著滿天的星斗，她說她最喜歡看滿天星斗了，總幻想有一天，去探索這宇宙的奧秘。她說：「雅文，我們這麼年輕，應該有理想，有抱負，將來成就一番事業。我們訓練那麼苦都不怕，還有什麼困難不能克服的？你要記住，做人要做優秀的人，要像愛迪生和牛頓那樣，對人類有所貢獻。」

這本是一個愛幻想的年輕人信口說出的一番激情之言，但對於正處在彷徨的人生路口、正渴望有人指點迷津的我來說，卻給了我刻骨銘心的啟迪。

「做人要做優秀的人」從此成為我一生的座右銘。

她說：「雅文，你應該有自己喜歡的人生格言……」

我說：「我最喜歡李清照那句詩，『生當作人傑，死亦為鬼雄』。」

「嗯，很好。我們應該記住今天的日子，1963 年 8 月 2 日。」

兩個滿腦子幻想的年輕姑娘，竟把自己「裝扮」成偉大人物。而且，這種「裝扮」不是一閃即逝，而是主宰了我整個青年時代，激勵我許多年。

在我撰寫這部書稿期間，幾十年沒見面的韓玉華到我家來做客，聽我說完，她竟然笑得前仰後合：「你說我那時候咋那麼能裝呢？」

但不管怎樣，她對我的影響卻是真的。

在我的青少年時代，遇到兩個重要的人，一個是我的先生，他使我懂得了讀書和學習，並給了我始終不渝的愛情。另一個就是韓玉華，她在我人生最彷徨、最茫然的時刻，給了我啟蒙性的點撥。

那時候，我並不明白什麼叫「人格構建」，更不知道什麼是「人格歸宿」，僅憑天生具有的淳樸與善良，自覺與不自覺地構建著我的人格，有意與無意地追求著我的理想，以人性中最淳樸、最原生態的品格塑造自己，尋找著我所嚮往的美好人生。

1963 年 8 月 2 日，我在日記中寫道：

「魯迅說，希望是本無所謂有，無所謂無的，這正如地上的路，其實地上本沒有路，走的人多了，也便成了路。從明天開始，我決心要像韓玉華那樣努力學習，將來考大學，爭取成為一個有所作為的人。切記，不要彷徨，不要氣餒，千里之行，始於足下，勇敢地開始吧！」

如果說，當初一心要讀書，一心要當運動員，還帶著少年時代的盲目與衝動，但後來所做的一切，卻是我冷静而理性的選擇了。

三

我的彷徨終於結束了。

我決心一邊上班，一邊自學初、高中的全部文科課本，爭取幾年之後考大學。那時候在職幹部參加高考，數學可以免試，所以不用啃數學。

我像訓練一樣給自己制定出嚴格的、雷打不動的學習計畫，每天要完成五個小時的學習課時，每月一百五十個小時。

有人說：「理想是人生的太陽。」

我終於結束了彷徨與迷茫，找到了驅散心靈陰影的力量，重新找到了支撐生命的內在驅動力。總之，又有了生命動力——幻想有朝一日能走進大學，重新去選擇人生！為了實現這個美好的夢想，我將不惜一切代價，就像當年一心要當運動員一樣！

晚間，父母都睡下了，我坐在炕梢的炕沿上，用報紙卷個筒罩住燈泡，開始啃初中的課本，不認識的字就查字典，把生字寫到紙糊的牆上，寫滿了再重新糊一層。幾年下來，我不知把我家炕梢的牆壁糊了多少層紙。把歷史的年代表掛在炕梢的另一面牆上，每天背它。最難啃的是文言文，看半天都弄不懂是什麼意思。每週寫一篇作文，週末拿著作文去找機關幹校的王連舉老師，或者去找中學的一位趙老師請他們幫我批改。幾年下來，我做了一百多篇作文。

開始幾天，睡在炕頭的父親聽到座鐘敲十一下時，就抬起頭皺著眉頭瞅一眼座鐘，我假裝沒看見繼續看書。當座鐘敲十二下時，父親就開始大喘粗氣，一個勁兒地翻身，嘟嘟囔囔地罵開了：「敗家的孩子，該上學的時候不好好上學，跑到體委去瞎胡鬧！該上班又不好好上班，點燈熬油浪費電。學那些玩意兒有啥用？跟你工作有啥關係？淨他媽胡扯，還不如好好練練算盤呢！」

難怪父親罵，第二天他要出去幹活，五十多歲的人了，仍在為著生計奔波。

一天深夜，我的翻書聲終於把父親惹火了，他起身奔過來，一把奪過我手中的課本刷刷地撕開了，邊撕邊罵：「敗家的孩子，天天點燈熬油要考什麼大學，我讓你考……」撕完，他使勁一拽燈繩，用力過猛，燈繩斷了。

屋裡頓時漆黑一團，只有扔到地上的課本閃出幾片慘澹的白光。我捧著被撕碎的課本，在炕沿上坐了半宿。

我知道，我偷走户口本和行李那件事傷透了父親的心，他不相信我能考上大學，認為我這輩子再不會有出息了，能幹好銀行工作就不錯了。但我知道，無論父親怎麼發火，都改變不了我要考大學的決心了。我已經失去一次求學機會，再不能失去第二次了。

後來我才意識到，這次堅持對我來說又是多麼重要！儘管最終我沒能考大學，但卻使我養成了自學的習慣，為我後來的創作打下了文化基礎。如果我放棄學習，那麼我的人生完全可能是另一種樣子。

1966年，我自學完了初高中全部文科課程，準備報考大學，文化大革命來了。

第六章　一句玩笑，讓我把生命的最後一枚銅板押在文學的聖壇上

一

1977年，我本以為我這顆心已經死了。

全國恢復高考，看到一些年輕人紛紛復習課程準備高考，我這才發現我那顆心並沒有死，它還活著，而且活得比任何時候都痛苦。初試那天早晨，看到別人興致勃勃地走進考場，我卻趴在考場大門外偷偷地哭了。為了這一天，我苦苦地準備了好幾年。現在，我多麼希望像那些考生一樣，重新去選擇一回人生啊！可是，生不逢時，時不待我。兩個孩子太小，孩子需要我，先生需要我，這個剛剛平靜下來的家更需要我。

十多年前，我剛從運動隊下來時，也像今天這樣痛苦地彷徨過，可那時才十九歲，幹什麼都來得及。如今已是人到

中年，兩個孩子的母親，我覺得再不會有任何機會了。

可是，再彷徨，再痛苦，日子還得繼續過下去。一個底層的小草民，唯一能做的就是在睡不著覺的時候，偷偷地回味一下，悄悄地舔舐一下痛苦的心靈，把那些不現實的想法藏在心底，成為一個終生的遺憾，一份永久的證明，證明自己也曾像許多年輕人一樣夢想過、追求過，只能如此了。

1979年3月，全國冰球比賽在佳木斯舉行，這天晚上，我跟先生看冰球比賽回來，凍得嘶嘶哈哈的卻很興奮。先生開玩笑說：「哎，等咱倆老了寫一部體育小說，讓小說中的人物去拿世界冠軍，去圓咱們的冠軍夢！」

不知冥冥之中是否真有一種神秘的東西主宰著人的命運，聽到這句玩笑，我卻異常興奮，好像我一直在等待著這句話，又似乎這輩子就是為了這句話才來到世界的！

有人曾說：「機遇只垂青那些懂得怎樣追求她的人。」

我覺得機遇就像天上的流星，一閃即逝，就看你能否抓住它。

我對自己說：「幹嗎要等到老年？我現在就寫！」

於是，就在這個早春的夜晚，一個異想天開的大膽想法，又從我心底裡冒出來，隨之，一種久違了的激情又開始澎湃起來，就像少年時第一次看到運動員訓練一樣。不，比那次更強烈、更堅定，也更瘋狂！因為我知道，這是命運拋給我的最後一根纜繩，我必須牢牢地抓住它，否則就再也沒有機會了！我所以能抓住這句玩笑，並把它變成改變命運的契機，還是我那不甘於平庸不甘於默默無聞的個性在起著主導作用，也再次決定著我的命運。

在此之前，我從未寫過東西，更沒想過要當什麼作家，然而，這句玩笑卻激發出我個性中潛藏的、歷經磨難而癡心不改的特質。

不久，《合江日報》副刊部老師邀我參加報社舉辦的文學講習班。參加講習班的三十多個人，都發表過不少作品，唯獨我只發表過一首小詩。我怕人家瞧不起我，走路都不敢抬頭看人家，總是盯著別人的腳後跟。恰恰是這短短半個月的講習班，成了我人生的轉折點。我就像一個在大海中掙扎得精疲力竭的溺水者，忽然抓到一根救命稻草；更像一個窮途末路者，意外發現兜裡還剩下最後一枚銅板。我決心把這最後一枚銅板全部押在文學的聖壇上！

此刻，中國正掀起十年浩劫後的第一場文學熱。

我背著先生，怕他笑話我，以工廠為素材偷偷寫了一篇小說。捧著這篇三千字的小說，我戰戰兢兢地來到《合江日報》副刊編輯丁繼松老師面前，恭恭敬敬地說：「丁老師，您看看我這篇東西行不行？」

這位老編輯看完之後，操著安徽口音，說出一番話鼓勵了我一生：「雅文同志，我搞了二十多年編輯，我相信我的眼力。我認為你在這方面是有才氣的，希望你能堅持下去。」

於是，我這個既沒有創作前的準備，又沒有多少文化積累，更沒有受過名人指點，只受過五年正規教育的三十五歲女人，僅憑一股初生牛犢不怕虎的虎勁兒，憑著對理想的狂熱，匆匆忙忙衝上了擁擠著千軍萬馬的獨木橋！

1979 年 7 月 6 日，第一篇小說處女作〈生活的浪花〉發表在《合江日報》上。不久，我收到第一筆稿費十二元錢。先生用這筆錢買點肉，炒了幾個菜為我祝賀。孩子一看到肉立刻高興地叫起來：「太好了！媽以後你多寫點兒，咱家就有肉吃了！」這篇小說使全家興奮了好多天。

二

回憶我這一生，許多時間都是在夢想與追求中度過的。

那時候，我並不知道查理斯·薩姆納說過「成功有三個必要的條件，那就是毅力，毅力，還是毅力」！

當過運動員的人都知道，運動員絕不缺少毅力。我深信羅曼·羅蘭說的話：「前途屬於那些一旦決定之後，就不屈不撓不達目的誓不罷休的人！」

從動筆那天開始，我就不是以文人的斯文來進行創作，而是像運動員訓練一樣玩命。我先生說我：「你的那股勁頭不是讓人佩服，而是讓人感到可怕！我相信一個人要有你那股勁頭，沒有不成功的！」

我不是拼一天兩天，而是一拼就是二十年！

我在小桌前貼上自己的座右銘：「不要歎息昨天，昨天已經屬於歷史，而要緊緊地把握今天，今天才屬於現實！」

我知道自己文化功底淺，語言匱乏，知識積累和語言積累都遠遠不夠，必須發憤地讀書，否則不可能寫出東西。我利用一切時間讀書，恨不得把一分鐘掰成兩瓣兒用。白天上班，把小說藏在辦公桌裡偷偷地看，下班回家，一邊搖風箱做飯，一邊囫圇吞棗地啃著《紅樓夢》。一邊切菜，一邊背誦牆上掛的古詩詞。切土豆絲不小心把手指切了，鮮血把菜板都染紅了。把臥室和廚房的牆上，全都掛上古詩詞，幾天換一茬。讀小說讀到好的段落，就把它抄下來。

我像著了魔似的，腦袋裡除了小說沒有別的。白天坐在辦公室裡擺弄數字，心思根本沒放在工作上，上班、走路、騎車、開會……連做夢都在構思小說，因此鬧出了不少笑話。騎著自行車在琢磨小說，騎著騎著，忽然騎到路邊一個男人的兩腿中間了。那人夾著自行車前軲轆回頭問我：「你這是往哪騎呀？」我這才猛然驚醒，急忙向人家道歉。由於心不在焉，我家所有的鍋碗瓢盆沒有不掉漆的。我一天打過兩隻暖壺，兩天擰折過兩把拖布桿，常把暖瓶蓋扔進水壺裡……最狼狽的一次，居然跟著一個男同胞闖進了男廁所。後來再上廁所，我總是一再提醒自己，千萬別走錯了，太丟人了！

我覺得有一種強烈的創作衝動時時撞擊著我、呼喚著我，好像我的每個細胞都被創作的欲望啟動了。我的生命裡充滿了從未有過的激情與活力！

第七章 《玩命俄羅斯》——使我走出人生低谷

一

80年代末，我在創作上走到了最痛苦、最艱難的爬坡階段。

我喜歡寫小說，也喜歡寫報告文學，大家都說我的報告文學比小說寫得好。我想這可能跟我的性格有關，憤怒出詩人，激情出報告文學作家。可是，想寫報告文學，卻找不到好素材；想寫小說，卻發現寫了幾篇報告文學之後，不會寫小說了，一寫小說就像寫報告文學似的，激情有餘而冷靜不足，缺少小說的空靈與含蓄，語言顯得直白而張揚。

我開始失眠，變得心浮氣躁，整夜整夜趴在桌子上，寫完又撕，撕完又寫，清晨扔出去一堆廢紙。深夜，實在寫不下去了，就跑到馬路上漫無目的地走，看著萬家燈火一點點地熄滅，直到賀玉出現在我的面前……

我在日記中寫道：「我沉浸在痛苦的追求之中，聽憑心在低吟，靈在哀鳴。我為自己的人生選擇而自豪，卻又為尋不到突破而苦惱。我就像一匹瞎馬，整天在森林裡東一頭西一頭地瞎闖，為每一絲陽光而興奮，卻又為每一片烏雲而苦惱。茫茫之途，我找不到出路，只有我的心靈在向我的心靈哭訴……」

有一段時間，我乾脆不寫了，拼命讀書，讀《百年孤獨》、《喧囂與騷動》、《第二十一條軍規》、《第三次浪潮》……總之，國內外流行什麼我就讀什麼，什麼魔幻現實主義、黑色幽默、意識流，不管讀什麼都是囫圇吞棗，一知半解，並沒有太大收穫，創作上絲毫沒有長進。

我問自己：你在文學的金字塔上到底能爬多高？三層、五層，還是七層、八層？你到底有多大的天賦和才華供你使用？

有一點我非常清楚，不管文學道路能走多遠，不管我能衝上第幾個臺階，我都會堅定不移地走下去，因為文學已成為我生命的需要，而不是生存的需要！

經過漫長而痛苦的思索之後，我決定給自己鬆綁，決定揚長避短尋找出路。我覺得在寫報告文學和紀實文學方面比較順手，發表的一些作品反響都不錯。可是，那個時期中國的報告文學步入低谷，好多題材都處於敏感領域。於是，我決定開拓一個新的領域——到國外去闖蕩。

後來意識到，這次鬆綁對我來說太重要了。它使我不再像過去那麼不自量力，那麼苛刻，那麼逼迫自己了。我變得自由了。

二

蘇聯剛解體不久，冷凍多年的中俄邊貿開始活躍起來，大批中國人赴俄淘金，人們稱他們是「國際倒爺」。我決定去俄羅斯闖一闖，去那裡的差旅費便宜，護照也好辦。我們這代人是讀著托爾斯泰、屠格涅夫，唱著〈小路〉、〈山楂樹〉，背誦著奧斯特洛夫斯基的人生格言走過來的，對那片神奇的土地充滿了特殊的感情。

先生卻不同意：「俄羅斯那麼亂，你又不會一句外語，一個人跑到異國他鄉，萬一出事怎麼辦？」

我卻覺得只有勇敢地闖入別人沒有闖入的領域，才能發現別人沒有發現的新天地，才有獲得成功的機會。

從 1991 年夏天開始，不會一句外語的我，懷揣一本簡單的《中俄對話》小册子，背著半人高的十幾套皮夾克，拎著兩隻裝有旅遊鞋的旅行袋，夾雜在衆多「倒爺」中間，登上佳木斯開往哈巴羅夫斯克的客輪，一連三次踏上俄羅斯的土地，歷時四個多月，去過哈巴羅夫斯克、莫斯科、新西伯利亞、皮亞季戈爾斯克、車臣、伊爾庫茨克等許多城市。

孤身一人，不會外語，在剛剛解體錯綜複雜的陌生國度裡闖蕩，我的狼狽和處境可想而知。就像一個睜眼瞎子，經常找不到飯店，找不到住處，住過沒有蚊帳的小店，被俄國大蚊子咬得滿身大包，住過留學生的宿舍，住過素昧平生的華僑家，一天只吃一頓飯。深更半夜被一陣砸門聲嚇醒，第二天早晨發現，一個醉鬼躺在門口睡著了。一次，我手拿相機正準備拍照，一個俄國男人走過來，衝我比比劃劃要用他的伏爾加轎車換我的美能達相機。我衝他擺手不同意，他衝上來就搶，嚇得我抱住相機拼命大喊，總算把那傢伙嚇跑了。

每到一座城市，我就隨著「中國倒爺」找個便宜旅館住下來，照葫蘆畫瓢記下住所的門牌號，再把附近的汽車站牌或地鐵站牌記下來，這樣就不至於把自己弄丟了。之後，我就跑到嘈雜的市場上，守著一堆皮夾克和旅遊鞋，跟俄國人「吧唧吧唧」地討價還價，一蹲一天，到了晚上，興高采烈地數著賺來的大把盧布，賺夠了旅費，我就去找華僑、留學生、「倒爺」等各色各樣的人物聊天，聽他們講述在異國他鄉闖蕩的故事。

我感受著豐厚的俄羅斯文化，也目睹了變革時期的俄羅斯現狀，聽到許許多多中國人闖蕩俄羅斯觸目驚心的故事。這些新奇而鮮活的故事激勵著我的靈感，蕩滌著我心中長期以來的迷茫與困惑，在我眼前拓開一片嶄新的視野。

三

最驚心動魄的要數去車臣了。

1992 年 9 月，佳木斯某公司楊經理要去皮亞季戈爾斯克及車臣催要貨款，我決定跟他一起去採訪。楊經理說車臣正在打仗，太危險。

我說：「沒關係，我自己承擔差旅費，出了問題我自己負責！」我覺得能去車臣是一次難得的機會。

我背著十幾套皮夾克，跟隨他們一行三人從哈巴羅夫斯克出發，飛往位於北高加索的皮亞季戈爾斯克，從那裡乘火車再去車臣首府格魯茲尼。

一個深秋的傍晚，我隨同他們三人從皮亞季戈爾斯克登上開往格魯茲尼的列車，住進一間破舊的、門板上有好多窟窿的包廂。已是午夜，我們四人躺在漆黑的包廂裡卻毫無睡意，緊張地盯著從門板窟窿裡射進來的燈光，聽著過道裡不時傳來的腳步聲……

當時，正是俄羅斯與車臣交戰的前夜。這裡除了少數列車及客車與外界通行之外，飛機和鐵路貨運全部被俄羅斯封鎖了。車上的治安極差，經常發生搶劫殺人事件。前不久，據說幾個中國人就在車廂裡被搶了。

正提著心，門外忽然傳來砰砰砰的砸門聲及嘰裡呱啦的吼叫聲。我們誰都不敢吱聲，心都快跳到嗓子眼兒了。只見翻譯起身猛地打開包廂門，衝著門外「嗷嗷」大吼幾聲，回頭對我們說：「幾個傢伙找錯包廂了！」我看見昏暗的過道裡虎視眈眈地站著幾個彪形大漢，鬼知道他們是幹什麼的！

第二天早晨六點鐘，列車終於到達車臣首府格魯茲尼。儘管楊經理電話通知了欠款客户蘇里曼來接我們，但他沒來。我們只好站在秋雨綿綿的站臺上等他。

一直等到下午兩點，我們才見到個子矮小、頭髮稀少、長了一雙貓頭鷹眼、一看就是老滑頭的欠款客户蘇里曼。

一見面，楊經理就譴責他言而無信，質問他為什麼三百萬貨款到現在還遲遲不匯？蘇里曼卻把玩著手中的油筆，說他帳面上有的是錢，但俄羅斯把銀行封了，匯不出去，還說他有大量的石油，但俄羅斯封鎖了海陸空運輸，運不出去。說完，他不以為然地聳聳肩，雙手一攤，擺出一副無可奈何的架勢。一連幾天，都是在這種毫無成效的談判中度過。

在這裡，時時都能感受到戰爭前的恐怖。白天還算平靜，一到晚間，站在旅店窗前往外一看，遠處炮火連天，槍炮聲像爆豆似的，火光把半邊天空都燒紅了！再低頭往窗下看，身著迷彩服、荷槍實彈的士兵，三五成群地在馬路上走過，咔咔的皮靴聲整夜整夜敲著耳鼓。這就是在俄羅斯製造了多起恐怖事件的車臣黑手黨。一到晚間，我們誰都不敢出門，每人買一把斧子，白天出去腰裡都別著斧子。說來可笑，一把斧子能抵擋住黑手黨的衝鋒槍嗎？自己給自己壯壯膽唄！

要說不害怕那是撒謊，但我絲毫不後悔，反而覺得挺自豪，經歷過車臣這樣的戰亂環境（以後），後來再去韓國，去歐洲，就覺得非常輕鬆了。

在格魯兹尼的街上，最引人注目的是乞丐。這裡的乞丐非常多。在一座幾十米長的橋上，我數了數，不下十幾個。一位父親領著三個十來歲的孩子，一看我們過來，三個小傢伙立刻齊刷刷地跪下來，向我們一齊伸出小手……

給我印象最深的是一個十幾歲的少女，一身黑色長裙，一條黑頭巾，身旁放著一隻紅色小木桶，毫無表情，一動不動地坐在橋頭，遠遠看去，就像一幅色調深沉的油畫。我很想扔給她一點錢，但隨行的楊經理告訴我，千萬不要發善心，更不要露富，否則會招來殺身之禍。

在車臣逗留了一週，第八天早晨，我們乘客車離開了這裡。

在車上，我望著滿目蕭條、充滿恐怖的城市，想起旅店老媽媽跟我們告別時說的話：「唉，你們回中國多好，那裡沒有戰爭……」

是啊，生活在戰爭中的人們，多麼渴望和平的生活啊！

我曾問過老媽媽，車臣人願不願意獨立，她悻悻地說：「獨立有什麼好？車臣四面都被俄羅斯包圍著，光有石油有什麼用？現在連麵包都沒有！鬧獨立的都是那些當官的，都是為了爭權奪勢！老百姓要的是安安穩穩地過日子。鬼知道這種提心吊膽的日子什麼時候才能結束！」

老媽媽說得極是，任何一場戰爭都不是老百姓發起的，更不是老百姓所希望的。後來在電視上看到車臣爆發戰爭，我想起那位老媽媽以及在橋頭乞討的孩子，不知她們是否還活著？

上車後，滿嘴起泡的楊經理長歎一聲：「唉，這趟又白跑了！」

為這三百萬貨款，楊經理冒著生命危險六次來到車臣，曾找過車臣共和國總理瑪瑪達耶夫和後來被俄方炸死的總統杜達耶夫，都沒有解決問題。他的密碼箱被人搶跑，在旅館房間裡發現子彈頭，可到最後一分錢都沒要回去。

俄羅斯之行，我的收穫太大了。

我在創作上的苦悶與困惑消失了。我開闢了一個獨特而新奇的境外領域，接連在全國數家報刊發表了〈苦戀〉、〈打到車臣總統府的官司〉、〈被當作人質的經理〉、〈留學的騙局〉等幾十篇紀實作品，出版了報告文學集〈玩命俄羅斯〉。〈為了揭開人類抗衰老之謎〉在《當代》雜誌發表後，編輯部召開了作品研討會。

從這時起，我開始量力而行，能寫什麼就寫什麼，不再苛求「深刻」與「偉大」，不再過分追求「高雅」與「純文學」。總之，不再給自己套上不現實的枷鎖。這樣一來反倒輕鬆了，創作起來多了幾分從容，也多了幾分灑脫。

正因為有過闖俄羅斯的經驗，所以才有了後來的《韓國總統的中國御醫》、《蓋世太保槍口下的中國女人》等作品。

第八章　留給自己和丈夫的兩封遺書

一

現在，該寫到那段最痛苦、最絕望的時光了。

那是一段不堪回首的地獄般的日子。這邊等著我的是三起官司，是法庭上一次次的唇槍舌劍，那邊等待我的是搭六個橋的心臟大手術……

更可悲的是，2004 年 2 月 17 日，北京市高級人民法院開庭審理趙女士上訴案的這天早晨，先生陪我去開庭下樓時一腳踩空，一下子從樓梯上滾了下來，造成兩根肋骨骨裂。我抱住他大哭，我覺得上帝對我們太殘酷了，讓我一個人遭受磨難還不夠，還要讓先生跟著我一起受罪！

從 2001 年 3 月 29 日開始，我就像跌進了一個倒楣的怪圈，天災人禍一個接一個，躲都躲不過去。我因此明白了一個深奧的宿命道理，上帝要是跟你過不去，你啥招都沒有，只能咬緊牙關拼命抗爭，或許還能拼出一條生路。我知道在這命運的背後，卻蘊涵著深刻的、並非我這個作家所能闡釋清楚了的東西。

採訪完劉曉程，我被他的境界與人格深深地打動了。我看到在這物欲橫流的社會裡，還有一個令人敬佩的靈魂、一位聖潔而崇高的守護者。我決心寫完他的報告文學再手術。我要告訴那些像我一樣徘徊於生死邊緣的心臟病同胞，中國有這樣一位偉大的院長，有一所世界一流的國際心血管病醫院。

在這篇作品中，我不僅寫出劉曉程「博愛濟貧」的崇高境界及人生追求，揭示出中國醫療體制的弊端及衛生界的腐敗，而且也真實地寫出了一個心臟病重患無法排遣的痛苦與絕望，一個人徘徊於生死邊緣的孤獨與無助以及對生命的強烈渴望。

我忍受著經常發生的心絞痛，用我剩餘不多之毅力，蘸著幾近枯竭的生命之墨，竭力撰寫著《四萬：四百萬的牽掛》這篇很可能是絕筆的報告文學。

這期間，一向活潑、開朗、奔放的我，一向與歌聲和笑聲相伴的我，再也不能發出笑聲了。我曾試圖用美國總統羅斯福的名言擦拭我心靈的淚，「將死亡視為不可逃避的平常事實而加以接受，便可以永遠地解脫對死亡的恐懼」。我也曾試圖用創造人類奇跡的科學家霍金的痛苦來稀釋我的痛苦，用他的意志堅強著我的意志，也曾試圖用「長壽無可樂，夭折無可悲，顯達無可榮，窮困無可醜」的老莊哲學來平靜自己悲憤的心……卻發現，一向自詡無比堅強、任何苦難都不曾使其低頭的我，原來卻如此脆弱。

傍晚，我和先生在海邊，看潮起潮落，漁歌唱晚，看美麗的夕陽西下，傾聽他人的歡聲笑語，我卻只有憂傷和歎息。萬家燈火，皓皓明月，卻照不亮我陰暗的心，強勁的海風卻吹不散我滿腔的愁緒。

人們常說，苦難對於作家來說是一種財富，我覺得這只能指過去時而言。當生命可能不再屬於這個作家時，苦難絕不是什麼財富，而是一種滅頂的災難，一種殘酷的折磨。哲人的名言在生命斷裂面前，只不過是人們送到死者面前的一束鮮花，鮮花是給活人看的，而死者看到的只能是漆黑的墳墓。我深切地感受著一個人對於生命的強烈渴望，感受著病人渴望醫生來拯救自己生命的殷切企盼，感受著無法排遣的絕望與悲痛。我真切地體會著四百萬心臟病同胞所遭受的、任何語言都無法描述的痛苦煎熬。我只需要煎熬幾個月就可以手術了，可那四百萬同胞卻要煎熬幾年，十幾年，甚至一直煎熬到死……那是怎樣一種漫長而絕望、痛苦而無助的煎熬啊！

在這段時光裡，我每天都如履薄冰般地走在生命的邊緣，很怕一不小心踩重了，踩碎了十分脆弱的生命，使我過早地陷入死亡之谷。

這期間，我的身心壞到了極點，經常發生心絞痛，整夜整夜地失眠，安眠藥對我已經不起作用了，大把大把地掉頭髮，而且，我的情緒極其低落。我想用我的過去打敗我的現在，可我的現在卻得了小兒痲痹症。我再也不是原來那個我了。

雖然，我被殘酷的現實撕去了虛偽的堅強，露出了真實的脆弱。但是，我的個性仍在主宰著我，也主宰著這部後來在社會上引起強烈反響、連連獲獎的作品。我像過去一樣，每天坐在電腦前，把一切痛苦與絕望全部拋到腦後，潛心創作著這部作品。

這篇以生死體驗完成的中篇報告文學《四萬：四百萬的牽掛》，後來發表在《北京文學》，並榮獲中國第三屆傳記文學大獎、黑龍江省政府文學大獎、《北京文學》第二屆「新世紀優秀作品」獎、中國報告文學第四屆「正泰杯優秀作品」獎等諸多獎項。

二

現在，該說說那三起官司了。

三起官司，從 2002 年 7 月立案，到 2007 年 8 月這本書下稿，歷時五年，大大小小開了十幾次庭，從判決看好像我贏了，其實我輸了，輸得很慘。而且，訴瀟湘電影製片廠著作權轉讓合同糾紛一案，並沒有結束。

打三起官司是我一生中幹得最愚蠢、最勞民傷財的一件事。獨可自慰的是，它使我深切地感悟到人與人、人與社會、理想與現實的天壤之別，使我從天真走向了成熟。

作為一個人，在自身權益屢遭踐踏、人格屢受傷害的情況下，挺著即將走上生死未卜手術臺的身軀，揣著用救心丸來緩解嚴重缺血的心臟，不肯向不公妥協，不肯讓靈魂下跪，不願看到更多像我一樣的作家和編劇遭受侵權傷害，用法律武器來維護自身的權益和尊嚴，又為自己有這份骨氣而感到幾分自豪。

在我人生最痛苦、最絕望的時候，最真切、最深刻地感受一番期待公平公正的訴訟過程。

儘管法官丈夫一再提醒我，不要對法律抱太大希望，可我還是把掙脱噩夢、尋求公平的希望全部寄託在法律上。其實，法律並沒有承載那麼多任務。進了法庭就會發現，當事人面對的不僅是帶著各種背景的對方當事人，而且更要面對水準不一、同樣帶著各種社會關係網、各種背景的法官！

我像所有受到傷害的人一樣，以為法庭是可以釋放委屈，尋求公平的地方，卻發現法庭給雙方當事人提供了一個可以公開説假話、可以進行狡辯的平臺。你放箭的同時，對方也同樣向你放箭，而且箭箭射得你心疼，射得傷口越發流血不止。我發現，我交給製片方的劇本明明是二十二集，可他們拿到法庭卻變成了十九集！我還發現，某製片方向法庭出示的證言全部充滿了虛假！

在法庭上，對方已經不重要了，是對是錯，是傷害，是委屈，在進法庭之前早已經完成了，重要的是法律——人們渴求公正、期待公平的最後底線，如何作出較為公正的判決！

訴 VCD、DVD 的編劇署名侵權案是當庭調解的，對方承認工作失誤，同意在《中國電視報》上向我公開致歉，並賠償我三萬一千七百元。賠償款給了，但在《中國電視報》致歉至今並沒有兌現。

訴趙女士的侵權案大大小小開了六次庭，北京市第二中級人民法院僅判決趙女士及《電視電影文學》雜誌在《電視電影文學》雜誌上向張雅文公開賠禮道歉，趙女士賠償張雅文為訴訟支出的合理費用一千六百元；案件受理費三千五百一十元，由趙女士負擔兩千元。趙女士不服，向北京市高級人民法院提出上訴。北京市高級人民法院維持了原判。最後，趙女士的賠償款給了，公開賠禮道歉同樣沒有兌現。

在法庭最後陳述時，我向趙女士說出了壓抑已久的心裡話：

> 趙女士，你我都是同行，誰走到今天都不容易。如果你一開始就不是懷著排斥我的心理，而是本著對劇本高度負責的態度來對待劇本，遵循法律約定的關係，吸取我劇本中的精華，加上你的智慧，我相信，最後推給觀眾的絕不是現在這樣一部被觀眾罵得一塌糊塗的《蓋》劇！你我更不會走到今天。最後，我想說句心裡話，今後不管我們是當編劇，還是當作家，希望我們首先都要做人，然後才是編劇或作家……

這番話不僅是説給對方，也是説給我自己，説給我的同行們！

訴瀟湘電影製片廠著作權轉讓合同糾紛案，瀟湘電影製片廠反訴我違約。湖南省長沙市中級人民法院民事判決書（2002）第 216 號判決稱：

> 張雅文如期向瀟湘廠交付了劇本的第一、二修改稿，其行為沒有違反交稿的時間約定。……《蓋》劇作為電視劇，在片頭已明確署名編劇為張雅文，瀟湘廠提供的證據不能充分否認張雅文作為編劇的地位，對瀟湘廠所提出的『確認張雅文不是《蓋》劇編劇』的反訴請求，本院不予支持。瀟湘電影製片廠在本判決生效後十日內支付張雅文稿費十二萬二千元……」

瀟湘電影製片廠不服判決，向湖南省高級人民法院提出上訴，並於 2004 年 1 月 6 日在湖南省高級人民法院第六審判庭開庭。我先生陪我去長沙開庭。三起官司已經花掉了七八萬元，兩起官司的二審都沒有請律師，我為自己辯護。

三

幾起案子都開完庭了，我該上手術臺了。

我內心激憤難平，如果這樣死在手術臺上，我感到死不瞑目。

我給中共中央宣傳部劉雲山部長寫去一封信，講述了侵權給我身心造成的巨大傷害，希望侵權問題能引起中宣部領導的重視，不要讓更多作家和編劇遭受這種傷害了。

這天，我接到中宣部工作人員的電話，邀我去部裡談談。原來，劉雲山部長對我的信做出了批示……

第一次走進中宣部，見到文藝局兩位局長及電影處的領導，沒等開口，我已老淚縱橫。我說，我一個年近花甲的老作家，自費赴歐洲採訪，挖掘出錢秀玲這樣的國際題材，因此受到中比兩國大使的高度讚揚，受到比利時首相的接見。可我不但得不到應有的首肯，反而屢遭侵權，處處遭到排擠，最後連稿費都拿不到，被迫打了三起官司。現在，我又面臨著生死未卜的心臟大手術，我對社會感到絕望……

現在一想，因為自己屢遭侵權就對社會感到絕望，未免太偏激了。

文藝局領導說：「雅文，你不要絕望。你本來做了一件了不起的事情，卻受了這麼多委屈，確實讓人很同情。這些事本來不應該發生。如果他們按照法律行事，就不可能發生這種事了。在影視界，作家、編劇被侵權的你不是第一個。這些問題已經引起了我們的重視。希望你不要絕望，你應該相信，我們有法律，有行政，有媒體，希望你安心去做手術……」

我說，侵權不僅傷害了作者，而且影響了中國影視業的發展。就拿《蓋》劇來說，就其題材本應向世界推出一部力作，可到最後連「飛天獎」都沒評上，只評了一個提名獎。不僅是我，好多作家和編劇都因被侵權而受到傷害。我希望中央對影視界這種無法、無序、無德的現象引起重視，希望我啼血般的吶喊，能喚起有關部門的重視！

還有一件事，對我來說也是一個安慰。

數天前，我跟中國作協常務副主席陳建功先生通電話時，無意中談到打三起官司的事，他說了一句：「沒想到你受了這麼多委屈……」電話很快就掛了。

不一會兒，《文藝報》資深記者胡殷紅打來電話，說建功讓她來採訪我。我非常感動。在北京高院開庭的那天早晨，胡殷紅特意跑到法院門口，給我送來一沓《文藝報》。看到胡殷紅的臉色有些憔悴，我問她怎麼了。她紅了眼圈，哽咽道：「我父親剛剛去世，我還沒上班呢。」

我的眼圈頓時也紅了，為她專程跑來給我送《文藝報》，為她採寫我的文章〈張雅文維權之路〉，以半版篇幅刊登在 2004 年 2 月 14 日的《文藝報》上，為陳建功副主席對一個絕望中的作家所給予的關懷……

捧著這份《文藝報》，如同捧著一份渴盼已久的安慰，捧著一份為正義而歌而泣而吶喊的同情。這篇文章在《文藝報》發表之後，在文藝界引起很大影響，後來又被《作家文摘》轉載。

四

2004 年 3 月 6 日，先生的肋骨好多了，寫劉曉程的報告文學也完稿了，我該上手術臺了。

離京前一天晚上，作協一位領導夫婦及作家出版社主編侯秀芬夫婦為我餞行，送給我六枝百合。第二天早晨，我帶著百合，帶著朋友的祝福上路了。

迷途漫漫，終有一歸。

當一個人可能要離開這個世界時，她對生命的詮釋與理解，跟以往完全不同了。現在一想，一部電視劇的編劇署名算得個啥，何必那麼認真呢，太不值得了。那些侵權的破事，只不過是我生命過程中一段令人唾棄的遊戲，何必動那麼大的肝火呢！人要死了，名啊，利啊，還有什麼用？《聖經》上說：「人若賺得全世界，賠上自己的生命，有什麼益處呢？人還能拿什麼換生命呢？」

可是，人生最大的悲哀，莫過於清晨醒來已近黃昏。

晚矣！一切都已晚矣！

儘管劉曉程院長一再向我保證：「你應該相信我，我一定要回報你的生命！」但我知道，搭六個橋的心臟手術絕非小手術，必須作好最壞的思想準備。給朋友該打的電話，都打了。動身前，我在電腦裡留下兩封遺書，一封是寫給先生，另一封是寫給自己。

給自己只寫了幾句話：

上帝給了你如此豐富而傳奇的人生，你沒有把它留下就走了，那太遺憾了。所以你不能死，一定要挺過這場生死大劫！

給先生寫道：

親愛的賀玉：

明天我就要去醫院了，儘管是曉程為我做手術，但我必須作好最壞的思想準備。我把對你要說的話留給你，留給這個美好而殘酷的世界。

親愛的，如果我真的走了，你不要太難過，這是上帝的旨意。我今生最大的幸福就是我選擇了你，你選擇了我。我們恩恩愛愛、無怨無悔地走過了四十多個春秋，任何磨難都不曾讓我們分手。

親愛的，你像大哥哥一樣愛我一生，疼我一生，呵護我一生，用心捧了我一生，這是我最幸福的。如果沒有你的呵護，沒有你的全力支持，我不會走到今天。在此，我真誠地向你道一聲：謝謝你，我親愛的大哥！

親愛的，如果我走了，我最放心不下的就是你。兩個孩子都結婚了，都有自己的家庭和事業，而你卻要面對沒有我的後半生。我希望你找一個老實賢慧的女人，不然你會受氣的，不要圖漂亮，找個伴吧。因為你人太好，心太善。我總擔心別人欺負你。我們的兩個孩子都很有出息，也很懂事，這是你我最大的欣慰。等你老了那天，孩子會好好照顧你的，我們那點存款也夠你晚年用了。

要說的話太多了，越說越沉重，越說越痛苦。這三年對我的打擊太大了，我覺得人世間太殘酷，太險惡，太不公平了！

好了，就寫到這吧。我在天堂裡祝福你和孩子們幸福，希望我們全家仍像過去一樣充滿歡聲笑語。

親愛的，讓我留給你一首你最愛聽我唱的歌〈星星索〉：「嗚喂，風兒吹動我的船帆，船兒隨著微風蕩漾，送我到日夜思念的地方，當我還沒有來到你面前，你千萬要把我記在心間⋯⋯」

好了，我到天堂裡等你，來世我們還做夫妻。

祝你和孩子們平安、快樂、幸福！

你的愛妻雅文 2004-3-8 晚 10 點

回憶我這一生，最大的幸事就是選擇了一個好丈夫。

無論我在外面受到多大的委屈，他的懷抱永遠是我眼淚的去處。他心地善良，善解人意，脾氣又好，從沒有畏難情緒。即使不贊成我做的事，也會全力支持我。

有一次，他在電話裡給我朗誦起他寫的詩：

還記得，
杏林湖畔那棵年輕的白楊樹，
在月光下搖曳著美麗的身影。
它是我們初吻的見證，
是我們愛情開始的地方。
還記得，
運動場上那個俊俏的小女孩兒，
她那甜美的歌聲，
她那清純的心靈，

給我帶來了無盡的幸福與憧憬……

初戀早已過去四十多年了，小女孩兒早已變成了兩鬢如霜、滿臉核桃紋的老太婆，卻聽到夫君如此的欣賞，心裡當然很受感動。

我們相濡以沫、手挽手走過了漫長而坎坷的人生道路，如今，卻面臨著生死考驗……

寫完這封遺書，我躺在床上像死了一樣。

2004 年 3 月 9 日早八點，我最後看一眼我的電腦，看一眼我的寫作間，看一眼我的家，暗暗問自己：我還能回到這裡嗎？還能坐到我心愛的電腦前進行創作嗎？這個充滿溫馨幸福的家是否還能屬於我呢？

一切都是未知的。我無法預測我生命的裂谷到底有多深，更不知我脆弱的生命能否跨過這道生死大裂谷。如果跨過去，我將獲得第二次生命，如果跨不過去，我將化作一縷白煙，同這個美好而殘酷的世界永別了。

五

3 月 9 日，我住進了天津泰達國際心血管醫院。

2004 年 3 月 14 日傍晚，黑龍江省作協副主席何中生先生、文學院院長著名詩人李琦女士及文學院的周靜，捧著鮮花，從哈爾濱專程跑來看望我。

晚間八點鐘，洗澡時，我對著鏡子最後一次欣賞我的脖頸。我的脖頸很美，很挺拔，白白淨淨的很光滑，絲毫沒有六十歲老太那種皺皺巴巴的褶子。夏天，我愛穿沒領的衣裙。先生也最愛吻我的脖頸。我又撫摸著兩隻光滑的胳膊……明天，醫生要鋸開我的前胸，切開我的兩隻小臂，取出動脈血管給我的心臟搭橋。我不知我的脖頸，我的胳膊，我的一切，是否還能屬於我？

晚間十點鐘，我和先生站在窗前擁抱告別，久久地沉浸在最後一個夜晚的沉默之中……

末了，先生習慣地吻了吻我的脖頸，囑咐我：「你早點休息。什麼都別想，好好睡覺。晚安！」他在隔壁開了一間病房。

我很快就入睡了，等護士叫醒我再次灌腸時，我看到窗外樓上的大鐘已是第二天清晨六點了。我知道並非完全由於護士給的兩片安眠藥在起作用。因為我的痛苦不是在今天，而是早在半年前就開始折磨我了。

事到如今，一切都無所謂了，聽天由命吧！人一旦豁出去，反倒平靜了。

七點十五分，我靠在床頭寫下最後一篇日記：

> 今天是 2004 年 3 月 15 日，我看到外面的天空灰濛濛的，不知是陰天，還是晴天，就像不知道我的生命結果一樣。我感謝上蒼給了我如此平靜的承受力。我看一眼茶几上的鮮花和外面的天空，但願這不是最後一眼。如果真有上帝，我祈求上帝賜給我第二次生命……

寫完日記，我躺下不知不覺又睡著了。

「雅文，醒醒吧，該上臺了。」先生叫醒我時，我又睡了一個多小時。

護士後來告訴我，她們從未見過如此平靜的病人，上臺前居然睡著了。

我被推出門的剎那，最後看一眼窗外的大鐘——九點十五分。

我看到孩子們眼淚汪汪地望著我。先生拉著我的手，邊走邊貼著我的臉，親切地囑咐我：「雅文，別緊張！我在外面陪著你，手術一定會成功……」

我向家人，向何副主席、李琦院長揮了揮手，就被護士匆匆地推走了。

躺在車上，我覺得自己就像母親去世前一樣，就像一片樹葉扁扁地貼在床上，母親活到八十九歲，我還不到六十歲……

我被推進手術室裡，發現所有的面孔都一樣，口罩捂得嚴嚴的，根本認不出誰是誰。我知道，我的生命就交給主刀的劉曉程院長及醫護人員了。

接下來的十幾個小時，最痛苦的不是我，而是我的親人。

先生告訴我，當他看到手術室厚厚的大門被關上的剎那，他的心突然好像被掏空了。他不知這扇大門是否會將我倆隔開成兩個世界，他不知再見到我時，是一個活人，還是一具屍體？

他經歷了一生中最焦急、最難熬的十幾個小時，就像熱鍋上的螞蟻，坐臥不安，抓心撓肝。他一次次地趴在手術室門外的地上，聽著手術室裡的動靜。可他什麼都聽不到，只能聽到自己焦急的心跳。一直等到晚間十一點二十分，劉曉程院長出來告訴他：「手術結束了，雅文大姐的心臟復跳了。」聽到這句話，先生的眼圈「刷」地紅了。

3 月 16 日上午，我經歷了因滲血不止、輸了近五千 CC 血和血漿、難以關胸的十四個小時大手術之後，周身插著氧氣管、吸痰管、滴流管等各種管子，打著吊瓶，蓋著白單，像死人似的躺在重症監護室的六號床上，昏昏沉睡，只覺得有人拍拍我的臉，聽到一個聲音在喚我：「雅文大姐，醒醒吧。今天是十六號了，手術做完了，給你心臟搭了六個橋，把你破碎的心修好了。」

我恍恍惚惚覺得這聲音很縹緲、很遙遠，好像從另一個世界傳來的。

我不知自己是在陰間還是陽間，不知在我身上究竟發生了什麼？好一會兒，我才從懵懵懂懂中漸漸醒來，聽出是劉曉程院長，卻睜不開眼睛。但我記得是 3 月 15 日九點十五分被推進手術室的。我奇怪，手術怎麼這麼快就做完了？其實，我在生死界上已經度過了一天一夜。

我極力睜開沉重的眼皮，用朦朧而虛幻的目光，掃視著被切開的兩隻小臂及鋸開的前胸，三處刀口都用厚厚的紗布包著，這才意識到：我終於活過來了。

那一刻，我對醫護人員的感激之情，是任何語言都難以表達的，所有文字都顯得蒼白無力，只有真正「死」過一回、親身經歷過獲得第二次生命的人，才能體會到什麼叫做救命之恩。

劉曉程院長握住我的右手，讓我用力握，又握住我的左手，然後又讓我動動雙腳的腳趾，問我：「你能記住你病房的電話號嗎？」

我微微點了點頭。看到我一切正常，劉曉程帶著醫護人員走了。

我懵懵懂懂聽到一個聲音在對我說：「雅文，你終於活過來了，你一定要寫寫你自己，把你六十年的人生真實地告訴人們，不然就這樣走了，太遺憾了。」

我知道，那不是別人，而是我虛弱的心靈在對我說話。我知道它被擠壓得太久太久，太需要宣洩和釋放了。

於是，就在這重症監護室裡，就在我的生命徘徊於生死邊緣之際，我決心寫出我的一生。從這一刻起，一種強烈的求生欲望又日夜鼓噪著我、呼喚著我，就像手術前鼓勵我一定要跨過生命大裂谷、頑強地活下去一樣，一個新的生命支點又開始支撐著我極度虛弱、隨時可能發生術後併發症的生命！

麻藥勁兒過了，三處刀口開始劇烈地疼痛，無法入睡。我的思維卻完全沉浸在對自己人生的遐想之中，大大緩解了我肉體的痛苦。

後來，朋友說我：「雅文，你太厲害了。我相信別人可以打死你，但卻不能打敗你。打敗你的只有你自己。」

是的，我曾被自己打得落花流水，差點把小命都搭進去。

在重症監護室裡，我承受著常人難以想像的痛苦，三處刀口劇烈地疼痛，口渴難忍，卻不讓喝水，護士只能給一塊冰吮兩口，嘴唇暴起一層層硬皮。身體虛弱到了極點，不能講話，只能按照護士事先教的手勢動一動手指。護士不停地幫我捶背，讓我咳嗽，讓我把氣管裡的痰咳出來，每咳一下，刀口就會鑽心地疼痛……我唯一能做的就是看著左前方的監視器，看著我的心律和血壓在生命最微弱、最危險的界線上徘徊。每當心律升到危險界線時，護士就急忙讓我做深呼吸。我每呼吸一次，都要使出全身的氣力。

躺在生死界上，對人生，對生命，有了完全不同的感悟：人死如燈滅，恩仇榮辱，功名利祿，生不帶來，死不帶去，一切都是身外之物，一切都是過眼雲煙。此刻，最真實的是我還活著。

三天後，18日上午十一點二十分，我被推出了重症監護室。早已等在門口的先生，張開雙臂激動地奔過來……

接下來，我承受著術後最痛苦的階段，三處刀口，鑽心的疼痛，日夜不停地折磨著我，每次翻身，都能聽到鋸開的前胸骨被鋼絲縫上後的摩擦聲，每次起身去廁所，都要抓住床扶手折騰半天，使出全身的氣力才能爬起來。

但我臉上卻一直掛著微笑，因為我還活著，只要活著一切痛苦都會過去。護士發的去痛片我一片沒吃，我怕吃去痛片對身體不好。從重症監護室出來第三天，我在先生的攙扶下，就扶著牆在走廊裡一步一步地走動了。

十幾天後，為了給劉曉程的報告文學增加一些內容，我拖著極度虛弱之軀，採訪了兩個即將手術的外國患者，還走進手術室，觀看了一臺劉曉程為美籍華人做的心臟大手術。

4 月 3 日，我懷著雖然虛弱但卻「健康」的心，在先生和孩子的陪同下，踏上了回家的路。沒有比此時此刻，更能體會活著是多麼美好的了！躺在車裡，我在心裡一遍遍地對自己說：我還活著，我還活著，我還活著……活著真好，活著真好，活著真好……

是的，生命終於又屬於我了！

我望著窗外的一切，感到既陌生，又親切，有一種恍若隔世之感，有一種看不夠的貪婪。陽光大好，萬里無雲，悠悠小風吹拂著二十天前還是枯黃現在卻已變綠的樹葉，吹拂著剛剛泛青的小草……陽光、小風、小樹，過去司空見慣的一切，今天突然變得如此親切如此美好了。

但我知道，世界還是原來的世界，只是我的心變了。

我好像重新誕生了一次，好像返璞歸真了。這也許就是人們所說的大徹大悟吧。仔細一想，嬰兒出生時，心靈本來是純潔而美好的，沒有任何奢望和欲念，只是長大變成社會人以後，才有了各種各樣的欲望，才有了數不盡的煩惱。

一路上，我一直在為自己慶幸，慶幸我無意中結識了劉曉程。可是，另一種思緒卻又纏繞著我，假如我不是一名作家，不享受醫保，我是窮山溝裡的農婦，我是每月僅有一二百元的下崗女工，没有能力支付兩次十幾萬元的手術費。那麼，我將如何面對這場災難？又將會有怎麼一番人生結局？我那四百萬像我一樣徘徊在生死邊緣的心臟病同胞，他們什麼時候也能像我一樣，獲得手術機會？中國百姓看病貴、手術難的問題，何時才能得到解決？我把這番思索，寫進了劉曉程這篇報告文學裡。

六

手術這段時間，我一直被親情、友情和領導的關懷包圍著，這使我對人性、對社會又有了新的認識。

術後不久，中國作協《作家通訊》主編高偉先生和劉涓迅處長帶著禮品，代表中國作協創聯部從北京專程跑到北戴河來看望我。緊接著，《人民文學》原主編、著名作家程樹榛夫婦手捧鮮花，也來看望我……

6 月 29 日上午，我家又迎來了一批尊貴的客人。

中國作協黨組書記金炳華、常務副主席陳建功、書記處書記田滋茂、中宣部文藝局文藝理論處處長梁鴻鷹、中國作協辦公廳主任陳崎嶸、中國作家網主編胡殷紅等領導，帶著從北京帶來的七個頭的蝴蝶蘭及貴重禮品，來看望我。

一個從窮山溝裡走出來的苦孩子，一個屢經坎坷、大難不死的作家，看到領導如此關懷，我備受感動。尤其使我感動的是金炳華書記說的一番話：

「雅文，你抓到《蓋》劇這樣一個弘揚中華民族志氣、謳歌國際主義精神的題材，不僅在國內引起強烈反響，而且在國外也引起了很大反響。你對文化事業是有貢獻的。可是，你不但沒有得到應有的首肯，反而受到這麼大的傷害，這些事情本來就不應該發生！這也是文藝腐敗的一種表現……」

三年來，第一次聽到這樣的首肯，我這顆剛剛搭了六個橋的虛弱之心，頓時又激動起來，說話的聲音都顫抖了。

「金書記，聽您這麼說，我心裡感到一絲安慰。作為一名作家，我沒有過高的奢望，只希望能得到公平的承認。這些年來，我一直為正義吶喊，為他人呼籲，可是輪到自己頭上，卻沒人為我說一句公道話……」

金書記說：「雅文，你不要難過，中國作協的領導都很關心你，今後再遇到這種情況，你可以找中國作家權益保障委員會，他們會全力幫助你！」

梁鴻鷹處長說，他代表中宣部文藝局楊志今局長來看望我，希望我早日康復……

領導走了，他們的到來卻像那盆盛開的蝴蝶蘭一樣，在我心靈深處留下悠遠的暗香，久久難以散去。

七

走到今天，本以為厄運總該結束了。

可我卻再一次錯誤地估計了形勢，也再一次錯誤地估計了我的個性。

出院後，我身體十分虛弱，三處刀口十分疼痛。但我每天堅持出去散步、登山。一個半月後，5 月 1 日清晨，先生陪著我登上了北戴河聯峰山的望海亭，到了山頂，先生握著我的手久久沒有説話⋯⋯

是的，生命又屬於我們的了！

清晨，我走在山間的小路上，又情不自禁地哼起歌來，偶爾還在路邊折一朵小花帶回家去。白天，坐在陽臺上靜靜地看書，為下一步寫傳記作準備。多少年來一直風風火火地奔波，第一次這樣靜下心來讀書、休息，感覺真好。

可是，世界還是原來的世界，它不會因為我的變化而有絲毫的改變。

2004 年 7 月 25 日，當我接到湖南省高級人民法院寄來關於我訴瀟湘電影製片廠著作權轉讓合同糾紛案終審判決時，我那顆剛剛恢復平靜、還沒有完全康復的心，頓時又劇烈地疼痛起來。

我這才發現，所謂的大徹大悟都是有底線的。這才發現，醫生拯救的只是我肉體的心臟，而我靈魂的心臟卻仍然病著——那是任何醫生都無法治癒的！

這起案子，從立案到終審判決，折騰了兩年，我幾次跑到長沙開庭，耗資六七萬元，一審判決已經充分維護了瀟湘電影製片廠的利益，可是湖南省高級人民法院的終審判決，竟然推翻了長沙市中級人民法院的一審判決，重新下判：「瀟湘電影製片廠在本判決生效後十日內支付張雅文改編稿酬人民幣十六萬元（已支付十五萬元，尚需支付一萬元）。本案一、二審案件受理費一萬二千五百二十元，由張雅文負擔六千二百六十元。」

欠二十五萬稿費，僅判給我一萬元，扣除訴訟費，最後僅剩三千七百四十元！

三千七百四十:二十五萬，不到百分之二！

令人可氣的是，湖南省高級人民法院不是依據國家《合同法》和《著作權法》，而是套用並不適用本案、已被國家明令廢止的廣電部下發的《故事影片各類稿酬的暫行規定》下判！判決中所依據的「事實」、「觀點」、「法條」，竟然跟瀟湘電影製片廠的「事實」、「觀點」、「法條」驚人地一致，連引用作廢的錯誤法條都一致！稍有法律常識的人都知道，在毫無新證據的情況下，民事案件絕少發生二審全部推翻一審判決的，湖南高法卻全部推翻了。

我無法理解這一切。但我知道，我跟瀟湘電影製片廠打官司的前後，原湖南省高級人民法院院長因受賄罪被判處死緩……

我決定申訴，先生卻堅決反對。可我不相信中國沒有講理的地方！

我這才發現，即使我再死過一回，也改變不了爹媽給予我、苦難人生歷練出來的個性。個性決定我一生的成功，也決定我一生的失敗。但我無法改變它，也不想改變了。因為它是我做人的靈魂。沒有它，我將是一堆沒有脊梁的贅肉！沒有它，我將一事無成！

八

既然法律都不能給我起碼的公道，那麼，我靠什麼來平衡我的內心？

2004 年 7 月 29 日，我接到湖南省高級人民法院判決書的第四天，手術後剛剛四個半月，我第一次坐到了電腦前。

先生不讓我創作，說我身體太虛弱，怕我累壞了。

可我必須宣洩，只有宣洩才能緩解我內心的不平，只有宣洩才能釋放我沉積已久的思索，只有宣洩才能釋放我壓抑太久的創作激情。

我開始動筆寫我的一生，頭幾個月寫得異常艱難，身體太虛弱，每天只能在電腦前坐一個小時。我只好躺在床上往稿紙上寫，然後再往電腦上敲。

漸漸地，我在回憶中反思自己，反思周圍，也反思社會，這種反思與傾訴，大大地緩解了我內心的痛苦，使心中的壓抑得到了充分釋放。這種釋放就像雨後的陽光，漸漸驅散了我心中的陰霾，又像春蠶抽絲，一點一點地抽去了我心中的壓抑與扭曲。

一年之後，2005 年 7 月 20 日，我完成了三十萬字的初稿。

我終於結束了長達三年之久的陰暗情緒，久違了的陽光又重新回到我心裡。我又變成原來的我了。

啊，没有陰暗的心靈真好，真明亮，真舒暢！

九

我並没有放棄申訴，我向有關部門發出好多封信。我這個作家也成了千千萬萬個「上訪」大軍中的一員……

已經不是為了索要二十五萬稿酬了。當然，二十五萬對任何一個窮作家來說，都是一筆不小的數目，但它與生命相比，畢竟是微不足道的。

我要看看我能否像秋菊那樣討個說法？我相信人間正道是滄桑。

在我申訴的過程中，得到了中國作家協會金炳華書記、中國作家協會作家權益保障委員會辦公室張樹英主任的大力支持。

2005 年 12 月 1 日，我終於收到湖南省高級人民法院寄來的再審裁定書。

原來，全國人大委員會內司委對我的申訴作出批示：「此案重新調查。」中華人民共和國最高人民法院將我的申訴材料轉到了湖南省高級人民法院……

這樣，我的申訴案終於有了再審機會。

2006 年 7 月 27 日，張樹英主任陪同我再次來到長沙參加湖南省高級人民法院的再審開庭。至此，我為這起案子已經第十餘次來長沙了。

遺憾的是，這次開庭仍然勞民傷財，毫無結果。

2007年3月10日，我接到湖南省高級人民法院寄來的（2006年）湘高法民再字第19號民事裁定書，以原審判決事實不清為由，發回長沙市中級人民法院重審。

捧著這張薄薄的裁定，我心裡只有四個字：欲哭無淚！

這麼一個小小的案子足足折騰了五年，全國人大批示「重新調查此案」；中國最高人民法院作出批復；中國作家權益保障委員會介入；兩次判決，兩次裁定；我十餘次從黑龍江跑到長沙，差旅費、訴訟費、律師費，花掉六七萬元，最後竟然是這樣一個結果，回到零的起點！

我不知這起案子還要折騰到何年何月，更不知最後是一個什麼樣的結果。是否還要再折騰五年，再花掉六七萬元，再十幾次跑到長沙，最後再回到零的起點？

一切都是可能的！因為我再次面對的仍然是強勢的湖南省瀟湘電影製片廠，仍然是湖南省長沙市中級人民法院、湖南省高級人民法院，而我只是一個弱勢的黑龍江作家。

我不禁要質問湖南高法：再審的目的不就是要查清事實，給當事人以公平公正的判決嗎？再審法官為什麼不當庭查清事實？而是利用法律的合法手段，像踢皮球一樣把案子又踢回到長沙中院？說到底，是事實不清，還是在利用法律手段推脫責任維護二審法官的利益？再審法官考慮過當事人從千里之外十幾次被折騰到長沙，花掉好幾萬元差旅費，最後卻回到零的起點的感受嗎？考慮過當事人這種勞民傷財的巨大付出嗎？如果法官也是一個當事人，請問，你對這種判決會做何感想？你對這種執法環境又會做何感想？

我不禁想到，北京為什麼會有那麼多上訪者，為什麼屢屢發生當事人在法庭自殺或刺殺法官的事件。

前不久，《鳳凰週刊》登出一篇觸目驚心的報導，在湖南省永興縣法院家屬大院，一位老實巴交的農民把一名法官給炸死了。原因是他十四歲的兒子黃虎，在礦上打工被絞車絞去了手指，被鑒定為六級傷殘。黃虎家屬要求礦主按國家規定賠償三十萬元。但法官卻以種種理由不予支持，最後僅判給黃家三萬餘元。此案經歷一次仲裁、五次鑒定、兩次判決，十四歲少年變成了十八歲青年……

《鳳凰週刊》在卷首語中這樣評述湖南法官被炸案：「司法腐敗遭到的憎恨可能遠遠超過其他公共權力對人民的侵害，因為它扼殺了人們對未來的希望，封死了正義的出口，宣告了正當權利的承諾是個騙局……」

當一個公民連法律保障都得不到時，他的理性選擇是冷靜，非理性選擇就是背離正常人性，就像海綿吸收了太多的髒水一樣，它反彈給社會的是逆反與仇視。

前不久，河南省高級人民法院舉行四天「大接訪」，接待上訪者七千多人。一位法學界人士說：「這種運動式的『接訪』，是與現代法治精神有出入的，會讓人想到法院日常工作不力。」

河南省高級人民法院敢於正視這種「工作不力」是有膽識的。否則，它留給社會的是不安定因素，是人們對法律的不信任，對執法者的憎恨。

我曾問身為法官的先生：「你們在法庭上審判別人，可誰來審判你們這些法官？」

當然，這個問題絕非他所能回答的。只能說對於執法者，對於掌權者，中國還沒有形成完善而有力的監督機制，否則就不會出現那麼多貪官、那麼多冤假錯案了。中國距離真正的法治還很遙遠。它的遙遠並不僅僅是司法獨不獨立的問題，不獨立都不能公正審判，司法獨立豈不更糟嗎？我們的法律在有能力自我維護與無能力自我維護面前，在有權與無權，在公權與私權面前，是否能顯示起碼的公平？法律能否真正做到普照眾生？能否真正做到法律面前人人平等？這是建立法治和諧社會的關鍵！

律師朋友莊鐵言發現湖南省高級人民法院下達的（2006）湘高法民再字第19號民事裁定書，存在重大失誤！

裁定書第一項：一、撤銷本院（2003）湘民三終字第19號民事判決。

我從未收到過「19號判決」，湖南省高級人民法院所撤銷的這份「19號判決」跟我毫不相干。而他剛剛下判的卻是「第19號民事裁定書」。

我電話質疑湖南省高級人民法院主審法官這是怎麼回事，他回答說是「筆誤」。

打了五年的官司，十幾次奔赴長沙，耗資六七萬元，最後被踢到零的起點，發來的僅一張紙的裁定書，又出現如此

「筆誤」。這讓當事人如何看待法律？

我決心將這起官司繼續打下去，已經不是為了索要二十五萬稿費了，打官司花掉的快趕上稿費了，而是為了向法律討要起碼的公正。我要看看老百姓討要公道的路到底有多長。我已經不是一個「我」，我「代表」那些千千萬萬沒門沒窗沒背景無權無勢的老百姓！而湖南省法院「代表」的也不僅僅是一家法院，而是國家的法律——公民尋求公平與公正的地方！

不過，我已悟透人生，心態早已平靜。

需要補充一點，2008 年 11 月 12 日，長沙市中級人民法院對此案再次開庭，再次判我勝訴，瀟湘電影製片廠再次上訴。

2009 年 5 月 25 日，我終於收到湖南高法發來的判決，維持了長沙中院的一審判決，判決瀟湘電影製片廠支付我十二萬二千元稿費。

折騰七年的官司，我終於勝訴了。

這不僅是我個人維權的勝利，也是全國作家、編劇維權的勝利！

十

就在我撰寫這部書稿期間，看到媒體接連報導大學生因貧窮而導致心理扭曲，從而發生殺人或自殺的悲劇。作為一個從苦難與困境中走過來的老人，我想對那些仍在貧窮與困境中掙扎的年輕朋友們，說幾句心裡話：

貧窮不是我們的過錯。我們不能因貧困而輕拋自己的生命，太不值得了。我們要向命運挑戰。你們年輕，是時間上的富翁，要把內心的不平與自卑，化作發奮的動力，要用頑強的毅力和豐富的學識，把因貧窮而扭曲的心靈給它扭過來，讓我們像天下所有人一樣，酣暢淋漓地暴飲陽光，享受大海，擁抱浩瀚的藍天。因為陽光、藍天、大海，對所有人都是公平的！因為社會是不斷前進的！我相信，只要你有無堅不摧的毅力，全身心地投入到工作和學習之中，我相信早晚有一天，你會頂天立地地活在世界上！但要記住，世界是由公平與不公平、美好與醜陋、善良與險惡、光明與黑暗組成的，所以必須要學會接受不公。這是我從血的教訓中悟出來的。但我們要善待他人，善待他人就等於善待自己，就像人類善待地球、善待動物一樣。「己所不欲，勿施於人」。如果人人都能善待他人，世界就會減少許多痛苦，社會就會多幾分安寧與和諧。

2005 年 7 月 20 日，完成初稿的這天傍晚，先生陪著我到海邊散步。

這天，海上沒有一絲風，夕陽的餘暉照在平靜的海面上，看上去就像一塊藍色緞子，真是美極了。

我從未見過如此美麗而平靜的大海。它就像我此時的心情一樣。雖然我還不能達到老子所說「致虛極，守靜篤」的境界，回到嬰兒時的恬靜，但我的心就像眼前的大海一樣，卸掉了所有的名利鎧甲，回到了從前，就像當年跟著戀人一起手拉手地漫步在松花江畔，只是我們的腳步不再像從前那麼敏捷、那麼輕盈了，而是顯得磕磕絆絆、笨笨卡卡、有些老態了。

但我知道，大海還是原來的大海。它時而波濤洶湧，時而風平浪靜，時而惡魔般地吞噬一切，時而又溫柔得如同美麗的少女，而平靜了的只是我的心靈。

我不由得想起先生常說的一句話：「即使我們窮得一無所有，也要像楊柳那樣無拘無束。」

我這一生，是在不斷向命運抗爭、不斷吶喊中走過來的。雖然走得很坎坷很艱難，但我按照自己的意願去選擇人生，去追求夢想，儘管有的選擇是錯誤的，可我畢竟選擇過、追求過，我感到無憾無悔。

我這一生就像一面鏡子，它折射出來的不僅是我個人的經歷，還有我身後深邃而廣闊的背景……

現在，我已經走出了人生低谷，又像過去一樣每天登山、打乒乓球、唱歌、寫作……我的生命又像從前一樣，充滿了活力與歡樂。

我把一生能寫的都寫出來了，不能寫的也許恰恰是最痛苦的，我只好把它塵封於心底，永遠留給自己了。

國家圖書館出版品預行編目資料

魯迅文學獎作品選．4-5, 報導文學卷．-- 初版.
-- 臺北市：人間, 2013. 11
368 面；15×21 公分
ISBN 978-986- 6777-69-1（第 1 冊：平裝）．--
ISBN 978-986- 6777-70-7（第 2 冊：平裝）

857.85 102023225

魯迅文學獎作品選 5

報導文學卷 2

出版者　人間出版社
發行人　呂正惠
社長　林怡君
地址　台北市長泰街 59 巷 7 號
電話　02-2337-0566
郵撥帳號　11746473 人間出版社
排版印刷　龍虎電腦排版股份有限公司
電話　02-8221-8866
登記證　局版台業字第三六八五號
初版　2013 年 11 月
定價　新台幣 320 元